DU MÊME AUTEUR

Aux Éditions Gallimard

Dans la collection Folio

AU BONHEUR DES OGRES, *n° 1972.*
LA FÉE CARABINE, *n° 2043.*

LA PETITE MARCHANDE DE PROSE

DANIEL PENNAC

LA PETITE
MARCHANDE
DE PROSE

roman

nrf

GALLIMARD

Pour Didier Lamaison.

A la mémoire de
John Kennedy Toole,
mort de n'avoir pas été lu,
et de Vassili Grossman,
mort de l'avoir été.

Remerciements de l'auteur

Ils vont à Paul Germain, Béatrice Bouvier
et Richard Villet,
qui l'ont respectivement guidé
dans les forêts de l'imprimerie,
la partition du pinyin chinois
et les souterrains de la chirurgie.

« Je est un autre,
mais ce n'est pas de moi. »
Christian Mounier

I

LE TABLIER DU BOUC

> — *Vous avez un vice rare, Malaussène :*
> *vous compatissez.*

1

C'est d'abord une phrase qui m'a traversé la tête : « *La mort est un processus rectiligne.* » Le genre de déclaration à l'emporte-pièce qu'on s'attend plutôt à trouver en anglais : « *Death is a straight on process* »... quelque chose comme ça.

J'étais en train de me demander où j'avais lu ça quand le géant a fait irruption dans mon bureau. La porte n'avait pas encore claqué derrière lui qu'il était déjà penché sur moi :

— C'est vous, Malaussène ?

Un squelette immense avec une forme approximative autour. Des os comme des massues et le taillis des cheveux planté au ras du pif.

— Benjamin Malaussène, c'est vous ?

Courbé comme un arc par-dessus ma table de travail, il me maintenait prisonnier dans mon fauteuil, ses mains énormes étranglant les accoudoirs. La préhistoire en personne. J'étais plaqué à mon dossier, ma tête s'enlisait dans mes épaules et j'étais incapable de dire si j'étais moi. Je me demandais seulement où j'avais lu cette phrase : « *La mort est un processus rectiligne* », si c'était de l'anglais, du français, une traduction...

C'est alors qu'il a décidé de nous mettre à niveau : d'un coup de reins, il nous a arrachés au sol, mon fauteuil et moi, pour nous poser en face de lui, sur le bureau. Même dans cette position, il continuait à dominer la situation d'une bonne tête. A travers le roncier de ses sourcils, son œil de

15

sanglier fouillait ma conscience comme s'il y avait perdu ses clefs.

— Ça vous amuse de torturer les gens?

Il avait une voix bizarrement enfantine, avec un accent de douleur qui se voulait terrorisant.

— C'est ça?

Et moi, là-haut, sur mon trône, incapable de penser à autre chose qu'à cette foutue phrase. Pas même belle. Du toc. Un Français qui veut faire l'Amerloque, peut-être. Où est-ce que j'ai lu ça?

— Vous n'avez jamais peur qu'on vienne vous casser la gueule?

Ses bras s'étaient mis à trembler. Ils communiquaient aux accoudoirs de mon fauteuil une vibration profonde de tout son corps, façon roulement de tambour avant-coureur des tremblements de terre.

C'est la sonnerie du téléphone qui a déclenché le cataclysme. Le téléphone a sonné. Les jolies modulations liquides des téléphones d'aujourd'hui, les téléphones-mémoire, les téléphones-programmes, les distingués téléphones, directoriaux pour tous...

Le téléphone a explosé sous le poing du géant.

— Ta gueule, toi!

J'eus la vision de ma patronne, la reine Zabo, là-haut, à l'autre bout du fil, plantée jusqu'à la taille dans la moquette par ce coup de massue.

Sur quoi, le géant s'est emparé de ma belle lampe semi-directoriale et en a pété le bois exotique sur son genou avant de demander :

— Qu'un type se pointe et réduise tout en miettes dans votre bureau, ça ne vous est jamais venu à l'idée?

C'était le genre de furieux chez qui le geste précède toujours la parole. Avant que j'aie pu répondre, le pied de la lampe, retrouvant sa fonction originelle de massue tropicale, s'était abattu sur l'ordinateur dont l'écran s'éparpilla en éclats pâles. Un trou dans la mémoire du monde. Comme ça ne suffisait pas, mon géant a martelé la console jusqu'à ce

16

que l'air soit saturé de symboles rendus à l'anarchie première des choses.

Nom de Dieu, si je le laissais faire, on allait bel et bien retomber en préhistoire.

Il ne s'occupait plus de moi, à présent. Il avait renversé le bureau de Mâcon, la secrétaire, envoyé d'un coup de pied un tiroir bourré de trombones, de tampons et de vernis à ongles s'écraser entre les deux fenêtres. Puis, armé du cendrier à pied que sa demi-sphère plombée faisait gracieusement osciller depuis les années cinquante, il attaqua méthodiquement la bibliothèque d'en face. Il s'en prenait aux livres. Le pied de plomb faisait des ravages épouvantables. Ce type avait l'instinct des armes primitives. A chaque coup qu'il portait, il poussait un gémissement de gosse, un de ces cris d'impuissance qui doivent composer la musique ordinaire des crimes passionnels : j'écrase ma femme contre le mur en pleurnichant comme un marmot.

Les livres s'envolaient et tombaient morts.

Il n'y avait pas trente-six façons d'arrêter le massacre.

Je me suis levé. J'ai saisi à pleines mains le plateau de café que Mâcon m'avait apporté pour amadouer mes précédents râleurs (une équipe de six imprimeurs que ma sainte patronne avait réduits au chômage parce qu'ils avaient livré six jours trop tard) et j'ai balancé le tout dans la bibliothèque vitrée où la reine Zabo expose ses plus belles reliures. Les tasses vides, la cafetière à demi pleine, le plateau d'argent et les éclats de vitres firent suffisamment de potin pour que l'autre s'immobilise, le cendrier dressé au-dessus de sa tête, et se retourne vers moi.

— Qu'est-ce que vous faites ?

— Je fais comme vous, je communique.

Et je lançai par-dessus sa tête le presse-papier de cristal que m'avait offert Clara pour mon dernier anniversaire. Le presse-papier, une tête de chien qui ressemblait vaguement à Julius (pardon Clara, pardon Julius), fit éclater le visage de ce vieux Talleyrand-Périgord, fondateur occulte des Editions du Talion en un temps où, comme aujourd'hui, tout le monde avait besoin de papier pour régler ses comptes avec tout le monde.

— Vous avez raison, dis-je, quand on ne peut pas changer le monde, il faut changer le décor.

Il laissa tomber le cendrier à ses pieds. Et ce qui devait arriver arriva enfin : il éclata en sanglots.

Les sanglots le disloquèrent. Il ressemblait maintenant à une de ces marionnettes de bois qui se déglinguent quand on appuie sur leur socle.

— Venez par ici.

Je m'étais de nouveau assis dans mon fauteuil, le fauteuil toujours posé sur le bureau. Il s'approcha de moi en titubant. Entre les câbles de son cou, la pomme d'Adam faisait des voyages incroyables pour expulser la douleur. Je connaissais bien ce chagrin-là. Ce n'était pas la première fois.

— Venez plus près.

Il fit encore deux ou trois pas qui le portèrent à mon niveau. Son visage ruisselait. Même ses cheveux étaient trempés de larmes.

— Excusez-moi, dit-il.

Il s'essuyait avec ses poings fermés. Il avait les phalanges poilues.

J'ai posé ma main sur sa nuque et j'ai attiré sa tête contre mon épaule. Une demi-seconde de résistance, puis le tout s'est abandonné.

D'une main, je lui maintenais la tête dans le creux de mon épaule, de l'autre je lui caressais les cheveux. Ma mère faisait très bien cela, il n'y avait aucune raison pour que je ne sache pas le faire.

La porte s'est ouverte sur la secrétaire Mâcon et sur mon ami Loussa de Casamance, un Sénégalais d'un mètre soixante-huit, qui a des yeux de cocker et les jambes de Fred Astaire et qui est, de loin, le meilleur spécialiste en littérature chinoise de toute la capitale. Ils virent ce qu'il y avait à voir : un directeur littéraire assis sur son bureau et consolant un géant debout dans un champ de ruines. Le regard de Mâcon évaluait les dégâts avec horreur, celui de Loussa me demandait si j'avais besoin d'aide. D'un revers de main je leur fis signe de se tirer. La porte se referma dans un souffle.

Le géant sanglotait toujours. Ses larmes glissaient le long de mon cou, j'étais trempé jusqu'à la taille. Qu'il chiale tout son saoul, je n'étais pas pressé. La patience du consolateur tient à ce qu'il a ses propres embêtements. Pleure, mon pote, nous sommes tous dans la merde jusqu'aux yeux, c'est pas ce qui fera monter le niveau.

Et pendant qu'il se vidait dans le col de ma chemise, j'ai pensé aux fiançailles de Clara, ma sœur préférée. « Ne sois pas triste, Benjamin, Clarence est un ange. » Clarence... comment peut-on s'appeler Clarence ? « Un ange de soixante ans, ma chérie, il a trois fois ton âge. » Le rire velours de ma petite frangine : « Je viens de faire une double découverte, Benjamin, les anges ont un sexe, et ils n'ont pas d'âge. — Tout de même, ma Clarinette, tout de même, un ange directeur de prison... — Mais qui a fait de sa prison un paradis, Benjamin, ne l'oublie pas ! »

Les amoureuses ont réponse à tout et les frères aînés restent seuls avec leurs soucis : ma sœur préférée va se marier demain avec un maton chef. Voilà. Pas mal, non ? Si on ajoute à ça que ma mère s'est tirée il y a quelques mois avec un flic, amoureuse au point de n'avoir pas donné un seul coup de téléphone depuis, on obtient un assez joli portrait de la famille Malaussène. Sans parler des autres frères et sœurs : Thérèse qui lit dans les astres, Jérémy qui a foutu le feu à son collège, le Petit aux lunettes roses, dont le moindre cauchemar devient réalité, et Verdun, la toute dernière, hurlante dès la première seconde comme la bataille du même nom...

Et toi, le géant qui pleure, quel genre de famille as-tu, toi ? Pas de famille, peut-être, et tu as tout misé sur la plume, c'est ça ? Il se calmait un peu. J'en ai profité pour poser la question dont je connaissais la réponse :

— On vous a refusé un manuscrit, n'est-ce pas ?

— Pour la sixième fois.

— Le même ?

De nouveau oui de la tête, qu'il décolle enfin de mon épaule. Puis, un hochement très lent :

— Je l'ai tellement retravaillé, si vous saviez, je le connais par cœur.

— Comment vous appelez-vous ?

Il m'a donné son nom, et j'ai aussitôt revu la tête hilare de la reine Zabo commentant le manuscrit en question : « Un type qui écrit des phrases du genre " *Pitié ! hoqueta-t-il à reculons* ", ou qui croit faire de l'humour en appelant Farfouillettes les Galeries Lafayette, et qui remet ça six fois de suite, imperturbable, pendant six ans, de quel genre de maladie prénatale souffre-t-il, Malaussène, vous pouvez me le dire ? » Elle avait secoué l'énorme tête que la vie avait plantée sur son corps d'anorexique, et elle avait répété, comme s'il s'était agi d'une injure personnelle : « " *Pitié ! hoqueta-t-il à reculons* "... Et pourquoi pas : " *Bonjour, entrat-il* " ou " *Salut, sortit-il de la pièce* " ? », et, pendant dix bonnes minutes, elle s'était livrée à une variation éblouissante, parce que le talent, ce n'est pas ce qui lui manque, à elle...

Total, on avait renvoyé le manuscrit sans le lire, j'avais signé le refus de mon nom, et le gars avait failli mourir de chagrin dans mes bras après avoir transformé mon bureau en terrain vague.

— Vous ne l'avez même pas lu, n'est-ce pas ? J'avais mis les pages 36, 123 et 247 à l'envers, elles y sont toujours.

Classique... Dire que nous autres, les éditeurs, si futés que nous soyons, nous nous laissons encore prendre à ça ! Que répondre, Benjamin ? Que répondre à ce mec ? Qu'il s'acharne sur un monument d'infantilisme ringard ? Et depuis quand crois-tu à la *maturité*, Benjamin ? Je ne crois en rien, bordel, je sais seulement que la machine à écrire est fatale aux enfantillages, que le papier blanc est le suaire de la connerie, et qu'il n'est pas né celui qui vendra cette camelote à la reine Zabo. C'est le scanner du manuscrit, cette femme-là, il n'y a qu'une chose au monde qui la fasse vraiment chialer : le martyre du subjonctif imparfait. Et alors, qu'est-ce que tu vas lui proposer à l'autre géant, là, qu'il se mette à l'aquarelle ? Bonne idée, pour qu'il foute le reste de l'immeuble en l'air... Il a cinquante balais bien serrés, et ça fait trente ans au moins qu'il se donne tout entier à la littérature, ces gars-là sont capables de tout quand on essaie de cisailler leur plume !

J'ai donc pris la seule décision possible. Je lui ai dit :

— Venez avec moi.

Et j'ai sauté direct de mon fauteuil sur le sol. J'ai farfouillé dans le bureau éventré de Mâcon, où j'ai trouvé le trousseau de clefs que je cherchais. J'ai traversé le bureau en diagonale. Il me suivait comme dans le désert. Le désert après friction israélo-syrienne. Je me suis agenouillé devant un classeur métallique qui a baissé le rideau au premier tour de clef. Il était bourré de manuscrits jusqu'à la gueule. J'ai pris le premier qui m'est tombé sous la main et je lui ai dit :

— Prenez ça.

C'était intitulé *Sans savoir où j'allais* et c'était signé Benjamin Malaussène.

— C'est de vous ? me demanda-t-il quand j'eus refermé le classeur.

— Oui, tous les autres aussi.

Je suis allé replacer le trousseau de clefs dans les ruines de Mâcon, exactement où je l'avais trouvé. Il ne me suivait plus.

Il regardait le manuscrit d'un air perplexe.

— Je ne comprends pas.

— C'est pourtant simple, dis-je, on m'a refusé tous ces romans beaucoup plus souvent que le vôtre. Je vous donne celui-ci parce que c'est mon dernier-né. Peut-être pourrez-vous me dire ce qui cloche là-dedans. Moi, j'adore.

Il me regardait comme si la valse du mobilier m'avait rendu cinglé.

— Mais, pourquoi moi ?

— Parce qu'on est meilleur juge des œuvres des autres, et que votre propre travail prouve au moins que vous savez lire.

Ici, j'ai toussé, je me suis retourné une seconde, et quand mes yeux se sont reportés sur lui, ils étaient pleins de larmes.

— Je vous en prie, faites-le pour moi.

Il a pâli, je crois, ses bras se sont ouverts à leur tour, mais j'ai esquivé l'étreinte et je l'ai reconduit vers la porte que j'ai ouverte grand.

Il a hésité un instant. Ses lèvres ont été reprises de tremblements. Il a dit :

— C'est affreux de penser qu'il y a toujours plus malheureux que soi. Je vous écrirai ce que j'en pense, monsieur Malaussène. Je vous promets que je vous écrirai !

Il a montré le désastre de la pièce et il a dit :

— Excusez-moi, je paierai tout, je...

Mais j'ai fait non de la tête en le poussant dehors avec douceur. J'ai refermé la porte sur lui. La dernière image qu'il emporta de cette petite séance fut celle de mon visage, trempé de larmes.

*

Je me suis essuyé d'un revers de main, et j'ai dit :

— Merci, Julius !

Comme le chien ne bronchait pas, je me suis approché de lui, et j'ai répété :

— Non, vraiment, merci ! Ça, au moins, c'est un chien qui défend son maître !

Autant s'adresser à un clébard empaillé. Julius le Chien restait assis devant la fenêtre à regarder passer la Seine avec une obstination de peintre japonais. Les meubles avaient valsé autour de lui, son effigie de cristal s'était payé Talleyrand, mais Julius le Chien s'en tapait ; gueule tordue et langue pendante, il regardait passer la Seine, ses péniches, ses cageots, ses godasses, ses amours... Immobile au point que le géant détraqué avait dû le prendre pour un monument d'art primitif, taillé dans du matériau trop lourd même pour une grande colère.

Le soupçon m a pris. Je me suis agenouillé près de lui. J'ai appelé doucement :

— Julius ?

Pas de réponse. Rien que son odeur.

— Tu ne me fais pas une crise, au moins ?

Toute la famille Malaussène vivait dans la terreur de ses crises d'épilepsie. Selon ma sœur Thérèse, elles annonçaient toujours une catastrophe. Et puis elles lui laissaient des séquelles : gueule tordue, langue pendante...

— Julius !

Je l'ai pris dans mes bras.

Non, bien vivant, tout chaud, poil farine, puant de partout : Julius le Chien, en parfaite santé.

— Bon, dis-je, assez rêvé comme ça, amène-toi, on va filer notre démission à la reine Zabo.

Fut-ce le mot « démission » ? Il se leva et atteignit la porte avant moi

2

— C'est la troisième fois que vous démissionnez ce mois-ci, Malaussène, je veux bien perdre cinq minutes à vous remettre sur les rails, mais pas plus.

— Pas même une seconde, Majesté, je démissionne : ça ne se négocie pas.

J'avais déjà la main sur la poignée de sa porte.

— Qui parle de négocier ? Je vous demande juste une explication.

— Pas d'explication ; j'en ai marre, c'est tout.

— Les fois précédentes aussi, vous en aviez marre, vous en avez chroniquement marre, Malaussène, c'est votre maladie à vous.

Elle n'était pas assise dans son fauteuil, elle y était plantée. Un buste si maigre que je m'attendais toujours à la voir passer au travers des coussins. Fichée sur ce corps comme au fer d'une pique, une tête extraordinairement obèse oscillait doucement — une tête de tortue sur la plage arrière d'une voiture.

— Vous avez renvoyé à un pauvre mec un manuscrit que vous n'avez même pas lu, et c'est moi qui viens de payer la facture.

— Oui, je sais, Mâcon m'a prévenue. Elle était toute chamboulée, la pauvre petite. Il vous a fait le coup de la page à l'envers ?

Elle s'amusait bien entre ses bajoues. Je me faisais toujours avoir au jeu des explications.

— Exactement, et c'est un miracle s'il n'a pas foutu le feu à la maison.

— Eh bien! Il faudra virer Mâcon, c'est son travail de remettre les pages à l'endroit. Je retiendrai la casse sur ses indemnités.

Au bout de ses bras si maigres, ses mains aussi étaient pneumatiques. Quelque chose comme des mains de bébé plantées à des tournevis. C'était peut-être de là que me venait l'émotion. J'en avais tant vu, des mains de bébé! Le Petit avait encore des mains de bébé, Verdun aussi, bien sûr, Verdun la minuscule, la der des ders. Et Clara encore, dans une certaine mesure, Clara qui allait se marier demain, des mains de bébé.

— Virer Mâcon? c'est tout ce que vous trouvez à dire? Vous avez déjà foutu six imprimeurs au chômage, aujourd'hui, ça ne vous suffit pas?

— Ecoutez, Malaussène...

La patience de celle qui estime ne pas avoir d'explication à fournir.

— Ecoutez-moi bien; non seulement vos imprimeurs m'ont rendu l'album avec six jours de retard, mais en plus ils ont essayé de me rouler. Sentez-moi ça!

Sans crier gare, elle m'a ouvert un bouquin sous le pif : le genre grand luxe anniversaire, Vermeer de Delft plus vrai que nature, hors de prix et jamais lu, pure bibliothèque de chirurgien-dentiste.

— Très joli, dis-je.

— On ne vous demande pas de *regarder*, Malaussène, on vous demande de *sentir*. Qu'est-ce que vous sentez?

Ça sentait bon le livre neuf, le croissant chaud de l'éditeur.

— Ça sent la colle et l'encre fraîche.

— Pas si fraîche que ça, justement; quelle encre?

— Pardon?

— De quelle encre s'agit-il?

— Arrêtez votre cirque, Majesté, comment voulez-vous que je sache?

25

— De la Venelle 63, mon garçon. Dans sept ou huit ans, elle produira de jolis reflets roux autour des lettres et le bouquin sera foutu. Une saloperie chimiquement instable. Ils devaient avoir un vieux stock, ils ont essayé de nous refaire. Mais dites-moi, comment vous êtes-vous débarrassé de votre forcené, vous ? Parti comme il l'était, il aurait dû vous massacrer !

Changement de sujet à vue, c'était sa méthode : affaire classée, affaire suivante.

— Je l'ai transformé en critique littéraire. Je lui ai refilé un manuscrit non réclamé en lui disant qu'il était de moi. Je lui ai demandé son avis, des conseils... J'ai renversé la vapeur.

(Mon truc favori, en fait. Et c'était moi qui recevais des lettres d'encouragement de la part des auteurs dont je refusais les romans : « Il y a bien de la sensibilité dans ces pages, monsieur Malaussène ! Vous y arriverez un jour, faites comme moi, persévérez, l'écriture est une longue patience... » Je répondais par retour du courrier, je disais toute ma gratitude.)

— Et ça marche ?

Elle me regardait avec une admiration incrédule.

— Ça marche, Majesté, ça marche à tous les coups. Mais j'en ai marre. Je démissionne.

— Pourquoi ?

Pourquoi, au fait ?

— Vous avez eu peur ?

Même pas. Il y avait bien cette phrase sur la mort rectiligne qui me travaillait un peu, mais le géant fou ne m'avait pas vraiment fait peur.

— C'est l'inhumanité de l'édition qui vous chagrine, Malaussène ? Vous voulez tâter de l'immobilier ? de la pétrochimie ? de la banque ? Tiens, le Fonds monétaire international, je vous recommande : couper les vivres à un pays sous-développé sous prétexte qu'il ne peut pas rembourser ses dettes, je vous vois assez bien dans ce rôle : des millions de morts à la clef !

Elle s'était toujours foutue de moi sur ce mode virilo-maternel. Et elle m'avait toujours récupéré, en fin de compte. Pas cette fois-ci, Majesté, cette fois-ci, je me tire. Elle dut le lire dans mon regard, parce qu'elle se redressa à demi, ses poings grassouillets retournés sur son bureau, son énorme tête menaçant de tomber sur son buvard comme un fruit mûr :

— Pour la dernière fois, écoutez-moi, bougre de crétin...

Elle travaillait sur un petit bureau métallique minable. Le reste de la pièce tenait plus de la cellule de moine que de l'antre directorial. Rien à voir avec l'antichambre du Louvre où j'exerçais mes propres talents ni avec le design verre-alu de Calignac, le directeur des ventes. Côté burlingue, tout le monde était mieux loti qu'elle dans la maison ; côté fringues, elle aurait pu passer pour la secrétaire à mi-temps de sa plus récente attachée de presse. Elle aimait à ce que ses employés travaillassent dans le luxe (travaillassent, oui) et pétassent dans la soie. Elle peaufinait son côté petit caporal à l'uniforme strict entouré de maréchaux d'Empire tout chamarrés du cul.

— Ecoutez, Malaussène, je vous ai engagé comme bouc émissaire pour que vous vous fassiez engueuler à ma place, pour que vous épongiez les emmerdes en pleurant au bon moment, pour que vous résolviez l'insoluble en ouvrant grand vos bras de martyr, en un mot, pour que vous *endossiez*. Or, vous endossez formidablement ! Vous êtes un endosseur de première, personne au monde n'endosserait mieux que vous, et vous savez pourquoi ?

Elle me l'avait expliqué trente-six fois : parce que j'étais, selon elle, un bouc émissaire né, que j'avais ça dans le sang, un aimant à la place du cœur, qui attirait les flèches. Mais, ce jour-là, elle en rajouta :

— Pas seulement, Malaussène, il y a autre chose : la compassion, mon garçon, la compassion ! Vous avez un vice rare : vous compatissez. Vous souffriez, tout à l'heure, à la place du géant infantile qui pulvérisait mon mobilier. Et vous compreniez si bien la nature de sa douleur que vous

avez eu l'idée de génie de transformer la victime en bour-
reau, l'écrivain rejeté en critique tout-puissant. C'est exactement ce dont il avait besoin. Il n'y a que vous pour sentir des
choses aussi simples.

Elle a une voix de crécelle suraiguë, entre la gamine
émerveillée et la sorcière revenue de tout. Impossible de
distinguer l'enthousiasme du cynisme, chez elle. Ce qui la
fait bicher, ce ne sont pas les choses, c'est comprendre les
choses.

— Vous êtes le double douloureux de ce bas monde,
Malaussène !

Ses mains s'agitaient sous mon nez comme des papillons
obèses.

— Même moi j'arrive à vous émouvoir, c'est dire !

Elle planta son index potelé dans sa poitrine creuse.

— Chaque fois que vos yeux se posent sur moi, je vous
entends vous demander comment une tête aussi monumentale a pu pousser au bout d'un pareil râteau !

Erreur, j'avais ma petite idée là-dessus : psychanalyse
réussie. La tête est guérie et le corps est rayé de la carte. La
tête jouit pleinement de sa guérison ; elle profite toute seule
des bonnes choses de la vie.

— Je vous vois d'ici échafaudant l'histoire de mes
douleurs intimes : un amour malheureux au départ, ou une
conscience trop vive de l'absurdité du monde, et le remède
final de la psychanalyse qui ôte le cœur et blinde la cervelle,
le canapé magique, ce n'est pas ça ? Le tout-à-l'ego payant,
non ?

(Eh merde !...)

— Ecoutez, Majesté...

— Vous êtes le seul de mes employés à m'appeler
ouvertement Majesté — les autres le font en coulisse — et
vous voudriez que je me passe de vous ?

— Ecoutez, j'en ai marre, je m'en vais, c'est tout.

— Et les livres, Malaussène ?

Elle a hurlé ça en bondissant sur ses pieds.

— Et les livres ?

28

D'un vaste geste elle a désigné les quatre murs de sa cellule. Les murs étaient nus. Pas un seul bouquin. Pourtant, c'était comme si nous étions tout soudain plongés au cœur de la Bibliothèque nationale.

— Vous avez pensé aux livres ?

La rage rouge. Les yeux lui jaillissaient de la tête. Lèvres violettes et gros poings tout blancs. Au lieu de me dissoudre dans mon fauteuil, j'ai sauté moi aussi sur mes pieds et j'ai gueulé à mon tour :

— Les livres, les livres, vous n'avez que ce mot-là à la bouche ! Citez-m'en un !

— Quoi ?

— Citez-moi un livre, un titre de roman, n'importe lequel, un cri du cœur, allez !

Elle a eu quelques secondes de stupeur suffoquée, une hésitation qui lui fut fatale.

— Vous voyez, triomphai-je, vous n'êtes même pas fichue de m'en sortir un ! Vous m'auriez dit *Anna Karenine* ou *Bibi Fricotin*, je serais resté.

Puis :

— Allez, Julius, on y va.

Le chien, qui était assis face à la porte, leva son gros cul.

— Malaussène !

Mais je ne me retournai pas.

— Malaussène, vous ne démissionnez pas, je vous vire ! Vous puez plus que votre chien, Malaussène, vous parlez du cœur comme on refoule de la bouche ! Vous êtes une chiure d'homme, un faux cul que la vie nettoiera sans que je m'en mêle, foutez-moi le camp, nom de Dieu, et attendez-vous à recevoir la note, pour le bureau saccagé !

II

CLARA SE MARIE

Je ne veux pas que Clara se marie.

Il me fallut attendre la nuit profonde. Alors seulement je compris pourquoi j'avais rendu mon tablier de bouc à la reine Zabo.

Je m'étais réfugié dans les bras de Julie, ma tête s'était enfouie entre les seins de Julie (« Julie, je t'en supplie, prête-moi tes mamelles »), les doigts de Julie rêvassaient dans mes cheveux, et ce fut la voix de Julie qui alluma ma lanterne. Sa belle voix feulée des savanes.

— Au fond, dit-elle, c'est parce que Clara se marie demain que tu as démissionné.

*

C'était vrai, nom d'un chien. Je n'avais pensé qu'à ça toute la journée. « Demain, Clara épouse Clarence. » Clara et Clarence... tête de la reine Zabo si elle avait trouvé ça dans un manuscrit ! Clara et Clarence ! Même la collection Harlequin n'oserait pas un cliché pareil. Mais, outre le ridicule de la chose, c'était la chose elle-même qui me tuait. Clara se mariait. Clara quittait la maison. Clara ma petite chérie, mon duvet d'âme, s'en allait. Plus de Clara pour s'interposer entre Thérèse et Jérémy à l'heure de l'engueulade quotidienne, plus de Clara pour consoler le Petit à la sortie de ses cauchemars, plus de Clara pour câliner Julius le Chien en pays d'épilepsie, plus de gratin dauphinois, non plus, et plus d'épaule d'agneau à la Montalban. Sauf le dimanche, peut-être, quand Clara visiterait la famille. Nom de Dieu... Nom de Dieu de nom de Dieu... Je n'avais pensé qu'à cela toute la journée, oui. Quand ce gommeux de Deluire était venu râler parce que la mise en place de ses bouquins ne se faisait pas assez vite dans les librairies d'aéroport (c'est que les libraires n'en veulent plus, pauvre nul, t'as bouffé ton pain blanc en te pavanant à la télé au lieu d'aiguiser sagement ta plume, tu piges pas ça?), c'est à Clara que je pensais. Je pleurnichais : « C'est ma faute, monsieur Deluire, c'est ma faute, n'en dites rien à la patronne, je vous en prie », et je me disais : « Elle partira demain, je la vois ce soir pour la dernière vraie fois... », et je pensais encore à cela quand les arnaqueurs de l'imprimerie étaient venus plaider à six leur cause indéfendable, et quand l'autre cinglé préhistorique pilonnait la baraque, c'était le départ de Clara qui me broyait l'âme. La vie de Benjamin Malaussène se résumait brusquement à ceci : sa petite sœur Clara quittait sa maison pour la maison d'un autre. La vie de Benjamin Malaussène s'arrêtait là. Et Benjamin Malaussène, submergé tout à coup par une lassitude sans horizon, balayé du pont de la vie par la grande vague du chagrin (ouh-là !), filait sa démission à la reine Zabo sa patronne en se donnant des airs de moraliste qui lui allaient aussi bien qu'une chasuble à un pilleur de troncs. Un suicide, quoi.

Dehors, comme Julius et moi marchions, tout sottement gonflés de cette victoire-défaite, Loussa de Casamance, mon ami en édition, avait glissé près de nous sa camionnette rouge, pleine de bouquins chinois dont il inondait *Les Herbes sauvages* du nouveau Belleville, et nous avait chargés. C'était lui qui avait commencé à me remettre la tête à l'endroit, lui et son bon sens d'ex-tirailleur sénégalais rescapé de Monte Cassino. Pendant quelques minutes, il avait laissé aller sa bibliothèque roulante sans dire un mot, puis il m'avait coulé un regard de biais, l'œil tombant sur le côté, luisant de ces étranges reflets verts, et il avait dit :

— Laisse à un vieux nègre qui t'aime le triste privilège de te dire que tu es un petit con.

34

Il avait une voix d'une douceur railleuse. Mais là encore, je pensai à la voix de Clara. Ce serait peut-être la voix de Clara qui me manquerait le plus, en fin de compte. Toute petite, dès la naissance, la voix de Clara avait préservé la maison du raffut de la ville. Une voix si chaude, si ronde, si pareille à son visage, que regarder Clara silencieuse, occupée par exemple à développer ses photos sous la lampe rouge, c'était encore l'entendre, c'était se laisser envelopper par la délicieuse petite laine des soirées à la fraîche.

— Faire à la reine Zabo le coup du livre parmi les livres, disait Loussa, ce n'est pas très loyal, si tu veux mon avis.

Loussa était un inconditionnel paisible de la reine Zabo. Et il ne haussait jamais le ton.

— « Citez-m'en un... un seul », une petite ruse d'avocat marron que tu as eue là, Malaussène, rien de plus.

Il avait raison. Flanquer l'autre en état de stupeur et profiter de la paralysie pour l'estoquer, ce n'était pas très joli.

— C'est comme ça qu'on gagne un procès, mais c'est aussi comme ça qu'on tue la vérité. *Fǎn gōng zì xǐng*, comme disent les Chinois : fouille ta conscience.

Il conduisait extraordinairement mal. Mais il estimait qu'après le carnage de Monte Cassino, ce n'était pas le trafic automobile qui aurait sa peau. Tout à coup, je lui ai dit :

— Loussa, ma sœur se marie demain.

Il ne connaissait pas ma famille. Il n'était jamais venu à la maison.

— C'est certainement une chance pour son mari, dit-il.

— Elle épouse un directeur de prison.

— Ah !

Oui, c'était bien mon opinion : « Ah ! » Il y eut quelques feux rouges grillés, quelques croisements périlleux, puis il demanda :

— Elle est vieille, ta sœur ?

— Non, elle va avoir dix-neuf ans ; c'est lui qui est vieux.

— Ah !

35

L'odeur de Julius profita du silence pour s'installer. Julius le Chien avait toujours procédé par effluves. D'un même mouvement du poignet, Loussa et moi baissâmes nos vitres respectives. Puis, Loussa dit :

— Ecoute, ou tu as envie de parler, ou tu as besoin de te taire, mais dans les deux cas je te paye un canon.

Il fallait peut-être que je raconte ça à quelqu'un, au fond, quelqu'un qui ne fût pas au courant. L'oreille droite de Loussa ferait l'affaire.

— Depuis que la guerre m'a crevé le tympan gauche, disait-il, mon oreille droite est devenue plus objective.

*

HISTOIRE DE CLARA ET DE CLARENCE

Chapitre premier : L'année dernière, alors qu'on égorgeait les vieilles dames de Belleville pour leur piquer leurs économies, mon ami Stojilkovicz, une sorte d'oncle serbo-croate de notre petite famille, s'était mis en tête de protéger les vieilles que les flics laissaient à la merci du loup.

Chapitre deux : Pour ce faire, il les arma jusqu'aux dents, exhumant un vieux stock de pétoires qu'il tenait planquées depuis la Dernière Guerre dans les catacombes de Montreuil. Après avoir entraîné les vieilles dames à toutes les formes de tir dans une salle spécialement aménagée des mêmes catacombes, Stojilkovicz les avait tranquillement lâchées dans les rues de Belleville, aussi incontrôlables que des missiles à tête soupçonneuse.

Chapitre trois : Ce qui, bien entendu, ne fit qu'ajouter au massacre. Un inspecteur en civil, qui voulait aider une de ces jeunesses à traverser un carrefour, se retrouva sur le bitume avec une balle entre les deux yeux. Bavure : grand-mère était trop rapide.

Chapitre quatre : Du coup, la flicaille s'agite pour de bon et jure de venger le martyr. Deux inspecteurs un peu moins tartes que les autres découvrent le pot aux roses, et Stojilkovicz se retrouve en cabane.

Chapitre cinq (en forme de parenthèses, qui sont l'*in petto* de la vie) : Au cours de leur enquête, les deux inspecteurs sont devenus des familiers de Belleville en général et de la famille Malaussène en particulier. Le plus jeune des deux, un certain Pastor, tombe raide amoureux de ma mère, laquelle décide, pour la huitième fois, de refaire sa vie avec un cœur flambant neuf. Exit maman, exit Pastor. Direction l'hôtel Danieli, à Venise. Mais oui.

Quant au second flic, l'inspecteur Van Thian, un Franco-Vietnamien au bord de la retraite, il a bloqué trois balles dans cette chasse à l'égorgeur et traîne une convalescence heureuse parmi nous. Tous les soirs, il raconte aux enfants un chapitre de cette aventure. C'est un conteur troublant : il a la tête d'Hô Chi Minh avec la voix de Gabin. Les enfants l'écoutent, assis dans leurs plumards superposés, les narines écarquillées par le parfum du sang et l'âme arrondie par les promesses de l'amour. Le vieux Thian a intitulé son récit *La Fée Carabine*. Il nous y attribue à tous les rôles les plus flatteurs, ce qui ajoute à la « qualité de l'écoute », comme on dit sur les ondes.

Chapitre six : Seulement, plus de Stojilkovicz, plus d'oncle serbo-croate à la voix de bronze, plus de partenaire pour mes parties d'échecs. Comme nous ne sommes pas du genre à laisser tomber un vieux pote, Clara et moi décidons de lui rendre visite dans sa geôle. On l'a entaulé à la maison d'arrêt de Champrond dans l'Essonne. Métro jusqu'à la gare d'Austerlitz, train jusqu'à Etampes, taxi jusqu'à la prison, et là, stupeur : au lieu de trouver une centrale aveuglée par des murs falaises, c'est une gentilhommière dix-huitième qui nous accueille, aménagée en taule, certes, avec cellules, casquettes, heures de visite, mais jardins à la française, aubussons aux murs, beauté disponible partout où se pose l'œil, et silence feutré de bibliothèque. Pas le moindre cliquetis, des couloirs sans écho, le havre. Autre sujet de surprise : après qu'un vieux maton, discret comme un chat de musée, nous a conduit à la cellule de Stojilkovicz, celui-ci refuse de nous recevoir. Brève vision par l'entrebâillement de sa porte : une petite piaule carrée, au sol jonché de papiers froissés, d'où émerge une table de travail croulant sous les dictionnaires. Stojilkovicz a entrepris de traduire Virgile en serbo-croate pendant sa détention, et les quelques mois qu'on lui a collés n'y suffiront pas. Alors, du balai, les enfants, s'il vous plaît, et faites passer la consigne : pas de visite à l'oncle Stojil.

Chapitre sept : L'apparition eut lieu dans les couloirs du retour. Car la première rencontre entre Clara et Clarence relève, oui, de l'apparition. C'était un soir de printemps. Un soleil feuille morte dorait les murs. Le vieux maton nous reconduisait vers la sortie. Nos pas s'étouffaient dans le silence d'un long tapis cardinalice. Il ne manquait que les paillettes de Walt Disney pour nous expédier main dans la main, Clara et moi, au paradis azur de toutes les réconciliations. Pour dire la vérité, j'avais hâte de me tirer. Qu'une prison ressemblât si peu à une taule chamboulait mon système de valeurs. Et je n'aurais pas été autrement étonné si le taxi diesel qui nous attendait à la sortie se fût métamorphosé en un carrosse de cristal tiré par cette race de chevaux ailés qui ne produisent jamais de crottin.
C'est alors que le prince charmant nous apparut.
Debout, long et droit, un livre à la main, au bout du couloir, sa tête blanche éclaboussée d'or par un rayon oblique.
L'archange soi-même.
La mèche de cheveux immaculés qui lui tombait sur l'œil figurait d'ailleurs assez bien l'aile d'un ange tout juste repliée.
Il leva les yeux sur nous.
Bleu ciel, les yeux, évidemment.

38

Nous étions trois devant lui. Il ne vit que Clara. Et, sur le visage de ma Clara, apparut ce sourire dont je redoutais l'éclosion depuis toujours. Seulement, je pensais qu'elle en dédierait l'exemplaire original à un boutonneux imprécis — baskets et walkman — qui tomberait sous l'autorité du frère en succombant au charme de la sœur. A moins que Clara, qui ne brillait guère à l'école, ne nous ramenât un fort en thème un peu guindé dont notre fantaisie n'aurait fait qu'une bouchée. Ou un écolo que j'aurais converti à coups d'épaule d'agneau.

Non.

Un archange.

Aux yeux bleu ciel.

Agé de cinquante-huit ans. (58 ans. Bientôt soixante.)

Directeur de prison.

Clouée aux cieux par la double intensité de ce regard, la terre avait cessé de tourner. Quelque part dans le silence des couloirs, s'éleva la plainte d'un violoncelle. (Je rappelle que tout cela se passait en prison.) Comme s'il se fût agi d'un signal, l'archange rejeta sa mèche blanche en arrière d'un gracieux mouvement de tête, et dit :

— Nous avons de la visite, François ?

— Oui, monsieur le directeur, répondit le vieux maton.

Dès cet instant, Clara avait quitté la maison.

*

— Mais dis-moi, demanda Loussa en reposant son verre, ils font quoi, là, au juste, tes taulards, dans ta prison de rêve ?

— D'abord, ce ne sont ni mes taulards, ni ma prison. Ensuite, ils font tout ce qu'on peut faire dans le domaine artistique. Certains écrivent, d'autres peignent, ou sculptent, il y a un orchestre de chambre, un quatuor à cordes, une troupe de théâtre...

Ouais... la conviction de Saint-Hiver étant qu'*un assassin est un créateur qui n'a pas trouvé son emploi* (les italiques sont de lui), il a eu l'idée de cette prison, dans les années soixante-dix. Juge d'instruction d'abord, juge d'application des peines ensuite, il a mesuré les dégâts de la taule ordinaire, a imaginé le remède, l'a doucement imposé à sa hiérarchie, et voilà, ça marche... depuis près de vingt ans, ça marche... *conversion de l'énergie destructrice en volonté de création* (les italiques sont toujours de lui)... une soixantaine de tueurs métamorphosés en *artisses* (la prononciation est de mon frère Jérémy).

— Un coin peinard où prendre ma retraite, en somme.

Loussa rêvait.

— Le reste de ma vie à traduire le Code civil en chinois. Qui dois-je assassiner ?

Nos verres qui étaient vides se remplirent. Le mien tournait entre mes doigts. J'essayais de lire l'avenir de ma Clara dans les profondeurs pourpres du sidi-brahim. Mais je n'avais pas les dons de Thérèse.

— Clarence de Saint-Hiver, tu ne trouves pas ça incroyable de s'appeler Clarence de Saint-Hiver ?

Loussa ne trouvait pas ça incroyable.

— C'est un nom venu des îles, ça, de la Martinique, peut-être. Au fond, ajouta-t-il avec malice, je me demande si ce n'est pas ce qui te défrise le plus, que ta sœur épouse un nègre blanc...

— J'aurais préféré qu'elle t'épouse toi, Loussa, nègre noir, avec ta littérature chinoise dans ta camionnette rouge.

— Oh ! moi, je ne suis plus bon à grand-chose ; j'ai laissé ma couille gauche sur l'ossuaire de Monte Cassino, avec mon oreille...

Une saute de vent nous offrit Belleville en odeur. Caresse merguez et menthe. Tout près de notre table, une rôtisserie grésillait doucement. A chaque tour de manège, une tête de mouton, embrochée comme un poulet, faisait de l'œil à Julius le Chien.

— Et Belleville ? demanda soudain Loussa.

— Quoi, Belleville ?

— Tes potes de Belleville, qu'est-ce qu'ils en pensent ?

*

Bonne question. Que pensaient de ce mariage Hadouch Ben Tayeb, mon ami d'enfance, et Amar son père, le restaurateur, chez qui la tribu Malaussène bouffe depuis toujours, Yasmina, notre maman à tous, et Mo le Mossi, l'ombre noire de Hadouch, et Simon le Kabyle, son ombre rousse, les roitelets du bonneteau de Belleville à la Goutte d'Or, les pas vraiment fréquentables, qu'en pensaient-ils ? Quelle fut leur première réaction au fait que Clara épouse un maton-chef ?

Réponse : consternation rigolarde.

— Y a vraiment qu'à toi qu'il arrive des trucs pareils, mon frère Benjamin...

— Ta mère se barre avec le flic Pastor et Saint-Hiver marie ta frangine !

— Te voilà beau-fils d'un flic et beauf d'un maton, t'es beau, Benjamin !

— Et toi, Benjamin, tu vas épouser qui, toi ?

— Allez, bois un coup...

Ils remplissaient mon verre, les amis de Belleville.

Sincères condoléances...

Jusqu'au jour où Clara elle-même m'a donné l'occasion de contre-attaquer. Je les avais tous rassemblés chez Amar, il y avait urgence, et ils étaient déjà attablés quand je suis arrivé. Hadouch m'a embrassé en me demandant : « Ça va mieux, mon frère Benjamin ? » (depuis l'annonce du mariage de Clara, Hadouch ne me demandait plus si ça allait bien, mais si ça allait « mieux », il trouvait ça drôle, le con...), et Simon s'est fendu de son sourire le plus large :

— Qu'est-ce que tu viens nous annoncer, ce coup-ci, ta mère et Pastor t'ont fait un petit frère ?

Et Mo le Mossi, pour ne pas être en reste :

— Ou bien ça serait que tu t'es fait flic, Benjamin ?

Mais moi, m'asseyant avec une gueule d'enterrement :

41

— Beaucoup plus grave que ça, les gars...

J'ai pris ma respiration, et j'ai demandé :

— Hadouch, tu as vu naître Clara, tu te rappelles ?

Hadouch fut le premier à piger que l'heure était grave.

— Oui, j'étais avec toi quand elle est née, oui.

— Tu lui as changé ses couches, tu l'as torchée quand elle était môme...

— Oui.

— Et plus tard tu lui as appris Belleville, tu es son parrain de la rue, si on peut dire. Au fond, c'est grâce à toi si elle a fait d'aussi belles photos du quartier...

— Si tu veux, oui...

— Et toi, Simon, dès qu'elle a été en âge de faire bouillir le sang des voyous, tu l'as protégée comme un frère, non ?

— Hadouch m'avait demandé de veiller sur elle, oui, mais sur Thérèse aussi, et sur Jérémy, et maintenant sur le Petit, c'est un peu notre famille, Ben, on veut pas qu'ils fassent de conneries.

Ici, j'ai eu un de ces sourires que seuls savent dessiner les bons gros sous-entendus, et j'ai répété lentement, sans lâcher le Kabyle des yeux :

— Tu l'as dit, Simon : Clara, c'est un peu ta famille...

Puis, me tournant vers Mo le Mossi :

— Et quand Ramon a essayé de la faire sniffer, c'est bien toi qui as cassé la tête de Ramon contre un pylône, Mo, je me trompe ?

— Qu'est-ce que tu aurais fait, à ma place ?

Mon sourire s'est élargi :

— La même chose, Mo, ce qui veut dire que tu es son frère, tout comme moi... ou à peu près.

Là, j'ai laissé le silence faire son petit boulot. Puis j'ai dit :

— Il y a un problème, les gars.

Et j'ai encore laissé mitonner quelques secondes.

— Clara vous veut à son mariage.

Silence.

— Tous les trois.

42

Silence.

— Elle veut Mo et Simon pour témoins.

Silence.

— Elle veut rentrer dans la chapelle au bras de ton père et de Yasmina, Hadouch, et elle veut Nourdine et Leila comme enfants d'honneur.

Silence.

— Elle veut que toi et moi nous suivions derrière. Immédiatement derrière.

Ici, Hadouch a tenté une sortie.

— Mais qu'est-ce que des musulmans comme nous irions foutre dans un mariage de roumis?

J'avais ma réponse.

— De nos jours, on peut choisir sa religion, Hadouch, mais pas encore sa tribu. Or, la tribu de Clara, c'est vous.

Le piège. C'est Hadouch qui a donné l'ordre de la capitulation.

— D'accord. Quelle église? Saint-Joseph de la rue Saint-Maur?

Et, là, bien posément, je leur ai filé le coup de grâce.

— Non, Hadouch, elle veut se marier dans la chapelle de la prison. En taule, si tu préfères...

4

Oui, parce qu'en prime j'ai eu droit à la crise mystique grandeur nature. Jusqu'ici, Clara a été élevée dans l'idée que s'il faut aimer l'Homme, c'est plutôt contre Dieu et certaines autres convictions mortelles. Et puis voilà que Clarence et elle ont flanqué leur rencontre au crédit d'on ne sait quelle Toute-Puissance. Et Clarence, l'autre gourou de la criminalité-créative, ses deux mains si fines posées sur mes épaules, de murmurer avec son sourire volatile (après tout, les anges ne sont que des volatiles) :

— Benjamin, pourquoi refusez-vous d'admettre que notre rencontre est de l'ordre de la Grâce ?

Total, toute une éducation foutue en l'air, mariage en blanc dans la chapelle de la prison, bénédiction nuptiale par l'aumônier national de la taulerie, comme le précisent les faire-part. En relief, les faire-part, Saint-Hiver sait vivre. Marié civilement deux fois, divorcé deux fois, positiviste convaincu, comportementaliste militant, et un troisième mariage avec une adolescente toute blanche, à l'église ! Clarence de Saint-Hiver...

Je me retourne dans mon pieu, je cherche les seins de Julie. Clarence de Saint-Hiver... « pourquoi refusez-vous d'admettre que notre rencontre est de l'ordre de la Grâce ? » ... connard, va.

— Calme-toi, Benjamin, dors, sinon tu seras complètement crevé, demain.

Jamais rien trouvé de plus humainement chaud que les seins de Julie.

— Ça ne durera peut-être pas longtemps, peut-être que Clara est en train de faire son brouillon de l'amour... hein, Julie... qu'est-ce que tu en penses ?

On entend Paris dormir. L'index de Julie boucle rêveusement une mèche de mes tifs.

— L'amour ne fait pas de brouillon, Benjamin, tu le sais très bien, c'est chaque fois au propre, directement.

(C'est du propre, oui...)

— Et puis pourquoi veux-tu lui souhaiter de ne pas aimer le type qu'elle épouse ?

(Parce qu'il a soixante balais, merde, que c'est un maton-chef, un cul-béni, qu'il en a baisé et largué d'autres avant elle !) Aucune de ces réponses n'étant recevable, je les garde pour moi.

— Tu sais que tu vas finir par me rendre jalouse ?

Ce n'est pas vraiment une menace, Julie dort à moitié en disant ça.

— Toi, je t'aimerai toujours, dis-je.

Elle se retourne contre le mur, et elle dit seulement :

— Contente-toi de m'aimer tous les jours.

*

Le souffle de Julie a trouvé son rythme de croisière. Je suis le seul à rester éveillé dans l'ex-quincaillerie qui nous tient lieu d'appartement. Sauf Clara, peut-être. Je me lève. Je descends vérifier... tu parles, elle dort comme elle a toujours dormi, à l'abri de la vie. Les autres roupillent aussi dans leurs plumards superposés. Le vieux Thian leur a raconté un chapitre de sa *Fée Carabine*. Jérémy s'en est endormi la bouche ouverte, et le Petit a oublié d'ôter ses lunettes. Thérèse, elle, dort comme d'habitude, tellement raide dans son lit qu'elle donne l'impression d'être entrée debout dans le sommeil et que quelqu'un l'a couchée, en faisant attention de ne pas la plier. Julius le Chien pionce au milieu de tout ce beau monde, flapissant des babines comme un dico qu'on feuillette.

Au-dessus de Julius : le berceau de Verdun. Verdun, la petite dernière, est née en colère. Elle dort comme une grenade dégoupillée. Seul le vieux Thian arrive à lui faire avaler la vie. Aussi, à son réveil, est-ce toujours le visage du vieux Thian que Verdun trouve penché sur son berceau, moyennant quoi, la grenade consent à ne pas exploser.

Posée sur une chaise, flottante comme le fantôme du bonheur dans l'obscurité de la chambre, il y a la fameuse robe blanche. Yasmina, la mère de Hadouch, la femme d'Amar, est venue l'essayer une dernière fois, ce soir, à Clara. Encore une belle histoire, ça... Typique tribu Malaussène ! J'avais téléphoné à maman pour lui annoncer les jolies noces. « Vraiment ? » a dit maman, là-bas, à Venise, autre bout de notre fil, « Clara se marie ? passe-la-moi, mon tout petit, tu veux ? — Elle n'est pas là, maman, elle fait des courses... — Eh bien, tu lui diras que je lui souhaite d'être aussi heureuse que moi... Allez, je vous embrasse tous, mes chéris... tu es un bon fils, Benjamin. » Et clac, elle raccroche. Sans blague, comme ça : « Je lui souhaite d'être aussi heureuse que moi »... et elle raccroche. Pas rappelé depuis, pas envoyé le moindre mot, vient pas au mariage, rien... maman.

Du coup, c'est Yasmina qui joue son rôle. Aussi loin que je me souvienne, les jupons de Yasmina furent notre vraie mère.

Je vais prendre une chaise dans la cuisine, je la plante au milieu d'eux tous, mes endormis, mes chers produits des amours maternelles, je m'assieds dessus à califourchon, et, bras repliés sur le dossier, tête dans mes bras, je plonge dans le sommeil.

*

Ouais... je plonge dans le sommeil, le rate, et me retrouve ensablé dans le souvenir : première et unique visite de Saint-Hiver à la famille. Présentation du fiancé, quoi. Il y a une quinzaine de ça. Dîner tout bien comme il faut. Clara rosissante qui a mis les petits plats dans les gigantesques. « Devine qui vient dîner ce soir ? » Jérémy et le Petit ont joué à ça toute la journée. « Le p'isonnier de not' Cla'a », répondait le Petit. Et ces deux crétins hurlaient d'un rire que Thérèse jugeait « vulgaire » et qui faisait rougir Clara. Mais le soir, face à l'archange en chair et en plumes, les duettistes ont mis la pédale douce. C'est qu'il se pose un peu là, Saint-Hiver. Pas le genre de scoutocrate auquel on tape sur le ventre ni qui tutoie le premier païen venu. Une dignité rêveuse, une gentillesse distraite qui tient les mômes à une distance plus que respectueuse, même les Jérémy ! Et puis le futur beau-frère ne fait pas partie de la brigade du rire. C'est pas un homme qui se distrait, ça. S'il consent à quitter sa prison pour venir jeter un œil sur la famille de la fiancée, il s'amène avec son sujet de conversation, comme on apporte son bifteck. Un homme de vocation, c t homme-là. Dès la première question de Julie, il démarre :

— Oui, je m'occupe d'une frange bien précise de criminels : ceux qui ont toujours eu le sentiment, dès la toute petite enfance, dès l'école, parfois même dès la maternelle, de voir se dresser la société entre eux et eux-mêmes.

Le regard des frangines... Oh la la ! le regard des frangines !

— Ils se sentent puissamment exister et tuent, non pas pour se détruire eux-mêmes, comme la plupart des criminels, mais au contraire pour *prouver leur existence*, un peu comme on abattrait un mur qui nous tiendrait prisonnier.

Même Verdun, dans les bras du vieux Thian, semblait l'écouter, avec son regard en cordon bickford, toujours incandescent, comme si elle était perpétuellement sur le point de dynamiter sa propre muraille.

— Voilà le type d'hommes que j'abrite à Champrond, mademoiselle Corrençon, parricides, pour beaucoup, ou qui ont tué leur professeur, leur psychanalyste, leur sergent instructeur...

— Par désir d'être « reconnus », a conclu ma journaliste

Corrençon qui sentait le sujet d'un fameux article donner ses premiers coups de tatanes dans sa matrice professionnelle.

(Qu'est-ce que je me suis senti seul, à ce putain de dîner, quand j'y repense !)

— Oui..., a fait Saint-Hiver tout pensif, l'étrange étant que personne ne se soit demandé ce qu'ils désiraient tant faire *reconnaître*.

— Personne avant toi, a précisé Clara en rougissant.

Toutes les bouches ouvertes semblaient dire : « encore, encore », et Clara écoutait Clarence comme une épouse qui nourrit sa passion de femme à cette passion d'homme. Oui, dans les grands yeux de Clara, j'ai vu, ce soir-là, défiler la cohorte des épouses exemplaires, les Martha Freud, les Sofia Andreïevna Tolstoï, astiquant pour la postérité les cuivres du génial mari. Lequel, après une envolée de sa mèche blanche, lâcha cette formule :

— Les assassins sont souvent des gens que l'on n'a pas crus.

— Les dictateurs aussi, a rétorqué Julie.

(En pleine mondanité inspirée, on était.)

— En effet, certains de mes pensionnaires se débrouilleraient fort bien en Amérique latine.

— Au lieu de quoi, vous en avez fait des artistes.

— Tant qu'à régner sur un monde, autant que ce soit sur le leur.

(Arrête ! Stop ! Tant d'intelligence en si peu de mots, c'est trop ! Pitié !...)

Et là, Saint-Hiver, le très sérieux, s'était accordé un sourire malicieux :

— Et parmi ces artistes, nous comptons même des architectes qui conçoivent en ce moment les plans d'élargissement de notre prison.

L'effet de stupeur fonctionna au quart de poil :

— Vous voulez dire que vos prisonniers sont en train de construire leurs propres cellules ? s'est exclamée Julie.

— N'est-ce pas ce que nous faisons tous ?

La mèche, encore la mèche blanche...

48

— Seulement, nous sommes de mauvais architectes. Nos cellules conjugales nous étouffent, nos centrales professionnelles nous dévorent, nos prisons familiales poussent nos enfants à la drogue, et la petite lucarne télévisuelle par laquelle nous regardons pathétiquement à l'extérieur ne nous renvoie qu'à nous-mêmes.

Ici, Jérémy est intervenu avec une certaine fierté :

— Nous, on n'a pas la télé !

— C'est en partie pour cette raison que Clara est Clara, a répondu Saint-Hiver le plus sérieusement du monde.

Moi, il commençait à me courir, l'archange ! Outre qu'il jouait de ses superbes cheveux blancs comme un avocat qui aurait eu ses manches sur sa tête, son baratin me rappelait celui de la grande époque où tous les copains débarquaient à la maison pendant que je torchais les mômes de maman, pour essayer de me convertir à la vie-vraie. Le couplet sur la famille-constrictor, l'entreprise-crocodile, le couple-python et la télé-miroir, on me l'avait servi jusqu'à l'indigestion. De quoi vous filer une fringale d'aliénation tous azimuts ! On a envie de passer le reste de ses jours en famille, devant la téloche, à bouffer des conserves avariées, et de ne sortir qu'une fois par semaine, en tenant les enfants par la main, pour se farcir une bonne vieille messe en latin. Non, pas la messe, non, ça lui ferait trop plaisir, à Saint-Hiver. Il a une voix de cantique, cet homme-là, une voix sucrée qui semble tomber d'un poste d'observation situé très au-dessus de sa tête. Bon Dieu qu'il m'agace ! On a envie de lui dire : « Arrête ton nuage, Saint-Hiver, tu as vingt ans de retard ! » Mais on est aussitôt paralysé par la question des questions : « *De retard sur quoi ?* »

Parce qu'il me l'a fait visiter, sa sacrée taule ! Et c'est vrai que j'en suis resté tout debout ! Incroyable, quand j'y repense : on croit ouvrir des portes de cellules, et on tombe sur des auditoriums dernier cri, des ateliers de peinture éclairés comme le ciel, des bibliothèques monacales où le type assis, penché sur son boulot, sa corbeille débordant de brouillons, se retourne à peine pour saluer les visiteurs.

Rares, d'ailleurs, les visiteurs. Très tôt après leur incarcération, les prisonniers de Saint-Hiver renoncent aux visites. Saint-Hiver affirme n'y être pour rien. (Mouvement de mèche.) Très vite, ces hommes sentent qu'ils ont acquis entre ces murs une liberté qu'il leur faut préserver des atteintes de l'extérieur. S'ils ont tué, dehors, c'est, selon eux, parce qu'on leur a refusé le droit d'affirmer cette liberté-là.

— Et leur refus des visites s'est étendu au rejet des médias sous toutes leurs formes, mademoiselle Corrençon, a précisé Saint-Hiver d'une voix appuyée. Ni journaux, ni radio, ni aucun autre vecteur de l'air du temps. Nous faisons nous-mêmes notre propre télévision.

Puis, avec un sourire réellement archangélique :

— En somme, la seule manifestation du monde extérieur que mes pensionnaires acceptent, c'est la présence de Clara dans nos murs.

Ouais... ouais..., ouais... tout mon problème, justement. Ces taulards inspirés ont adopté ma Clara, et son inséparable appareil photo, qu'elle a aussitôt mis au service de leur iconographie. Elle les a photographiés au travail, elle a photographié les murs, les portes, les serrures, elle a photographié la corbeille pleine de brouillons, deux profils penchés sur le plan des futures cellules, le studio de leur télévision intérieure, le piano à queue luisant comme un orque sous le soleil de la cour centrale, elle a photographié un front pensif dans le reflet d'un écran d'ordinateur, le poignet d'un sculpteur à l'instant où le marteau s'abat sur le ciseau, puis elle a développé, et ils se sont vus vivre, ces taulards, le long des couloirs, sur les fils où séchaient les photos de Clara, ils ont découvert le grouillement extraordinairement vivant d'une existence où chaque geste avait un sens, saisi et magnifié par l'objectif de Clara. Ils sont devenus leur propre extérieur. Grâce à elle, maintenant, ils sont le dedans et le dehors. Ils aiment Clara !

*

50

Alors moi, Benjamin Malaussène, frère de famille, cherchant le sommeil sur une chaise plantée au cœur de mes responsabilités, je pose solennellement la question : est-ce que c'est une vie, pour Clara ? Est-ce qu'une fille qui a passé son enfance à élever les rejetons de sa mère ne mérite pas mieux, pour la suite des événements, que d'aller pouponner les âmes damnées d'un archange aux yeux bleu ciel ?

5

— C'est l'heure, Benjamin.

La robe de mariée s'est posée sur Clara. Les anges sont blancs, je peux en témoigner, absolument immaculés, façonnés dans la chantilly. Des cascades de blancheur vaporeuse leur dégringolent du sommet du crâne pour mousser copieusement autour d'eux. Les anges sont des êtres de vapeur et d'écume, ils n'ont pas de main, ils n'ont pas de pied, ils n'ont qu'un sourire incertain avec du blanc autour. Et tout le monde fait bien gaffe à ne pas marcher sur ce blanc, sinon les anges se retrouveraient à poil.

— Benjamin, c'est l'heure...

La maison s'est préparée sans bruit autour de moi. Clara me tend une tasse de café. Soit. A califourchon sur ma chaise, comme ces traîtres d'antan qu'on fusillait le dos tourné au peloton, je bois la tasse. Silence général. Dans lequel Hadouch fait son entrée. Sapé comme un prince du bitume, le costard juste au corps, il a le visage clos de l'invité qui a déposé sa couronne mortuaire dans le vestibule. Ça me donne un petit coup de fouet.

— Salut, mon frère Hadouch, ça va mieux ?

Il me regarde en hochant la tête avec un sourire qui promet une revanche.

— Qu'est-ce que tu attends pour aller te fringuer, Ben, tu veux mettre le bonheur en retard ?

Derrière lui, Mo et Simon lui font une escorte du dimanche. Toute la hauteur du Mossi est encostardée de marron. La veste est entrebâillée sur un gilet d'or pur qui se marie on ne peut mieux avec une collection de bagouses que je ne lui avais jamais vues jusque-là. Un œillet à la boutonnière et des pompes deux tons, il est parfait. Manquent juste le borsalino et la paire de bretelles crème. Il sent la cannelle. Le Kabyle, lui, s'est parfumé à la menthe fraîche et a accordé l'incendie naturel de sa tignasse à un costard vert, phosphorescent, cintré à la taille, et pattes d'éléphant. Malgré ses semelles compensées, il est plus large que haut. Quelque chose comme une punaise géante dont on aurait allumé la tête.

— Mo ! Simon ! Vous êtes splendides !

Les anges volent, ça aussi, je peux en témoigner, et quand ils volent des bras d'un Kabyle à ceux d'un Mossi de la troisième génération bellevilloise, les anges sont roses de plaisir. Applaudissements de Julie, de Thian, des mômes. Pourtant, en voyant entrer le Kabyle et le Mossi, l'inspecteur Van Thian a marqué un léger temps d'arrêt. A l'époque où il enquêtait sur les meurtres de vieilles à Belleville, lui-même déguisé en veuve de chez lui, son corps en cep de vigne moulé dans une robe thaïe, Mo et Simon ont été les premiers à le retapisser comme flic travesti. Thian en a conservé une blessure d'orgueil difficilement cicatrisable. Quant aux deux autres porte-flingues, là, de se retrouver tout endimanchés devant un flic qui les connaît comme s'il les avait faits, ça ne les met pas trop à l'aise non plus. Mais, par la grâce des mélanges amoureux, la maison Malaussène est devenue l'O.N.U. de la rousse et de la rue. Et puis ce que Thian porte contre sa poitrine glissé dans un baudrier de cuir, capte l'attention de tout le monde. C'est minuscule et blême de rage, dans une robe aussi blanche et presque aussi vaste que celle de Clara. C'est Verdun, avec ses six mois d'existence et de colère, Verdun et ses petits poings serrés face au monde. Thian représente toujours une menace vivante, quand il a Verdun dans les bras. S'il la lâche, elle explose. Nous le savons tous, ici : avec une arme pareille, Thian pourrait braquer n'importe quelle banque.

Quelqu'un dit tout de même :

— Qu'elle est mignonne !

Moi, je demande :

— Pourquoi cette robe ? Verdun se marie, elle aussi ? C'est toi qu'elle épouse, Simon ?

Ça ne serait pas une mauvaise idée, au fond, fourguer mes trois frangines en même temps : Clara à un curé, Verdun à un ayatollah, et Thérèse à Thian, s'il consent à réintégrer son bouddhisme génétique. L'œcuménisme, en somme, ma place de paradis assurée quelle que soit la couleur du Divin Farceur.

— Mais non, Benjamin, tu le sais bien, voyons, c'est le jour de son baptême aussi.

Ah ! pardon, j'avais oublié ce détail. Pour se marier religieusement, Clara a dû se faire baptiser et a décidé d'entraîner Verdun dans la course aux auréoles. En apprenant ça, les mirettes du Petit se sont arrondies de convoitise derrière ses lunettes rouges ; il a supplié :

— Moi aussi, je veux me faire pactiser...

Là, tout de même, je me suis montré intraitable :

— Tu pactiseras quand tu auras l'âge de raison, Petit, comme Verdun !

Car j'en suis convaincu, Verdun, dans sa fureur première, est née avec l'âge de toutes les raisons. Et si j'ai donné mon accord, c'est qu'il me paraît peu probable qu'on arrive à la baptiser sans le sien. Elle bout de rage, Verdun, elle va faire évaporer le bénitier ! C'est même le seul événement de la journée que j'attende avec une certaine impatience : la petite goutte sacrée qui fera exploser Verdun et l'Eglise apostolique et romaine avec elle.

Derrière Thian, Jérémy et le Petit ne sont pas mal non plus. Blazer bleu marine et fendard gris souris, le tif gominé-miroir et la raie droite comme une conscience de communiant. C'est Thérèse qui s'est occupée de leur uniforme. Elle a d'ailleurs choisi le même pour elle, sauf qu'à la place du pantalon elle a vissé autour de sa taille une jupe plissée qui ne change d'ailleurs rien à son aspect habituel. Thérèse, c'est

54

Thérèse. Même fringuée de paillettes à la proue d'une école de samba, elle garderait cette raideur inoxydable que lui confère l'intimité des astres. Hier soir, pendant le dîner, je me suis penché à son oreille et je lui ai demandé : « La mort est un processus rectiligne, Thérèse, qu'est-ce que tu penses de cette phrase ? » Elle ne m'a même pas regardé. Elle a répondu : « C'est juste, Ben, et la longueur de la vie dépend de la vitesse du projectile. » A quoi elle a ajouté, toujours professionnelle : « Mais ça ne te concerne pas, tu mourras dans ton lit le jour de ton quatre-vingt-treizième anniversaire. » (Elle croyait me rassurer, seulement j'ai fait mes comptes : il y a une sacrée tirée jusqu'à ma quatre-vingt-treizième pige ! Il va falloir m'inventer des petites morts pour tenir jusque-là.)

Jérémy vient de traverser la pièce dans le gémissement atroce de ses souliers vernis.

— Mo, Simon, j'ai un cadeau pour vous !

Comme il a claironné sa phrase, Mo et Simon se retrouvent en train de dépiauter un petit paquet cadeau longiligne sous le regard intéressé de toute la compagnie. Et les voilà chacun avec une lime dans la main, une petite lime acérée et pointue, d'un acier à toute épreuve.

— Comme Clara se marie en taule, explique tranquillement Jérémy, j'ai pensé que ça pourrait peut-être vous servir, au cas où on vous garderait.

La double baffe qu'il morfle aussi sec lui donne des couleurs pour la journée. Sur quoi, Mo et Simon consentent un demi-sourire.

— Benjamin, tu ne vas pas t'habiller ?

Julie est près de moi. Julie, dans cette robe croisée que je préfère entre toutes parce qu'elle libère ses seins dès que j'ai soif, Julie sourit à mon pyjama rayé. Pourquoi m'habillerais-je ? Après tout, je suis déjà en uniforme... Le coup de pompe qui me prend alors me plonge sans sommation dans un désespoir si profond, une obscurité si totale que j'en vacille sur place, ma main, instinctivement, cherchant l'épaule de Julie. Et je m'entends dire, avec une voix qui était la mienne dans le temps, un peu comme la voix du Petit aujourd'hui :

— Je veux que Yasmina me donne mon bain.

Puis :

— Je veux que Yasmina m'habille.

*

Yasmina m'a donné mon bain. Comme elle l'a fait hier soir à chacun des enfants, Thérèse comprise, comme elle le faisait quand j'étais môme, chaque fois que maman s'en allait aimer ailleurs et nous laissait seuls, Louna et moi.

Je ne veux pas que Clara se marie. Je ne veux pas que Clara passe seulement une semaine de sa vie à faire la muse pour les taulards de Saint-Hiver. Je ne veux pas qu'on m'use ma Clara. Je ne la veux pas dans les bras d'un homme qui claquera trente ans avant elle. Je ne veux pas qu'on lui joue la tragédie du bonheur. Je ne veux pas qu'on l'enferme dans cette prison-là. Yasmina me donne mon bain, ses doigts jaunis par le henné, savonnant ce qu'il faut savonner :

— Tu as grandi, mon fils Benjamin.

Je ne veux pas que cet illuminé à chevelure d'archange et aux doigts de salamandre baise ma Clarinette. Et je ne veux plus faire le bouc aux Éditions du Talion. J'en ai marre, j'en ai tellement marre...

— Tu es fatigué, mon fils Benjamin, il ne faut pas dormir sur les chaises.

Lorsque Clara est née, il y a dix-huit ans, Hadouch et moi avons conduit maman en catastrophe à la clinique du coin. Maman avait pris cette luminosité translucide qui, chez elle, annonce toujours l'imminence. Hadouch a fauché une bagnole et on s'est rués. « Vous affolez pas, les enfants, elle commence à peine son travail. » La sage-femme avait un œil d'huître et la voix bourbeuse. On est allés faire un tour de périphérique, mais, pas trop rassurés, on est revenus avant l'heure. Ecroulée dans ses burettes, la sage-femme ronflait comme une chaufferie. Elle s'était poivrée à l'éther, et ma

Clara s'occupait à naître toute seule. La tête dehors, elle posait déjà sur le monde cet étrange regard de consentement rêveur que Julie, des années plus tard, identifia comme étant l'œil du photographe. « Elle fixe les choses, et elle les admet. » J'ai mis Clara au monde pendant que Hadouch cherchait un toubib en courant dans les couloirs.

— Viens là que je te sèche.

Je ne veux pas que Clara se marie, et pourtant, Yasmina m'habille. Je veux que Clara retrouve son œil de photographe, je ne supporte pas son regard de nonne énamourée. Je veux que Clara voie ce qu'il y a à voir. Et pourtant, je suis habillé.

6

Le pire, dans le pire, c'est l'attente du pire. Le pire, dans les noces, c'est la caravane de klaxonneux qui annonce au monde entier la proche inauguration de la mariée. J'ai souhaité qu'on échappe au moins à ça, mais il paraît que ça aurait frustré les mômes d'un grand plaisir. La prison de Champrond étant à soixante bornes de Paris, il a fallu se fader soixante kilomètres de klaxonnerie. Un automobiliste qui nous aurait croisés avec un peu d'attention aurait peut-être trouvé amusant qu'une noce aussi tonitruante trimballât dans ses bagnoles enrubannées une telle collection de gueules d'enterrement. Exception faite de la dernière voiture où ont pris place les mouflets (Jérémy, le Petit, Leila et Nourdine les enfants d'honneur) et qui est conduite par Théo, un pote sans faille que je me suis fait à l'époque où je jouais le Bouc Emissaire au Magasin, rue du Temple[1]. Quand je lui ai demandé si ça ne l'embêtait pas de se joindre, Théo a répondu : « J'adore les mariages, je ne perds jamais une occase de voir à quoi j'ai échappé. Alors un mariage en cabane, tu penses... »

La plus belle auto est évidemment celle de la mariée, une Chambord toute blanche, louée spécialement par Hadouch au cours d'une séance où j'ai bien cru que le loueur allait se flinguer. « Non, pas une B.M.W., disait Hadouch, ça fait mac, pas une Mercedes non plus, ça fait manouche, non,

---

1. Voir *Au bonheur des ogres*, coll. Folio, n° 1972.

cette Traction, non, on tourne pas un film sur la Gestapo, pas de Buick non plus, on dirait des corbillards, c'est un mariage, bordel, pas un enterrement — enfin presque pas... », des heures, ça a duré, jusqu'au moment où : « Et la Chambord, là, elle est à louer ? » Puis, très sérieux : « Tu comprends, Benjamin, une Chambord blanche, ça, au moins, ça fait Clara. »

Clara roule derrière moi, dans la Chambord blanche. Elle a mis sa main dans la main du vieil Amar et m'est avis qu'elle ne la lâchera que pour prendre celle de Clarence. (Clara et Clarence !... nom de Dieu de nom de Dieu !) Yasmina s'est assise de l'autre côté et Hadouch conduit, un coude à la portière, seul devant, comme un authentique chauffeur de Chambord blanche. Julie et moi ouvrons la marche dans sa 4 C.V. jaune, qui roule allégrement, toute contente de ne pas être en fourrière, comme un taulard en permission exceptionnelle. A part Julius le Chien, qui trône derrière, un ruban rose noué par le Petit autour de son énorme cou, nous n'avons pris personne à bord, je voulais rester seul avec Julie. Par égard pour mon deuil fraternel, Julie ne klaxonne pas. Elle conduit avec cette espèce de nonchalance dynamique qu'affichaient, dans les années vingt, les femmes émancipées au volant des longues décapotables. Elle est belle et j'ai glissé ma main dans l'échancrure de sa robe. Un de ses seins y a aussitôt fait son nid.

— Est-ce que je t'ai déjà dit que j'ai fait une interview d'A. S. Neill, à Summerhill, dans le temps ?

Non, elle ne m'a jamais dit ça. Elle parle peu de son boulot, Julie. Et c'est tant mieux, parce qu'elle passe tellement de temps à courir le monde pour écrire ses papiers que si elle se mettait aussi à me raconter le comment, la vie serait ailleurs.

— Eh bien, je me rappelle aujourd'hui qu'il m'a parlé de Saint-Hiver.

— Sans blague ? Saint-Hiver est allé voir A. S. Neill à Summerhill ?

— Oui, un juge français qui se proposait d'appliquer aux délinquants majeurs les méthodes que lui-même utilisait avec les gosses.

Mo le Mossi et Simon le Kabyle suivent Clara dans une camionnette où sept moutons embrochés attendent le méchoui final. Les taulards-créateurs sont de la fête, bien entendu, leurs matons aussi et peut-être même les flics qui les ont coxés, les juges qui les ont envoyés au ballon et les avocats qui les ont si bien défendus. Une demi-tonne de couscous accompagne le méchoui.

— Et qu'est-ce qu'il en pensait, A. S. Neill, du beau Clarence ?

— Il se demandait si son projet allait réussir. Il en doutait, je crois. Pour lui, la réussite dans ce genre d'institutions tenait moins à une question de méthode qu'à la personne responsable.

— Oui, madame, y'a pas de pédagogie, y'a que des pédagogues.

Julie me sourit du coin de l'œil. Mais une petite mécanique s'est mise en branle dans sa tête. Je connais bien cet air-là. La journaleuse pointe le nez. Et pas n'importe quel nez ! Julie est au monde social ce que la reine Zabo est à l'univers du papier : un scanner d'une curiosité insatiable, et d'un diagnostic infaillible.

— Quelque chose que j'aurais bien aimé savoir, tout de même...

— Oui, Julie ?

— C'est la façon dont Saint-Hiver s'y est pris pour faire avaler son projet de prison à Chabotte. Tu te souviens de Chabotte ? Il était directeur de cabinet au ministère de la Justice, à l'époque ; rien ne se décidait sans lui.

Si je me souvenais de Chabotte... l'inventeur de la petite moto à deux poulets, celui de derrière armé d'un long bâton. La plupart des têtes cabossées qui venaient se faire soigner à la maison, dans les années 70, on les devait au bâton motorisé de Chabotte.

— Faire avaler à un Chabotte qu'avec un peu de doigté

on peut transformer Landru en Rembrandt, ça ne doit pas être évident.

Là, j'objecte :

— Un type qui, à soixante ans, peut séduire Clara et en faire cinq minutes plus tard une grenouille de bénitier peut convaincre n'importe qui de n'importe quoi.

Et j'ajoute, mine de rien :

— Par exemple, convaincre une Julie Corrençon de ne pas écrire d'article sur sa prison paradisiaque, alors qu'elle en crève d'envie.

Julie ouvre la bouche pour me répondre, mais un hurlement de sirène lui souffle sa bougie. Un motard vient de nous dépasser, cul dressé et ventre à terre, faisant signe à la noce de se jeter dans le fossé pour laisser passer l'essentiel : en l'occurrence une limousine officielle aux verres fumés comme le mystère et qui atteint la ligne d'horizon à la seconde où elle nous dépasse, suivie par un autre motard, non moins hurlant que le premier. « Un invité de marque », ricané-je *in petto*.

*

— Non ! avait répondu Saint-Hiver quand Julie lui avait carrément posé la question. Non ! Il ne faut pas que vous écriviez d'article sur nous !

Sa voix avait eu quelque chose d'un coupe-feu. Il s'était repris aussitôt :

— Bien entendu, la presse est libre, mademoiselle Corrençon, et d'ailleurs il n'est pas dans mon caractère d'interdire.

(N'empêche que c'est tentant, hein ?)

— Mais imaginez que vous écriviez cet article...

Sa voix suppliait de n'en rien faire.

— Imaginez que vous sortiez ce papier : « *Une unité de production artistique et artisanale dans le système pénitentiaire français* »... quelque chose comme ça, je ne suis guère doué pour les titres (en effet !), ce sera ce que vous appelez un

61

« scoop », n'est-ce pas ? Et qui plus est, le genre de scoop « branché-expérimental » qui titille l'imaginaire d'aujourd'hui, non ?

Si. L'appétit de Julie était bien obligé d'en convenir.

— Bien. Que se passera-t-il dans la semaine qui suivra la sortie de votre article ?

Silence de Julie.

— Nous serons le point de mire de tous les snobismes, voilà ce qui se passera ! Les journalistes bien intentionnés nous tomberont dessus comme des sauterelles pour chanter nos louanges et les autres pour crier au gaspillage de l'argent public ! Résultat : compétition idéologique ! Les critiques de tous poils feront le siège de mes peintres, de mes auteurs, de mes compositeurs, et les compareront à ce qui se produit dehors, résultat : compétition artistique ! On voudra vraisemblablement commercialiser notre production : compétition économique ! Certains de mes pensionnaires céderont au vertige publicitaire : compétition narcissique ! Or, je vous le rappelle...

Là, très lentement, le doigt tremblant...

— Je vous le rappelle, si ces hommes ont tué un jour, c'est précisément parce qu'ils ne supportaient pas ce climat de compétition généralisée...

Silence au-dessus des assiettes.

— Ne les tentez pas, mademoiselle Corrençon, n'écrivez pas cet article, ne jetez pas mes pensionnaires dans la fosse aux lions.

...

— Ils tueraient les lions.

7

Il y a tant de voitures de police agglutinés autour de la prison de Champrond... La bâtisse semble surgir d'une carapace de tôle où ses vieux murs se reflètent comme dans des eaux mortes.

— Je me demande s'il y aura assez de mouton pour tout le monde, en fin de compte, dis-je.

Silence de Julie.

— Regarde, ils ont déjà allumé le feu pour le méchoui dans la cour centrale.

C'est vrai, montant du cœur de la prison, un mince ruban de fumée s'effiloche dans un ciel parfaitement bleu.

— Je crains qu'il n'y ait pas de mariage, dit enfin Julie.

— Qu'est-ce que tu dis ?

Le fop-flop d'un hélicoptère brouille le ciel sur nos têtes. Un hélico rouge de la prévention civile dont les pales tranchent le cordon de fumée au-dessus de la prison. Il disparaît, quelque part derrière les murs.

— Il a dû se passer quelque chose.

Julie montre le barrage de gendarmerie. Herses, motards, gendarmes debout, mitraillettes au poing, et un officier quatre fois auréolé d'argent pour diriger l'orchestre. Qui s'avance vers nous.

— Un commandant, dit Julie en coupant le contact.

Silence.

Là-bas, le ruban de fumée s'est remis de ses émotions. Il fuse tout droit vers le ciel. Au plus haut, il s'accorde quelques volutes. Le commandant de gendarmerie s'approche, se penche. Il a le sourcil aussi argenté que le galon.

— Vous êtes la mariée ?

Posée comme ça, à Julie, la question est plutôt marrante. C'est ma mariée à moi, bas les pattes ! Mais le regard, sous le sourcil, déborde de condoléances. Pas le moment de rigoler. Je saute de la voiture pour intercepter Clara. Trop tard.

— Je suis la mariée, monsieur.

Comme si elle venait de se poser devant lui, tombée du ciel dans sa robe blanche, la main dans celle d'Amar. Le commandant cherche ses mots.

— Il est arrivé quelque chose ?

Un sourire incertain, très poli, tremble sur les lèvres de Clara. Hadouch, Mo et Simon prennent la relève :

— Il y a un problème ?

Ce n'est pas vraiment une question de leur part. Un automatisme culturel, plutôt. Les uniformes leur simplifient rarement la vie.

— S'il vous plaît, monsieur, dit Clara, répondez-moi.

Il y a davantage d'autorité dans la voix de cette mariée que dans tous les uniformes, les herses, les mitraillettes, les motos, toute cette force dressée là.

— M. de Saint-Hiver est décédé, dit le commandant.

Et il répète trois fois la même chose. Il s'empêtre. Il n'a pas voulu laisser la corvée à un de ses subordonnés. Il préférerait être l'un d'eux. Il préférerait être une moto.

*

Clara a lâché la main d'Amar.

— Je veux le voir.

— C'est tout à fait impossible.

— Je veux le voir.

Bien que ça lui paraisse génétiquement improbable, le commandant de gendarmerie demande au vieil Amar :

— Vous êtes son père ?

A quoi Amar fait une de ses réponses à lui :

64

— Elle est ma fille, mais je ne suis pas son père.

— Il faut lui expliquer..., dit le commandant.

— Clara...

C'est moi qui parle, maintenant. J'appelle le plus doucement possible, comme on réveille un somnambule :

— Clara...

Elle me lance exactement le même regard qu'à l'autre baroudeur aux sourcils d'argent. Elle répète :

— Je veux le voir.

Et moi qui l'ai mise au monde, je sais qu'elle ne dira rien d'autre tant qu'elle n'aura pas vu Clarence.

Les gosses courent déjà vers nous, sur la route ensoleillée.

— Simon, fais remonter les mômes dans leur voiture et dis aux autres de ne pas bouger !

Simon obéit à l'ordre de Hadouch comme il l'a toujours fait, sans hésitation.

— En dehors de vous, qui commande, ici ?

Epinglé à son uniforme, le brevet de parachutiste du commandant m'envoie un éclair vexé.

— Je suis son frère, dis-je, son frère aîné.

La tête du commandant fait signe qu'elle a pigé.

— Il faut que je vous parle, dit-il d'une voix brève.

Il glisse sa main sous mon bras et m'entraîne.

— Ecoutez-moi bien, frère aîné...

Il parle très vite.

— Saint-Hiver s'est fait assassiner, on l'a torturé, massacré pour tout dire, il n'est absolument pas visible. Si votre sœur y va, elle en mourra.

Le barrage de police s'ouvre devant nous. Une voiture de presse nous décoiffe au passage, elle fonce vers Paris. L'éternel bolide des mauvaises nouvelles.

— Et quand elle verra la photo dans les journaux, elle n'en mourra pas ? Vous allez le montrer à la terre entière mais pas à elle ?

Silence. Nous regardons Clara. Hadouch et Mo sont en retrait. Amar, de nouveau assis dans la Chambord blanche. Clara a immobilisé le soleil au-dessus de sa tête.

— Si vous voulez vous en débarrasser, il faudra l'embarquer.

Tout cela à mots chuchotés. Paroles immobiles. Immobilité de la noce dans la banquise des blés, immobilité des uniformes, immobilité de la prison, qui pour la première fois me paraît massive, immobilité de l'air où le ruban de fumée trace une verticale. L'artiste a la main sûre : une verticale implacable. « *La mort est un processus rectiligne...* »

— Il y a eu une révolte, dit le commandant. On ne peut pas pénétrer dans la prison.

Mais le silence est tel, autour de nous, que s'il y a eu révolte, on a dû lui coller un sacré bâillon.

— Pas le moindre murmure de révolte, dis-je.

Puis, plus près encore de l'uniforme si c'est possible :

— Qu'est-ce qui s'est passé ? Les prisonniers ont massacré Saint-Hiver ?

Dénégation rapide des quatre galons.

— Pas exactement.

— Comment ça, pas exactement ? Ils ne l'ont pas massacré exactement ?

La patience du commandant, c'est l'image de la mariée, debout, seule sous ce soleil rond. Si ça se trouve, il a une fille blonde, de l'âge de Clara, quelque chose comme ça, qui doit se marier demain elle aussi, avec un juge d'instruction...

— Je vous en prie, il faut absolument convaincre votre sœur de rentrer chez elle.

Derrière le pare-brise de la 4 C.V., Julie me regarde parlementer. Julie n'est pas sortie de la voiture. Julie n'est pas allée épauler Clara. Julie connaît Clara aussi bien que moi. « Tout ce que Clara décide, Benjamin, ne te fais aucune illusion, elle le décide seule. »

— Ma sœur a décidé de voir le corps de Saint-Hiver.

*

Une portière de voiture claque derrière le commandant de gendarmerie. Elle claque fort. Un type long comme un faucheux s'avance vers nous à grandes enjambées. Il se pointe toujours à un moment ou à un autre, l'être providentiel qui va débloquer la situation... Celui-là nous dépasse, le commandant et moi, sans nous accorder un regard, frôle Clara comme s'il passait à travers elle, et se plante finalement devant Hadouch :

— Mais c'est Ben Tayeb ! Tu es de la noce, Ben Tayeb ?

Sans attendre la réponse, le faucheux désigne Mo et Simon du pouce.

— Ton Mossi et ton Kabyle se sont faits chrétiens ?

A quoi Simon sourit béatement. Il y a un espace entre ses incisives. La légende veut que par cet espace souffle le vent du prophète. L'histoire dit que ce vent-là a déraciné plus d'une forteresse. Hadouch connaît le sourire de Simon.

— On ne bouge pas, Simon, on dit : « Bonjour, monsieur l'inspecteur. »

Simon ne bouge pas. Il dit :

— Bonjour, monsieur l'inspecteur.

Son sourire non plus ne bronche pas.

— Berthier ! Clamard ! appelle l'inspecteur.

Deux autres portières claquent. Berthier et Clamard. Une petite tête de moins que leur patron, mais tout pareils dans la dégaine. Les singes savants de la boutique Hiérarchie.

— Vous permettez, commandant ? crie de loin le faucheux, c'est Belleville qui vient jusqu'à moi, ma zone, mon gagne-pain, ma raison d'être, autant en profiter pour travailler un peu !

Le commandant ne répond pas. Il désapprouve en silence. L'éternel conflit policier entre le costume de ville et le costume des champs. Le faucheux s'est mis à remonter la colonne de voitures. Une voiture par enjambée. Un coup de main plate sur le toit de chaque bagnole. Boum !

— Tout le monde dehors ! Vérification d'identité !

— Peut-être même qu'on va tomber sur une chignole volée, ricane un des singes savants en passant près du commandant.

Toute cette humanité sortant au ralenti d'automobiles coincées dans les blés, ce grand type parcourant la colonne en cognant sur chaque toit (boum! boum!) dans un silence de planète, la terre tranchée en deux horizons jaunes par une route trop droite, et cette mariée debout sous un soleil trop rond... Il ne manque plus que la voix de Dieu...

Or, la voix de Dieu s'abat tout à coup sur le spectacle.

Et les blés en frémissent.

— Inspecteur Bertholet, fichez la paix à ces gens et regagnez votre voiture!

La voix a saisi le faucheux main levée au-dessus de la voiture des enfants. (« J'ai cru que la foudre l'avait grillé sur place », dira Jérémy un peu plus tard.)

Dieu a la voix craquante des mégaphones de police.

— Vous avez suscité une révolte dans cette prison, ça ne vous suffit pas?

L'inspecteur Bertholet connaît bien cette voix-là.

— Il vous faut aussi une émeute à l'extérieur?

Elle lui signifie publiquement la fin de sa carrière.

Pendant que l'inspecteur Bertholet regagne sa niche, Dieu sort tout vivant de sa voiture de fonction, celle-là même qui a doublé la noce tout à l'heure, un ange devant, un ange derrière.

— Bonjour, monsieur Malaussène, il n'y a vraiment que vous pour vous flanquer dans des situations pareilles.

La virgule graisseuse sur un front très blanc, un costume vert bouteille ouvert sur un gilet brodé d'abeilles, les mains croisées derrière le dos et le ventre en avant, c'est le commissaire divisionnaire Coudrier, le patron du vieux Thian, que j'ai rencontré, déjà, dans ma vie, oui, plusieurs fois, et qui, en bon flic céleste, en sait beaucoup plus sur moi que moi-même.

— C'est votre sœur Clara, j'imagine?

Clara, toujours dans le soleil.

— Pauvre petite.

En effet, le commissaire divisionnaire Coudrier a tout l'air de penser que cette mariée plantée sur cette route par les horreurs ordinaires de la vie est bel et bien une « pauvre petite ».

— Elle veut absolument voir Saint-Hiver, monsieur le divisionnaire, intervient le commandant de gendarmerie.

— Evidemment...

Le commissaire divisionnaire hoche douloureusement la tête.

— Rien ne s'y oppose, monsieur Malaussène, si ce n'est l'état de la victime. M. de Saint-Hiver n'est guère présentable.

Nouveau regard sur Clara :

— Mais je suppose qu'on n'y coupera pas.

Puis, après une profonde aspiration :

— Allons-y.

*

Deux gendarmes ont écarté les herses qui ont rayé le silence.

J'ai pris le bras de Clara. Elle s'est dégagée. Elle voulait marcher seule. Seule devant. Elle connaissait le chemin des appartements de Saint-Hiver. Coudrier et moi n'avions qu'à suivre. Nous suivîmes. Ce fut comme si une jeune mariée passait la gendarmerie nationale en revue. Les gendarmes se redressaient en baissant la tête. Les gendarmes pleuraient le deuil de la mariée. Il neigeait sur gendarmerie française. Puis, ce fut au tour des Compagnons Républicains de Sécurité, le mousqueton au pied, de voir la mariée fendre leurs rangs. Eux qui venaient de casser allègrement du prisonnier révolté, ils sentaient maintenant leur cœur battre dans leur casque. La mariée ne regarda ni les uns ni les autres. La mariée fixait la haute porte grise. La porte s'ouvrit d'elle-même sur la cour d'honneur de la prison. Au milieu de la cour, un piano à queue se consumait doucement parmi des chaises renversées. Une fumée droite l'envoyait au ciel. Les casquettes des gardiens tombèrent au passage de la mariée. Quelques moustaches frémirent. Le dos d'une main écrasa une larme. La mariée, maintenant, glissait dans les couloirs d'une prison silencieuse au point qu'on pouvait la croire à l'abandon. Blanche et seule, la mariée flottait comme un souvenir des vieux murs, les meubles, autour d'elle, semblaient renversés depuis toujours, et les photos déchirées qui jonchaient le sol (un flûtiste à la tête penchée, le poing d'un sculpteur autour du fer de son ciseau... une corbeille à papiers débordant de brouillons étonnamment propres, écriture serrée, ratures tirées à la règle) des photos très anciennes. Ainsi flottante et silencieuse, la mariée parcourut les couloirs, gravit des colimaçons, hanta des galeries, jusqu'à ce qu'enfin la porte qui était le but de ce voyage se dressât devant elle et qu'un vieux gardien aux yeux rougis, aux mains tremblantes, tentât de l'arrêter :

— Il ne faut pas, mademoiselle Clara...

Mais elle repoussa le gardien et pénétra dans la pièce. Il y avait là des hommes à blousons de cuir qui prenaient des mesures, d'autres, un petit pinceau au bout de leurs doigts gantés, qui époussetaient des millimètres, il y avait un médecin d'une pâleur de mourant, et il y avait un prêtre en prière, mais qui se redressa soudain, aube aveuglante, chasuble déployée, étole folle, entre la mariée et ce qu'elle avait décidé de voir.

Elle repoussa le prêtre avec moins de ménagement que le vieux gardien et se retrouva seule, absolument seule, cette fois, devant une forme détruite. Cela était tordu, figé. Le corps montrait ses os. Cela n'avait plus de visage. Mais cela semblait crier encore.

La mariée contempla longuement ce qu'elle était venue voir. Aucun des hommes présents n'osait même respirer. Puis, la mariée fit un geste dont ils durent creuser le mystère, tous autant qu'ils étaient, docteur et prêtre compris, jusqu'à la fin de leurs propres vies. Elle plaqua contre son œil un petit appareil photo noir, surgi on ne sait comment de toute cette blancheur, elle fixa une seconde encore le cadavre supplicié, puis il y eut le grésillement d'un flash, et une lueur d'éternité.

III

POUR CONSOLER CLARA

> — *Et quels sont vos projets, monsieur*
> *Malaussène ?*
> — *Consoler Clara.*

8

Ah oui ? Et comment comptes-tu t'y prendre pour consoler Clara, bonhomme ? Toi qui voulais si peu de ce mariage,
quels arguments vas-tu trouver, hein ? Dis un peu pour
voir... Ce soulagement profond que tu ressens malgré toi
(parce que tu es soulagé, Benjamin, tout au fond, là-bas,
non ? t'es pas un peu soulagé ?), comment vas-tu le lui
cacher ? S'agit pas d'imaginer une petite salade à l'usage
d'un géant en mal de publication, ce coup-ci... c'est autre
chose, là, c'est la douleur, la vraie, grandeur plus que nature,
c'est l'innommable douleur, la vacherie céleste dans tout
son ô Dieu raffinement. Il serait mort comme ça, Saint-
Hiver, un coup de cœur le jour de son mariage, un trop-plein
de bonheur dans les coronaires, gavé d'âme, un peu comme
on meurt d'indigestion, avec le sourire du bienheureux,
d'accord, c'était assez facile... Mais là ? Hein ? Là ? Comment
faire ? C'est qu'on la lui a fignolée sa mort, à feu le futur
beauf ! Un supplice dans toutes les règles de l'horreur, le
supplice des supplices : même pas la consolation de se dire
que la dernière pensée de Saint-Hiver aura été pour Clara...
Sa dernière pensée aura été pour que ça s'arrête, et l'avant-
dernière aussi, pour que ça cesse, pour qu'on l'achève. Les
types qui lui ont fait ça n'y sont pas allés avec le dos de la
haine... Et toi, tu vas consoler Clara, c'est ça ? Clara qui s'est
enfermée dans son labo-photo dès le retour de la jolie noce,
toute seule sous la lampe rouge, à développer le martyre, en
temps réel, la maison couchée depuis longtemps et retenant

son sommeil, une façon à elle d'accompagner son homme, je suppose, de comprendre ce qu'on lui a fait, de se joindre à lui qui était si seul tout le temps que ça a duré, tellement abandonné, si *désolé*, comme on disait jadis quand on voulait parler d'une solitude de pierre... parce que c'est ça, la torture, ça ne consiste pas seulement à faire mal, ça consiste à désoler un être jusqu'à ce qu'il soit très loin de l'espèce humaine, plus rien à voir avec, solitude hurlante, et peut-être qu'il a eu mal, Saint-Hiver, au point de penser que la mort elle-même ne l'en soulagerait pas... Et toi, tu vas consoler Clara qui a compris tout ça, goutte à goutte, tout au long de sa nuit rouge... bien après le départ d'Amar.

— Ça ira, mon fils ?

— Ça ira, Amar.

— Yasmina peut quelque chose ?

— Qu'elle emporte la robe, qu'elle la donne, qu'elle en fasse ce qu'elle veut...

— D'accord, mon fils. Hadouch peut quelque chose ?

— Rendre la Chambord, m'excuser pour la promenade.

— Bon, mon fils, et moi, je peux quelque chose ?

— Amar...

— Oui, mon fils ?

— Amar, je te remercie.

— Laisse, mon fils, *in niz beguzared*, cela aussi passera...

Certes, certes, mais il y a des choses qui passent tout de même plus vite que cette séance de développement... Enfants couchés, lumières éteintes, draps bouillants de mon lit, loupiote rouge du cabinet photo... Que restera-t-il à consoler chez Clara revenue à la lumière du jour ? Tu t'imagines que tu vas pouvoir replanter quelque chose dans cette désolation, Malaussène ? Tu es vraiment d'un optimisme affectif à vomir... Un petit coup d'amour fraternel par là-dessus et il n'y paraîtra plus, c'est bien ça ? Au fond, la perspective de consoler Clara te met l'eau à la bouche, pas vrai ? Et plus ce sera dur, meilleur ce sera, non ? Allez... avoue ! Parce qu'on a tellement voulu se la garder pour soi, sa petite frangine, maintenant qu'on l'a, ce serait dommage de ne pas l'utiliser...

*

Et ainsi de suite, toute la nuit, jusqu'au fameux coup de téléphone.

— ALLÔ! (Hurlement rouillé : la reine Zabo.)

Elle a gueulé si fort que je m'en suis assis.

— Un demi-ton plus bas, Majesté, j'ai une famille nombreuse qui dort autour de moi.

— A cette heure?

Dix heures du matin, en effet, et Julie n'est plus là.

— Pas fermé l'œil, Majesté, je me croyais à l'aube.

— L'insomnie est une illusion de feignant, Malaussène, on dort toujours plus qu'on ne le croit, dans la vie.

Et voilà... toujours sa façon d'enclencher le dialogue : service lifté. Pas envie de jouer au ping-pong, ce matin.

— Il me semble que nous nous sommes tout dit, la dernière fois, non?

— Pas tout, Malaussène, j'ai quelque chose à ajouter.

— Quoi donc?

— Condoléances.

Mon Dieu, condoléances; c'est vrai... Il va falloir s'appuyer les condoléances comme dessert.

Mais au fait, comment sait-elle ça, elle?

— La mort circule vite, Malaussène. Les ailes des journaux! Ils se posent tous les matins sur mon bureau.

Décidément pas envie de bavarder.

— Et à part la bouleversante expression de votre chagrin, Majesté, autre chose?

— Des excuses, Malaussène.

(Pardon?)

— Je vous dois des excuses.

Ce doit être la toute première fois qu'elle prononce cette phrase. D'où ma silencieuse stupeur.

— Je vous ai viré sur un coup de tête, et je m'en excuse.

Loussa m'a prévenue à son retour. Pour votre sœur, je veux dire. Ce mariage qui vous tracassait...

(« Qui vous tracassait... »)

— Vous étiez déprimé, Malaussène, et je n'ai jamais renvoyé personne pour dépression nerveuse.

— Vous ne m'avez pas viré, c'est moi qui ai démissionné.

— Comme on se suicide, oui.

— C'était une décision mûrement réfléchie !

— Ne parlez jamais de maturité dans votre cas, mon garçon, même un panaris ne pourrait pas mûrir sur vous, alors une décision...

(Et voilà, c'est reparti...)

— A votre âge vous devriez savoir qu'on ne donne jamais sa démission, on part avec une indemnité, une grosse, c'est ça la maturité, Malaussène !

— D'accord, Majesté, disons deux années de salaire, ça vous va ?

— Rien du tout, je ne vous filerai pas un rond. Mais je vous propose autre chose.

Ne jamais accepter une proposition de la reine Zabo.

— Ecoutez...

— Ecoutez vous-même, Malaussène, la matinée est largement entamée. Et d'abord, ceci : chaque fois que vous vous éloignez de moi — l'année dernière pendant votre congé de maladie bidon et avant-hier soir après m'avoir filé votre prétendue démission —, vous êtes victime d'emmerdements incontrôlables, un tourbillon d'horreurs, vrai ou faux ?

(Vu comme ça, c'est plutôt vrai, faut admettre...)

— Le hasard, Majesté.

— Hasard, mon œil. En plaquant les Editions du Talion, vous sortez de votre nid et la vie vous descend en plein vol.

Drôle d'image, le nid, pour une maison d'édition. Un éditeur, c'est d'abord des couloirs, des angles, des niveaux, des souterrains et des soupentes, l'inextricable alambic de la création : l'auteur se pointe côté porche, tout frémissant d'idées neuves, et ressort en volumes, côté banlieue, dans un entrepôt, cathédrale dératisée.

— Vous m'écoutez, Malaussène ? Bon. Autre chose, maintenant. Que vous ne vouliez plus jouer les boucs, je l'admets. J'y ai passé la nuit, mais je l'ai admis. Vous ne pouviez pas éternellement vous faire engueuler à la place de tous ; vous n'êtes ni chrétien, ni masochiste, ni même suffisamment vénal. Alors, je vous propose autre chose.

Et c'est là que je me suis entendu dire :

— Quoi donc, Majesté, qu'est-ce que vous me proposez ?

Oh ! bien sûr j'y ai mis l'ironie qu'il fallait, un zeste de distance traînante, mais ça ne l'a pas trompée. Elle a poussé un cri de victoire :

— L'amour, mon garçon ! Je vous propose l'amour !

(L'amour ? J'ai Julie, j'ai les enfants, j'ai Julius...)

— Entendons-nous bien, mon petit, je ne vous propose pas la botte, ni même les quelques affections ordinaires que peut susciter par-ci par-là votre charme ambigu, c'est l'amour avec un grand A que je vous offre, tout l'amour du monde !

Elle se marre, je l'entends d'ici qui se marre entre les mots, mais les mots, eux, sont sérieux. Quelque chose travaille la reine Zabo, et ce quelque chose me concerne. (L'Amour avec un grand A : Méfiance avec un grand M.)

— Alors, qu'est-ce que vous en pensez ? Passer directement de la haine à l'amour, c'est pas de la promotion, ça ?

— C'est d'un café, que j'ai besoin, pour l'instant, Majesté, un bon café turc, avec un petit « c » bien serré.

— Venez le boire ici !

Cette invitation c'est le coup de poignet du pêcheur qui croit avoir ferré sa bête.

— Désolé, Majesté, mais le premier café mondain de la journée, c'est avec un commissaire divisionnaire que je vais le boire. Ce matin, à onze heures précises, dans les locaux de la P.J.

*

77

Parfaitement vrai. Mais avant de me retrouver devant le commissaire divisionnaire Coudrier, je suis descendu chez les enfants où je me suis fait mon café à moi, dans ma cafetière à moi, la turque, au long bec, celle que Stojilkovicz, naguère, m'a rapportée de son village d'Imotsky. Est-ce qu'il continue de traduire paisiblement Virgile dans la tôle de Saint-Hiver, oncle Stojil ? M'est avis que la révolte des prisonniers et l'assassinat du patron ont dû flanquer un drôle de courant d'air dans son Gaffiot !

Laisser monter la mousse, et redescendre, et remonter, velours doré, et redescendre, trois fois : café turc. Boire sans se presser, du bout des lèvres, après que le marc a fait sa vase au fond de la tasse. Tendre la tasse bue à Thérèse qui la retourne contre la soucoupe et lit dans les coulées brunes le programme de la journée.

— On va te faire deux propositions aujourd'hui, Benjamin, il faudra accepter l'une et refuser l'autre.

Jérémy et le Petit sont à l'école, Julie vadrouille Julie sait où, le vieux Thian promène Verdun au Père-Lachaise. Restent Thérèse, fidèle aux astres, et Clara...

— Thérèse, et Clara ?

— Dans la chambre, Benjamin. Yasmina est revenue.

Qui dit que l'arabe est une langue gutturale, voix sèche du désert, râle de sable et de ronces ? L'arabe est langue de colombe, aussi, promesse lointaine des fontaines. Yasmina roucoule : « *Oua eladzina amanou oua amilou essalahat...* » Yasmina s'est assise sur le tabouret de Thian le conteur : « *Lanoubaouanahoum min eljanat ghourafan...* » Les fesses de Yasmina débordent, et du jabot de Yasmina déborde le chant de consolation, éloge de Clarence, le prince mort, premier somme de la jeune veuve. Et, de fait, Clara s'est endormie. Ce n'est pas un sourire. Ce n'est pas encore la paix revenue, mais c'est tout de même le sommeil, la main allée dans la main de Yasmina... « *Tajri min tahtiha ellanhar halidjin fiha...* »

— Julius, tu viens ?

Julius le Chien a veillé toute la nuit à la porte du labo de

78

photo. Mais c'est fini, Clara dort. Julius le Chien se lève et me suit.

*

La mâchoire a été arrachée. Elle tombe bas sur la poitrine. Le palais, avec sa couronne de dents brisées, hurle à la une de tous les journaux du matin. L'œil droit balance comme un pendule à l'entrée de cette caverne. LE DIRECTEUR D'UNE PRISON MODÈLE MASSACRÉ PAR SES DÉTENUS. Le corps entier griffe l'espace, VICTIME DE SON PROPRE LAXISME ? Les jambes sont pliées à l'envers : héron mort. AMNISTIE ? VOUS DISIEZ AMNISTIE ? La belle mèche blanche n'est plus ; la peau du crâne est venue avec. PIRE QUE DES TUEURS ! Et la couleur... ô le progrès de la quadrichromie ! LA PRISON DU BONHEUR ÉTAIT CELLE DE LA HAINE. Le métropolitain opine, bien sûr, il opine, le pauvre, de sa bonne tête innombrable. Et il doute. Comment ces choses-là sont-elles possibles ? COMMENT EST-CE POSSIBLE ? Il y a des matins, comme ça, où les gens, dans le métro, ont des têtes de titres.

> *Quant à ceux qui auront cru,*
> (chantait la voix de Yasmina)
> *et qui auront accompli des œuvres bonnes*
> *nous les ferons pour toujours*
> *demeurer dans le jardin...*
> (Ainsi chantait Yasmina dont la voix évoquait
> des ruisseaux clairs
> coulant sous des salles immenses...)

9

— Café ?

Le bureau du divisionnaire Coudrier est un vieux souvenir qui n'a pas changé de meubles. Empire, du sol au plafond, en faisant le tour par la bibliothèque et le compte de tous les bibelots à la gloire du petit Corse. Empire jusqu'au bout de mes doigts qui tiennent la tasse à café frappée du « N » majusculement impérial.

— Je crois me rappeler que vous êtes amateur de café.

C'est vrai, et moi je crois me souvenir du café d'Elisabeth, la secrétaire à vie du divisionnaire Coudrier : pas turc pour deux ronds, rien de velouté, un mélange de nitroglycérine et de poudre noire qu'Elisabeth laisse tomber dans votre tasse, sans la moindre prudence, du haut de sa maigreur.

— Merci, Elisabeth.

Et de sortir, Elisabeth, comme toujours, sans un mot, par l'antique porte à soufflet qui isole le commissaire du reste de la République. Elle a laissé la cafetière derrière elle, posée sur son plateau d'argent, à côté du maroquin — les conversations pouvant être longues avec le commissaire divisionnaire Coudrier.

— Bien, résumons-nous, monsieur Malaussène.

D'une pression du pied, il diminue l'intensité de sa lampe à rhéostat, comme on baisse le son. Rideaux tirés jusqu'à la nuit tombée, la pénombre elle-même est vert Empire dans le bureau du divisionnaire Coudrier.

— Il y a deux ans, arrêtez-moi si je me trompe, vous étiez employé comme bouc émissaire dans un grand magasin où des bombes se sont mises à exploser partout où vous passiez. Tout vous accusait, et pourtant vous étiez innocent. Je me trompe ?

(Non, non.)

— Parfait. L'année dernière on me tue un fonctionnaire de police à Belleville, on égorge les vieilles dames du quartier, on drogue à qui mieux mieux les vieillards de la capitale, votre amie Julie Corrençon est victime d'une tentative de meurtre aggravée de sévices d'une rare cruauté, et, pour chacun de ces délits, on ne compte plus les soupçons qui convergent sur vous ; vous devenez une anthologie vivante de la présomption ; et pourtant...

(Ici, regard en points de suspension...)

— Non seulement vous êtes innocent, mais vous êtes, si je puis dire, l'innocence même.

(L'innocence m'aime.)

— Et voilà qu'hier on m'annonce l'assassinat particulièrement atroce d'un directeur de prison ; j'envoie sur les lieux un de mes subordonnés qui provoque une mutinerie en accusant d'entrée de jeu les prisonniers, je m'y rends donc moi-même pour rétablir l'ordre, et qui est-ce que je trouve sur place alors que je m'apprête à regagner mon bureau ?

(Moi.)

— Vous, monsieur Malaussène.

(Qu'est-ce que je disais...)

Petite gorgée de café pensive, et changement de registre :

— Depuis le temps que nous nous connaissons, j'ai cru observer que vous étiez très attaché à votre sœur Clara.

(On s'y attache, oui...)

La tête divisionnaire opine longuement.

— Ça ne devait pas vous enchanter qu'elle épouse Saint-Hiver ?

(Ah ! c'est ça...) Je sens mes petits nerfs se raidir.

— Pas précisément, non.

— Je comprends ça.

La lumière décroît encore d'un demi-ton.

— Un directeur de prison...

Sa voix s'est faite compréhensive, en effet.

— Agé de près de soixante ans...

Là, il m'offre un sourire nostalgique.

— Autant livrer une communiante à un divisionnaire au bord de la retraite.

(Qu'est-ce qu'on doit faire, dans ces cas-là ? Rigoler poliment ou délivrer un certificat de beaux restes ?)

— Excusez-moi, je vous taquine. Encore un peu de café ?

(Oui, un petit café bien noir pour conserver les idées bien claires.)

— Pourquoi ne vous êtes-vous pas opposé à ce mariage ?

(Parce qu'il n'est pas né celui qui s'opposera avec succès au plus petit désir d'un rejeton Malaussène. Ce sont les enfants de leur mère, ces gosses-là, des fruits de la passion !)

— Clara était amoureuse.

— Soit.

(Visiblement, ça ne lui suffit pas.)

— Et majeure.

— Pénalement, certes. Mais de tous vos frères et sœurs, c'est celle que vous considérez le plus comme votre enfant, n'est-ce pas ?

Là, scié, je suis. Et comment tu peux savoir ça, divisionnaire ? Du coup je lâche, comme un aveu :

— C'est moi qui l'ai mise au monde.

Et j'ajoute :

— Avec mon ami Ben Tayeb.

Il ne relève pas. Il file son idée.

— Mais c'est aussi Clara qui joue le rôle de mère, chez vous, en l'absence de la vôtre ?

(La mienne qui s'est tirée avec l'inspecteur Pastor, un flic de chez lui, son préféré, même ! Une affaire de famille entre lui et moi en somme. D'autant que, j'ai compris : c'est le vieux Thian qui le renseigne, évidemment !)

— Je me trompe ?

(Non, c'est vrai. Même avant le mariage de Louna, c'est Clara qui aidait Yasmina à faire la maman.)

— En sorte que si elle avait épousé Saint-Hiver, vous auriez perdu à la fois et votre enfant et votre mère.

(Ce qui me fait deux mobiles en un seul pour refroidir Saint-Hiver... *refroidir* Saint-*Hiver*, assez drôle. Pourquoi les mauvais mots viennent-ils toujours trop tard?)

— Vous voulez dire que...

Il reprend à la volée.

— Je veux dire que vous avez un don exceptionnel pour vous foutre dans la merde, mon garçon.

Là, il me semble prudent d'intervenir.

— Saint-Hiver s'est fait assassiner dans la nuit d'avant-hier; or, cette nuit-là, j'ai dormi chez moi, en bas, avec les enfants.

(Sur une chaise.)

— Je sais, l'inspecteur Van Thian me l'a dit. Sur une chaise.

(Qu'est-ce que je disais... le vieux Thian, bien sûr.)

— Mais que savez-vous de la nuit de Ben Tayeb, du Mossi ou du Kabyle?

(Oh! non, merde, ça, non!)

— Ces gens-là ont l'amitié simple, monsieur Malaus-sène. Ils savaient que vous désapprouviez ce mariage, et si ce sont d'excellents amis, ce ne sont pas des anges pour autant. Ils ne s'y seraient pas pris différemment s'ils avaient voulu vous rendre service. Et puis, le cadavre d'un maton-chef ne doit pas peser trop lourd sur la conscience de Belleville.

— Ils n'auraient pas fait ça à Clara!

J'ai crié ça, tellement j'en suis convaincu. Il a laissé s'estomper l'écho avant de confirmer :

— Je ne le crois pas non plus, mais pour un enquêteur ordinaire...

(Vivent les enquêteurs extraordinaires!)

— Vous savez que vous êtes un cas?

(Il y a de l'admiration, dans sa voix, tout à coup.)

— Jamais vu ça de toute ma carrière ! Grâce à vous, on pourrait former des générations d'enquêteurs...

(Pardon ?)

— Où que vous soyez, quoi que vous fassiez, on assassine à tout va, les cadavres pleuvent, la plupart dans des états abominables, déchiquetés par des bombes, la tête mise en miettes par des balles explosives, torturés jusqu'à l'indicible, tout vous accuse : mobile, fréquentations, itinéraires, emploi du temps, famille...

(Un petit ouragan d'enthousiasme professionnel.)

— Vous êtes un exercice d'école de première qualité pour n'importe quel flic en apprentissage ! Toutes vos protestations sont autant de dénis d'évidence. Impossible de croire qu'un tel faisceau de présomptions, une si hallucinante convergence de soupçons puissent aboutir à l'arrestation d'un innocent...

Ses deux mains à plat sur son bureau, les coudes déployés, le cul en l'air et la tête prise dans le cône de la lumière napoléonienne, on dirait un historien rendu cinglé par le suspense de la bataille qu'il raconte.

— On s'attend à tomber sur un monstre, le plus machia-vélique des tueurs, et c'est un modèle de vertu qu'on trouve au bout de l'enquête !

(Au fond, c'est peut-être moi qu'il veut épouser ?)

— Fils irréprochable, frère dévoué jusqu'au sacrifice, ami infaillible, amant fidèle...

(J'ai un chien dont je m'occupe assez bien aussi...)

— Les bras des enquêteurs en tombent dans leurs chaussettes !

(Arrêtez, je vous en prie...)

Il arrête. Tout soudain. Son cul retrouve le cuir du fauteuil avec une lenteur de soufflet.

— Alors, je vais vous dire une bonne chose, monsieur Malaussène.

Silence. Café. Re-silence. Puis, le plus posément du monde :

— Vous commencez à me faire sérieusement chier.

(Je vous demande pardon ?)

— Vous jetez une ombre d'une telle épaisseur sur nos enquêtes qu'à cause de vos foutues vertus nous perdons un temps phénoménal !

Ça ne rigole plus du tout, derrière le bureau.

— Est-ce que par hasard vous imaginez que la police nationale est une institution destinée exclusivement à prouver votre innocence une fois par an ?

(Je n'imagine rien, moi, je n'ai aucune imagination...)

— Ecoutez-moi bien.

J'écoute. Il y a une telle fureur, là-dessous, que, pour écouter, j'écoute !

— Je vais essayer de découvrir qui a assassiné Saint-Hiver, monsieur Malaussène. J'ai sur le dos une demi-douzaine de ministres — de droite comme de gauche — qui y tiennent absolument. Alors vous allez vous tenir le plus loin possible de cette affaire. Je vais donner des ordres en conséquence. Ni vous ni vos amis de Belleville ne serez interrogés par mes hommes. Les journaux vous ficheront une paix royale. Vous-même, après avoir répondu à mes questions, chasserez de votre pensée le plus petit souvenir de cette prison et de ces prisonniers. Si vous quittez seulement Paris en direction de Champrond, si, volontairement ou non, vous jetez la moindre ombre sur mon enquête, si vous flanquez le plus petit soupçon dans la tête d'un de mes enquêteurs, je vous fais boucler préventivement jusqu'à la fin des opérations. Compris ? Et peut-être même jusqu'à la fin de vos jours...

(Soyez innocent...)

— Ne vous faites aucune illusion, Malaussène, je suis un flic, je protège l'ordre public contre tout ce qui peut le troubler. Or des innocences comme la vôtre...

(Je sais, je sais...)

Il se calme soudain, mais ne retrouve pas le sourire pour autant. Il me ressert un café sans me demander mon avis.

— Bien. Maintenant, parlez-moi de Saint-Hiver.

*

Et, ma foi, je lui en parle. Je lui dis tout ce que j'en sais, c'est-à-dire fort peu de chose : sa rencontre avec Clara, son enthousiasme pour sa mission, sa volonté de ne pas ouvrir Champrond aux regards de la modernité, son passage à Summerhill, à l'université Stanford de Palo Alto, ses discours sur le behaviourisme, le comportementalisme, sa connaissance de l'œuvre de Makarenko, tout ce qu'il m'a dit, en somme...

Et, comme l'atmosphère se détend un peu, je lui demande s'il a la moindre idée quant à ce qui a pu se passer. Non. Ce ne sont pas les prisonniers, n'est-ce pas ? Il l'ignore. Quand la gendarmerie locale est arrivée sur les lieux, elle a assisté à ce spectacle inconcevable : des prisonniers en habits massés dans la cour centrale où Joseph, le vieux gardien-chef, les avait rassemblés avant d'aller chercher Saint-Hiver qui devait leur donner d'ultimes instructions pour la cérémonie. Tous étaient consternés. Selon le témoignage du commandant de gendarmerie, la plupart pleuraient silencieusement, certains sanglotaient — des types qu'on avait emprisonnés à vie pour avoir massacré une ou plusieurs personnes ! Certes, ils pouvaient simuler... simulation collective, certes...

Quoi qu'il en soit, les choses ne s'étaient gâtées qu'à l'arrivée de l'inspecteur Bertholet, cet abruti qui avait commencé les interrogatoires, là, dans la cour, à ciel ouvert, maintenant les détenus debout comme de vulgaires pensionnaires après un chahut. Bertholet a failli y laisser sa peau et la gendarmerie débordée a dû faire appel à une compagnie de C.R.S., basée à Etampes. Les C.R.S. sont évidemment rentrés dans le tas sans ménagement à coups de lacrymogènes, une grenade est tombée dans le piano à queue, les prisonniers se sont réfugiés à l'intérieur des murs où ils ont été poursuivis, des œuvres ont été détruites, des photos célébrant la vie créative de la prison arrachées des murs, comme s'il se fût agi, au fond, d'assassiner Saint-Hiver une seconde fois...

Ici, Coudrier se fit tout pensif :

— La bêtise, Malaussène, la bêtise... au fond il n'y a que deux fléaux, ici-bas : une vertu comme la vôtre et une bêtise de flic.

Bref, il est arrivé sur le lieu du crime qui était devenu le champ clos d'une bataille, il a calmé le jeu et, en ressortant, il est tombé sur la noce immobilisée à laquelle Bertholet essayait maintenant de foutre le feu.

— Bon, vous n'avez plus rien à me dire, sur Saint-Hiver ?

Non, je n'ai plus rien à dire, non.

— Une dernière question.

(Oui ?)

— La photo qu'a prise votre sœur Clara...

(Ah...)

— Pourquoi cette photo, d'après vous ?

Difficile de répondre à cette question. Il aurait fallu remonter jusqu'au premier regard de Clara sur le monde. Cette attention étrange. Comme si Clara avait toujours refusé qu'on lui désignât les choses, comme si elle avait tenu, dès le départ, à se les dévoiler d'abord à elle-même. Ma Clara... fixer le pire pour l'admettre. Depuis toujours.

— Vous voulez dire qu'elle n'avait pas d'autres moyens, pour rendre son deuil supportable, que de photographier ce corps supplicié ?

— Grâce à vos services, ce « corps supplicié », comme vous dites, est pendu depuis l'aube aux crocs de tous les marchands de journaux.

Il accuse le coup. C'est vrai, entre autres conneries, l'inspecteur Bertholet a livré le cadavre de Saint-Hiver aux charognards de la gâchette médiatique.

— Clara a préféré aller toute seule au bout de l'horreur que les kiosques lui imposeront pendant au moins une semaine. Vous avez quelque chose contre, monsieur le commissaire ?

*

Après la photo de Clara, nous étions très vite sortis de la prison. Clara était redescendue sur terre. On entendait le bruit de ses talons dans les couloirs à présent. Derrière nous, l'aumônier avait peine à suivre. Dehors, tout le monde était sorti des voitures. La famille accueillait Clara. Belleville se refermait sur Clara. Clara pleurait enfin. Elle pleurait dans les bras d'Amar.

Détendu par cette manifestation de chagrin, l'aumônier avait tenté sa chance :

— La miséricorde divine, mon enfant...

Clara s'était retournée vers lui :

— La miséricorde divine, mon père ?

Et lui qui s'apprêtait à sortir un discours inspiré fut plongé dans un silence sacré. Puis il avisa la petite Verdun, embusquée dans les bras de Thian, et s'entendit murmurer :

— Pour le baptême de l'enfant...

Là encore, il fut gentiment interrompu.

— N'y pensez plus, monsieur l'abbé. Regardez bien cette enfant.

Le vieux Thian brandit Verdun devant lui, comme on présente une arme pour inspection. Le regard de Verdun jaillit et se colla au prêtre. D'instinct, il fit un pas en arrière.

— Vous voyez, dit Clara, notre petite Verdun trouve que votre Dieu n'est guère...

Elle chercha les mots une seconde. Puis, avec le sourire, justement, de la miséricorde :

— Votre Dieu n'est guère raisonnable.

*

— En tout cas, rappelez-vous ce que je vous ai dit, monsieur Malaussène : j'aurai ceux qui ont fait ça, mais à une condition, une seule, c'est que vous ne vous en mêliez pas.

Coudrier a ouvert sa porte. Il me désigne la sortie.

88

— Si vous-même ou votre amie Corrençon tournez seulement la tête vers cette affaire, vous êtes coffrés.

Puis, comme je passe devant lui ·

— Quels sont vos projets?

— Consoler Clara.

10

Et s'il était vrai, après tout, qu'une maison d'édition eût quelque chose d'un nid ? Pas un nid douillet, bien sûr, becs et griffes, évidemment, et d'où l'on peut tomber (qui a jamais passé sa vie entière dans un nid ?) mais un nid tout de même, un nid de feuilles et d'écritures, inlassablement chipées à l'air du temps par des Zabo z'au long bec, un nid séculaire de phrases tressé, où piaille l'insatiable couvée des jeunes espoirs, toujours tentés d'aller nicher ailleurs, mais ouvrant grand leur bec en attendant : ai-je du talent, madame, ai-je du génie ?

— Un beau brin de plume, en tout cas, mon cher Joinville, je suis bien obligée de le reconnaître ; suivez mes conseils et vous volerez plus haut que certains... Ah ! vous voilà, Malaussène ?

La reine Zabo congédie le jeune écrivain, le renvoie avec son manuscrit pour six mois de travail, et m'introduit dans son bureau — ou faut-il dire dans son filet ?

— Asseyez-vous, mon garçon... Le petit Joinville, là, vous avez déjà lu quelque chose de lui ? Qu'est-ce que vous en pensez ?

— Si je m'y connaissais en parfum, je reconnaîtrais peut-être son after-shave .

— C'est un jeune écrivain bien français ; pour l'instant il n'a encore que des idées qu'il prend pour des émotions, mais je ne désespère pas de lui faire raconter une histoire. J'ai un sacré projet pour vous, Malaussène.

Julius le Chien a posé son gros cul près du mien. Julius le Chien trouve comme moi la reine Zabo étourdissante. Cou tordu et langue pendante, Julius le Chien semble se demander combien de secondes cette femme a consenti à perdre pour naître.

— Mais dites-moi, avant toute chose, la police vous fait-elle des ennuis, pour cette affaire ?

— Non, c'est plutôt moi qui la dérange.

— Eh bien ! arrêtez ça immédiatement, Malaussène, c'est capital pour la suite. Aucun flirt avec la police. Je vous veux à plein temps.

Et d'enchaîner sur un bon coup d'interphone :

— Calignac ? Malaussène est arrivé. Nous vous rejoignons en salle de conférence. Prévenez Gauthier, et Loussa, s'il est ici.

Demi-geste pour raccrocher, mais :

— Ah ! Calignac ? Prévoyez du café.

Et, à moi :

— Je vous ai bien invité pour un petit café, ce matin, non ?

*

Puis, dans les couloirs :

— Une chose encore, Malaussène. Peut-être allez-vous accepter ma proposition, peut-être allez-vous m'envoyer paître, peut-être allons-nous une fois de plus nous entre-tuer, mais, dans tous les cas de figure, pas un mot à quiconque, d'accord ? Secret maison.

*

Autre lieu autres mœurs. Le café des Editions du Talion est du genre café d'entreprise. Un franc vingt dans la fente et un gobelet brûlant entre les doigts, qui ne pèse plus rien quand il est vide... un gobelet-écrivain, en somme, qui a intérêt à s'épuiser lentement — la poubelle est toute proche.

Loussa, Calignac et Gauthier nous attendent. Le jeune

Gauthier blêmit à la vue de Julius le Chien qui, en effet, va lui visser son museau entre les fesses avant que j'aie pu le rappeler à l'ordre. Ça ne rate jamais. Qu'est-ce que ce normalien dévoyé dans le commerce des livres peut bien répandre comme fumet ? Calignac, le directeur des ventes, se marre à sa franche façon de rugbyman et ouvre une fenêtre pour laisser le champ libre aux senteurs juliennes. Après avoir relevé l'identité de Gauthier, Julius le Chien file un coup de lèche-main à Loussa de Casamance, façon de m'approuver dans le choix de mes amitiés.

— Bien, nous pouvons nous asseoir.

Ainsi dit la reine Zabo. Le conseil des ministres commence toujours chez elle par cette formule rituelle : « Bien, nous pouvons nous asseoir. » Non pas « Asseyez-vous », non pas « Salut les poteaux, est-ce que ça boume aujourd'hui ? », non, les mêmes mots, toujours : « Bien, nous pouvons nous asseoir. »

Ce que nous faisons, en quelques discrets raclements de chaises.

— Malaussène, si je vous dis « Babel », à quoi pensez-vous ?

Les débats sont ouverts.

— Babel ? Je vois une tour, Majesté, le premier H.L.M. de l'humanité, les multitudes du Divin Parano déboulant des quatre coins de l'horizon dans la cuvette de Diên Biên Phu, et, lasses de leur errance, érigeant l'Empire State Building pour y vivre de conserve.

Elle sourit. Elle sourit, la Reine, et elle dit :

— Pas mal, Malaussène. Et maintenant, si je vous dis « Babel » en y ajoutant deux initiales : J.L. Babel. J.L.B., à quoi pensez-vous ?

— J.L.B. ? Notre J.L.B. maison ? Notre machine à best-sellers ? Notre poule aux encriers d'or ? Il me fait penser à mes sœurs.

— Pardon ?

— A Clara et à Thérèse, deux de mes sœurs.

Et à Louna, aussi, la troisième, l'infirmière. J.L.B. est

l'auteur préféré de mes sœurs. Quand Louna a rencontré Laurent, son toubib de mari, il y a quelques années, je leur ai prêté ma chambre, ils se sont mis au pieu et n'ont émergé qu'un an et un jour plus tard. Une année d'amour à plein temps. D'amour et de lecture. Je leur montais tous les matins leur provision de bouffe et de bouquins, Clara et Thérèse redescendaient tous les soirs les assiettes sales et les livres lus. Parfois, elles tardaient. Comme elles avaient leurs devoirs à faire, je grimpais les chercher et je trouvais les deux petites couchées entre les deux grands, Louna leur servant à voix haute de larges tranches de J.L.B :

A peine la nurse Sophia se fut-elle retirée avec le petit Axel-Jules, qu'en un même élan, Tania et Serguéi s'enroulè-rent pour de somptueuses retrouvailles. Il était dix-huit heures douze. Trois minutes encore, et Serguéi serait majoritaire dans la National Balistic Company.

C'est ça, J.L. Babel (J.L.B. pour ses lecteurs), l'écrivain beurré des deux côtés, que les amants trempent dans leur cacao du matin et sur qui Madame Bovary s'endort tous les soirs. Et c'est la plus grosse production des Editions du Talion ; notre salaire à tous.

— Quatorze millions de lecteurs par titre, Malaussène !

— Qui se foutent de votre opinion...

— Ce qui nous donne cinquante-six millions de lecteurs si on multiplie par le coefficient 4 des livres prêtés, ajoute Calignac dont toutes les lampes se sont soudain allumées.

— Dans vingt-sept pays et quatorze langues, précise Gauthier.

— Sans parler du marché soviétique en train de s'ouvrir, perestroïka oblige...

— Je commence à le traduire en chinois, conclut mon pote Loussa qui ajoute, avec un certain fatalisme : Il n'y a pas que la littérature, dans la vie, petit con, *yǒu shangyé*, il y a le commerce.

Un certain succès commercial, en effet. Dû en grande

partie à une trouvaille de la reine Zabo : l'anonymat de l'auteur. Car personne, en dehors de Sa Majesté, ne sait, autour de cette table, qui est le véritable J.L.B. Le nom des Editions du Talion ne figure même pas sur les grandes couvertures glacées. Trois initiales italiques et majuscules en haut de chaque livre, *J.L.B.*, et trois petites initiales en bas, *j.l.b.*, ce qui donne à penser, bien sûr, que J.L.B. édite J.L.B., que son génie ne doit rien à personne... un self-made-man pareil à ses héros, roi de lui-même comme des circuits de distribution, qui a construit sa propre tour, et qui, de très haut, nargue le Très-Haut. Mieux qu'un nom, plus qu'un prénom, J.L.B. s'est fait des initiales, trois lettres lisibles dans n'importe quelle langue. Et la patronne de gonfler son triple jabot sur son corps de brindille :

— Mes enfants, le secret est le carburant du mythe. Tous ces messieurs de la finance que décrivent les romans de J.L.B. se posent la même question : qui est-il ? qui donc les connaît si bien pour les décrire si juste ? Cette émulation par la curiosité se répercute jusqu'aux couches du tout petit commerce et n'est pas pour rien dans notre chiffre de vente, croyez-moi !

Lequel chiffre claque, comme un étendard :

— Près de deux cents millions d'exemplaires vendus depuis 1972, Malaussène. Café ?

— Volontiers.

— Gauthier, un café pour Malaussène, vous avez des pièces ?

Petite cascade de pièces dans le ventre de la machine. Vapeur, glouglou, sucre en poudre.

— Malaussène, nous allons frapper un grand coup pour la sortie du prochain J.L.B.

— Un grand coup, Majesté ?

— Nous allons dévoiler son identité !

Ne jamais contredire la patronne en état d'inspiration.

— Excellente idée. Et qui est-ce, J.L.B. ?

Un temps.

— Buvez votre café, Malaussène, le choc va être rude.

La vie vaudrait-elle d'être vécue sans une bonne mise en scène ? Et l'art de la mise en scène, mesdames et messieurs, n'est-ce pas ce qui, parmi quelques milliards de détails, distingue l'homme de la bête ? Je suis censé tomber sur le cul en apprenant l'identité du prolifique J.L.B. ? Soit. Composons-nous donc le visage assoiffé de l'impatience. Ne pas s'ébouillanter la glotte, néanmoins. Siroter le café. Tout doux... Ils attendent sagement, autour de la table. Ils m'observent, et moi, je revois ma Clara, la pauvrette, il y a deux ou trois ans, lire en cachette un pavé de J.L.B. alors que je tentais de l'initier à Gogol, Clara sursautant, planquant le livre, moi tout honteux de la surprendre, tout merdeux d'avoir engueulé Laurent et Louna, d'avoir joué l'intelligent, l'esprit fort... Mais lis donc ce que tu voudras, ma Clarinette, lis ce qui te tombe sous l'œil, ne te soucie pas du grand frère, ce n'est pas à lui de faire le tri de tes plaisirs, c'est ta vie qui triera, le tamis bien serré de tes petites envies.

Voilà. Café bu.

— Alors, c'est qui, J.L.B. ?

Ils s'entre-regardent une dernière fois :

— C'est vous, Malaussène.

11

Quand j'arrive à la maison, Clara dort encore, Yasmina chante toujours, et Julie cuisine. Le détail mérite d'être remarqué : c'est la première fois que je vois Julie derrière les fourneaux. Les journalistes de son acabit cuisinent rarement. Ils sont les héritiers du corned-beef plus que du bœuf miroton. Julie passe sa vie à manger sur le pouce pour ne pas perdre le monde de vue. Si elle n'avait pas été salement blessée l'année dernière (droguée à mort, une jambe trois fois brisée et double pneumonie), elle serait sans doute, à l'heure qu'il est, en train de grignoter un pois chiche dans un maquis subtropical, cherchant à démêler qui entube qui, dans quelles proportions, et où ça va nous mener tout ça... Fort heureusement les malfrats qui l'ont amochée m'ont livré une Julie essentiellement occupée à se refaire une santé en me fignolant le bonheur.

Julie, donc, cuisine. Elle est penchée au-dessus d'une cassolette de cuivre où un jus roux explose en petits cratères sucrés. Elle touille pour que ça n'attache pas. Le seul mouvement de son poignet, via l'épaule ronde, la courbure du bras et la colonne souple, suffit à faire danser ses hanches. Le repos forcé de ces derniers mois l'a aimablement alourdie. Plus que jamais la robe qui l'enrobe est une promesse de plénitudes. Nue, les traces ocrées de ses brûlures en font une femme léopard. Vêtue, elle reste ma Julie d'il y a trois ans, celle que je me suis décernée, sans une seconde de réflexion, tellement le poids de sa crinière (comme dirait J.L.B.), l'automne pailleté de son regard, la gracieuseté de ses doigts voleurs, le feulement de sa voix, ses hanches et ses mamelles me soufflaient que s'il en existait une pour moi, c'était celle-là et pas une autre. Purement physique, quoi. La femme que j'aime est un animal complet, un vertébré fabuleusement supérieur, idéalement mammifère, résolument femelle. Et, comme je suis un verni de l'amour, l'intérieur a confirmé les promesses du dehors : Julie est une belle âme. Le monde entier bat dans son cœur. Pas seulement le monde, mais chacun des morpions qui l'animent. Julie aime Clara, Julie aime Jérémy et le Petit, Julie aime Thérèse, Julie aime Louna, Julie aime Verdun — oui, même Verdun — et Julie aime Julius. Julie m'aime, quoi.

Or voilà qu'en prime Julie sait cuisiner. Détail superfétatoire ? Mon œil : tous les journaux féminins vous le confirmeront, le bonheur est une recette de cuisine.

— Une tarte à la rose trémière, Benjamin.

— A la rose trémière ? s'étonne Jérémy qui est un produit du bitume.

— Une recette de mon père ; notre maison du Vercors était la proie des roses trémières. Jusqu'au jour où le gouverneur mon père a décidé de les bouffer.

Julius le Chien laisse aller une salive de connaisseur, la gourmandise a embué les lunettes du Petit, la maison tout entière est une rose trémière mitonnant dans son propre sucre.

— Mais une tarte, Julie, avec le deuil de Clara ? tu crois que...

(Malaussène et les convenances...) Oui, c'est vrai, je viens d'ébaucher cette question. Julie répond sans se retourner.

— Tu n'as rien remarqué, Benjamin ? Ecoute donc le chant de Yasmina.

Dans la chambre des enfants, Yasmina chante encore, la main de Clara, toujours endormie, dans la sienne. Mais il n'y a plus de chagrin dans ce chant. L'ombre d'un sourire détend le visage de Clara.

— D'ailleurs, Yasmina nous a apporté du couscous.

97

Nous avons mangé le couscous de Yasmina et la tarte de Julie, pendant que le vieux Thian donnait à Verdun ses petits pots du soir. Depuis la naissance de Verdun, le vieux Thian a perdu un bras. Tout ce qu'il accomplit dans la vie, il le fait avec la main qui ne porte pas Verdun. A soixante ans passés, le jour où nous lui avons confié Verdun, le vieux Thian a fait cette découverte de jeune homme : être père, c'est devenir manchot.

Nous avons mangé dans la mélopée de Yasmina qui tenait le fantôme de Saint-Hiver à distance.

Un petit morceau de paix.

Mastication soigneuse.

Pourtant, quelque chose tracassait Jérémy. C'était lisible sur son front. Et, quand on peut lire sur le front de Jérémy, il faut toujours craindre le pire.

— Un problème, Jérémy ?

J'ai demandé à tout hasard, sachant qu'il répondrait : « Non rien. »

— Rien, non.

Voilà. Encore quelques coups de fourchette, et c'est Thérèse qui a tenté sa chance.

— Jérémy, si tu nous disais ce qui te tracasse ? Non ?

Avec cette voix raide et maladroite qui, dès les premiers mots de sa vie, en a fait une Thérèse retranchée, facilement hargneuse, une Thérèse susceptible comme un fil dénudé.

— Est-ce que je te demande ton horoscope, toi ?

Thérèse et Jérémy sont un modèle d'amour fraternel. Peuvent pas se souffrir tout en souffrant le plus souvent possible l'un pour l'autre. Le jour où Jérémy s'est retrouvé rôti comme un poulet par l'incendie de son bahut, Thérèse m'a fait son unique crise de culpabilité professionnelle : « Comment est-ce que je n'ai pas su prévoir ça, Benjamin ? » Elle s'arrachait les cheveux, au sens propre, par poignées, comme dans un roman russe. Elle balayait l'espace à grands moulinets de ses bras maigres : « A quoi ça sert, tout ça ? » Elle désignait ses bouquins, ses tarots, ses amulettes et ses grigris. Le doute, quoi. Pour la seule et unique fois de sa vie. Et un jour, en sortant du cinoche (*La Mousson*, on était allés voir : l'histoire d'un type qui, au début du film, boit beaucoup de whisky, et à la fin, beaucoup d'eau), voilà Jérémy qui me dit : « Moi, si j'étais un mec, enfin, je veux dire, si j'étais pas son frangin, c'est Thérèse que je choisirais. » Mon regard a dû demander : « Pourquoi ? » parce qu'il a tout de suite ajouté : « Elle est super, cette fille. » Et, plus loin sur le chemin du retour : « Dis voir, Benjamin, tu crois que les mecs sont trop cons pour se rendre compte que Thérèse est super ? »

Bref, pour l'heure, Jérémy a du souci.

C'est en pleine tarte à la rose trémière que le Petit a tranquillement ôté ses lunettes et a dit, tout en les essuyant :

— Moi, je sais.

J'ai demandé :

— Qu'est-ce que tu sais, Petit ?

— Je sais ce qu'il a, Jérémy.

— Toi, ta gueule !

En vain. A part ses propres rêves, rien n'effraye le Petit.

— Il se demande si Thian va nous raconter *La Fée Carabine*, ce soir.

Tout le monde a levé la tête et toutes les têtes se sont tournées vers Thian.

Ne jamais sous-estimer la fiction. Surtout quand elle est sauvagement pimentée de réel, comme *La Fée Carabine* du vieux Thian. Une dope dont les pires vacheries de la vie ne peuvent nous guérir. L'idée que la mort de Saint-Hiver puisse le priver de sa tranche de mythe un soir de plus a flanqué Jérémy dans un état de manque proche de la syncope. Le vieux Thian m'a lancé un coup d'œil, doublé du regard de Verdun qui tire toujours dans la même direction que lui, et j'ai fait « oui », imperceptiblement, de la tête.

— Oui, a répondu Thian, mais ce soir, ce sera la dernière partie.

— Oh non ! merde, déjà ?

Le soulagement et l'angoisse ont zigzagué sur la tronche de Jérémy.

— Et c'est très court, a poursuivi Thian impitoyable, ça tiendra à peine la soirée.

— Et après ? Qu'est-ce que tu vas nous raconter après ?

Jérémy n'est pas le seul à être inquiet, la question était dans tous les yeux.

Au fond, je crois que c'est là, dans ce silence-là, assis à la table familiale, que j'ai pris ma décision. J'ai dû me dire que si je ne trouvais pas vite fait une solution, si Thian ne succédait pas à Thian, ce serait l'invasion du pire, ce contre quoi l'éducateur responsable que je suis (mais oui !) a toujours lutté : la paralysie de groupe, l'hypnotisme blafard, la téloche à perpétuité.

Alors, considérant le visage en perdition de Jérémy, les yeux du Petit sur le point de déborder, l'anxiété muette de Thérèse, songeant au réveil de Clara aussi, j'ai soudain pris la seule décision possible.

J'ai dit :

— Après *La Fée Carabine*, Thian aura sept gros romans à nous lire, six ou sept mille pages minimum.

— Six ou sept mille pages !

Enthousiasme du Petit. Suspicion de Jérémy.

— Aussi chouettes que *La Fée* ?

— Aucune comparaison. Beaucoup mieux.

Jérémy m'a longuement regardé, un de ces regards qui cherchent à piger comment le prestidigitateur s'y est pris pour transformer le violoncelle en piano à queue.

— Ah ouais ? Et c'est qui, l'auteur de cette merveille ?

J'ai répondu :

— C'est moi.

12

— C'est moi, Majesté ?

— Ce sera vous, Malaussène, si vous acceptez.

— Si j'accepte quoi ?

Elle a regardé Gauthier. Elle a dit :

— Gauthier...

Le petit Gauthier a ouvert son vieux cartable d'agrégatif, il a disposé ses petits papiers, et, au moment de s'y mettre, il s'est fait sèchement résumer :

— Bref, Malaussène, la situation de J.L.B. est florissante, mais on note tout de même un tassement des ventes à l'étranger.

— Et nous plafonnons à trois ou quatre cent mille en France.

Calignac n'a pas de vieux cartable, lui, pas de calculette, mais une grosse tête avec une mémoire de Gascon qui tient à peine dedans.

— On pourrait laisser aller quelques années, Malaussène, mais ce n'est pas le genre de la maison.

— D'autant que (c'est Gauthier qui essaie de se racheter) la perspective de l'Europe nous ouvre un marché considérable.

Charitable, la Reine opine :

— Il s'agit de frapper un grand coup pour la sortie de son prochain roman. Nous prévoyons un lancement exceptionnel, Malaussène.

Moi, évidemment, j'en reviens à ma question première :

— S'il vous plaît, J.L.B., qui est-ce ? Un collectif de la plume ?

Alors, la reine Zabo a utilisé son arme favorite. Elle a penché son buste maigre en direction de Loussa et elle a dit :

— Loussa, explique-lui.

Loussa est le seul de ses employés qu'elle tutoie. Non pour cause de négritude, mais par amitié très ancienne, enfance commune. Leurs pères respectifs, le très noir et le très blanc, faisaient dans le chiffon. « On a appris à lire dans les mêmes poubelles. »

— Bon. Tiens-toi tranquille, petit con, et écoute-moi bien.

*

Et de m'expliquer, Loussa de Casamance, que J.L.B. est une personne qui, pour l'heure, ne tient pas à devenir quelqu'un. « La niaise manie de son nom » ne le possède pas, comme disait l'autre, tu vois ? Loussa lui-même ne sait pas qui c'est. Il n'y a que la reine Zabo, autour de cette table, pour le connaître personnellement. Un écrivain anonyme, en somme, comme un alcoolique repenti. L'idée me plaît assez. Les couloirs des Editions du Talion sont encombrés de premières personnes du singulier qui n'écrivent que pour devenir des troisièmes personnes publiques. Leur plume se fane et leur encre sèche dans le temps qu'ils perdent à courir les critiques et les maquilleuses. Ils sont gendelettres dès le premier éclair du premier flash et chopent des tics à force de poser de trois quarts pour la postérité. Ceux-là n'écrivent pas pour écrire, mais pour *avoir écrit* — et qu'on se le dise. Alors, l'écriture anonyme de J.L.B., ma foi, et quel qu'en soit le résultat, ça me paraît honorable. Seulement voilà, le monde d'aujourd'hui est monde d'images, et toutes les études de marché disent clairement que les lecteurs de J.L.B. veulent la tête de J.L.B. Ils la veulent sur les rabats de couverture, ils la veulent sur les affiches de leur ville, dans les pages de leur hebdo et le cadre de leur télé, ils la veulent

102

en eux, épinglée dans leur cœur. Ils veulent la tête de J.L.B., la voix de J.L.B., la signature de J.L.B., ils veulent se payer quinze heures de queue pour une dédicace de J.L.B., et qu'un petit mot tombe dans leur oreille, et qu'un sourire les conforte dans leur amour de lecteurs. Ils sont gens humbles et innombrables, Clara, Louna, Thérèse et quelques millions d'autres, non pas lecteurs précieux et avertis qui aiment à dire : « J'ai lu untel... » mais lecteurs naïvement cubiques qui donneraient leur liquette pour pouvoir dire : « Je l'ai vu. » Et s'ils ne voient pas J.L.B., s'ils ne l'entendent pas causer, si J.L.B. ne leur file pas son opinion télévisée sur la marche du monde et le destin de l'homme, alors, c'est simple, ils l'achèteront de moins en moins, et petit à petit J.L.B., pour n'avoir pas voulu devenir une image, cessera d'être une affaire, notre affaire.

Il me semble, oui, il me semble que je commence à comprendre. Toutefois, intelligence lente et méthodique, je demande :

— Et alors ?

— Alors, enchaîne la reine Zabo, il y a un hic, Malaussène. J.L.B. ne veut *vraiment* rien entendre, pas question pour lui de se montrer.

Ah !...

— Mais il n'est pas hostile à l'idée que quelqu'un le représente.

— Le représente ?

— Joue son rôle, si vous préférez.

Silence. La table ronde s'est rétrécie, tout à coup. Bon, allons-y :

— Moi, Majesté ?

— Qu'est-ce que vous en pensez ?

*

— Et tu as accepté ?

Julie me pose la question en jaillissant comme un ressort du fouillis de notre plumard.

— J'ai dit que je réfléchirais.

— Tu vas accepter ?

Ses doigts sont sortis de mes cheveux et je ne reconnais pas le ton de sa voix.

— Je vais réfléchir.

— Tu accepterais de faire le guignol pour ce marchand de merde ?

Là, c'est un vrai coup de gueule.

— Qu'est-ce qui te prend, Julie ?

Elle s'est redressée. Elle me regarde de très haut. Un dernier rayon de notre sueur brille entre ses seins.

— Comment ça, qu'est-ce qui me prend ? Tu te rends compte de ce que tu m'annonces ?

— Je ne t'ai encore rien annoncé.

— Ecoute...

Dire qu'on vient de se donner tant de chaleur et qu'elle me cueille à froid. Je n'aime pas ça. C'est comme trouver un cambrioleur en rentrant dans sa niche. On se sent acculé. On devient légitimement défensif... la pire des choses.

— Qu'est-ce qu'il faut que j'écoute ?

Ma voix aussi a changé. Ce n'est déjà plus ma voix.

— Tu n'en as pas marre de jouer au con ? Tu ne voudrais pas être toi-même, une fois dans ta vie ?

C'est précisément une des objections que j'ai faites à la reine Zabo. Mais elle est partie d'un rire zabique : « " Vous-même ", Malaussène, " vous-même "! L' " identité ", qu'est-ce que c'est encore que ce snobisme ? Vous croyez que nous sommes " nous-mêmes ", autour de cette table ? Etre " soi ", monsieur, c'est être le bon cheval, au bon moment, sur la bonne case du bon échiquier ! ou la reine, ou le fou, ou le dernier des petits pions ! » Mais je m'entends déjà répondre à Julie, avec ce filet venimeux qui, justement, n'est pas ma voix :

— Ah ! bon ? Parce que je ne suis pas moi-même ?

— Jamais ! pas une seconde ! tu ne l'as jamais été ! Tu n'es pas le père de tes enfants, tu n'es pas le responsable des coups que tu prends sur la gueule et tu vas jouer le rôle d'un écrivain pourri que tu n'es pas! Ta mère t'exploite, tes patrons t'exploitent, et maintenant ce salaud...

Mais me voilà qui dis :

— Parce que la belle journaliste à la crinière de lionne et aux seins de génisse est elle-même ?

Oui, j'ai dit ça... Je ne peux pas l'effacer, j'ai dit ça. Mais Julie étant ce qu'elle est, ce n'est pas la crinière de lionne ou les seins de génisse qui la font bondir, c'est l'évocation de la journaliste.

— La journaliste, au moins, est *réelle*, nom de Dieu, elle est même plus que réelle, elle est *au service du réel* ! Elle ne se fout pas dans la peau de J.L.B. : un abrutisseur public, une usine à stéréotypes minables qui spécule sur la connerie du pauvre monde !

Moi, Benjamin Malaussène, ce n'est pas l'évocation de mon caméléon intime qui me fait grimper à l'échelle de la fureur, c'est l'arrogante dénonciation de la « connerie du pauv' monde ».

— Et elle spécule sur quoi, la journaliste du réel ? Tu es descendue dans la rue, aujourd'hui, Julie, non ? Tu l'as vue, la gueule ouverte de Saint-Hiver, accrochée aux hameçons des marchands, les dents cassées, l'œil crevé, tu l'as vue ou tu ne l'as pas vue ?

(Notre seul sujet d'engueulade, le journalisme... mais du solide, un explosif de première bourre.)

— Ça n'a rien à voir ! Je n'ai jamais fait dans le fait divers, moi !

— Tu as fait pire !

— Qu'est-ce que tu dis ?

Elle est si blanche de rage, maintenant, et je suis si blanc de fureur, que nos draps ont bonne mine.

— Pas le fait divers, non, Julie, tu investis dans le fait soigneusement choisi, toi, le malheur du bout du monde, massacres de maquisards, pauvre mec interviewé dans sa cellule la veille de son exécution, le fait divers plus l'exotisme plus la bonne conscience : objectif *boat people*, caméra larmoyante sur petite Mexicaine noyée, l'information que nous ne croyons pas devoir vous cacher, de la merde irréprochable, une belle coulée de sang, pure comme de l'or fondu...

Elle s'est habillée.

Elle est partie.

Sur le pas de la porte, elle a seulement dit :

— La tarte de ce soir, ce n'était pas de la rose trémière, c'était de la rhubarbe. La rose trémière est comme toi, Malaussène, envahissante et pas comestible.

*

Voilà. Trois ans de bonheur grillés dans un incendie. Et je n'ai même pas pu lui dire les raisons pour lesquelles j'allais peut-être accepter la proposition de la reine Zabo. Peut-être ou peut-être pas. Certainement pas, même. Pas à ce prix-là, en tout cas. Savoir ce qu'un boulot rapporte, mais savoir aussi ce qu'il vous coûte. Et le départ de Julie, c'est trop cher. Qu'est-ce qui m'a pris de lui sortir tout ça ? Comme si je ne savais pas que l'œil journaliste de Julie sur le monde, c'est la seule garantie pour qu'on ne nous le fasse pas tourner à l'envers... D'accord, Julie, d'accord, j'irai demain aux Editions du Talion et j'enverrai la reine Zabo jouer les J.L.B. à ma place. D'ailleurs, c'est peut-être elle J.L.B. ? On comprend mieux pourquoi elle est la seule à le connaître et pourquoi le grand écrivain se refuse à l'objectif : avec sa tête de marmite sur son corps de tisonnier, elle ferait fuir un lecteur aveugle. Bon, je ne ferai pas ce boulot, je trouverai autre chose. Décision ferme. Définitive.

Ça m'a calmé d'un coup.

Je me suis levé. J'ai refait le pieu au carré. Je me suis recouché. J'ai regardé le plafond. On a frappé à la porte. Trois petits coups timides. Julie. Les trois petits coups de la réconciliation. J'ai bondi. J'ai ouvert. C'est Clara. Elle lève les yeux. Elle sourit. Elle entre. Elle dit :

— Julie n'est pas là ?

Je mens.

106

— Sortie pour un rendez-vous.

Clara approuve.

— Il y a trop longtemps qu'elle ne travaillait pas.

Et moi :

— Oui, c'est même un miracle qu'elle ait tiré la moitié de sa convalescence.

De ces dialogues où chacun parle d'autre chose.

— Elle reviendra dans quinze jours avec un nouvel article, dit Clara.

— Ou dans trois mois.

Silence.

Silence.

— Assieds-toi, ma Clarinette. Assieds-toi.

Les deux mains dans les miennes, elle s'assied sur le coin du lit.

— Il faut que je te dise quelque chose, Benjamin.

Et, bien sûr, elle se tait.

Je demande :

— Yasmina est rentrée chez elle ?

— Non, elle est en bas, elle écoute l'histoire de Thian. Elle veut dormir à côté de moi, cette nuit.

Puis :

— Benjamin ?

— Oui ma grande ?

— Je suis enceinte.

Et, comme si j'avais besoin de cette précision :

— J'attends un bébé.

13

— J'accepte, Majesté.

— Formidable, mon garçon ! Avec vos dons de comédien, votre sens de l'improvisation, vos qualités de conteur et votre amour du public, vous allez faire un malheur, devenir un mythe irremplaçable.

— J'accepte à plusieurs conditions.

— Je vous écoute.

— Conditions financières, d'abord. Je veux 1 % sur chaque exemplaire vendu, avec effet rétroactif sur tous les titres dont je devrai revendiquer la paternité. Je veux 5 % des droits étrangers, un chèque par interview, j'impose ma sœur Clara comme photographe exclusive, et je veux, bien entendu, conserver mon salaire maison.

— Affaires de chiffres, tout ça, Malaussène, ça concerne Calignac, je ne suis pas compétente.

— Vous êtes compétente pour donner des ordres.

— D'autres conditions ?

— Une autre. Je veux connaître le véritable J.L.B. Pas question que j'aille au charbon sans savoir qui m'y envoie.

— Cela va sans dire. Vous rencontrerez J.L.B. cet après-midi, à seize heures trente précises.

— Cet après-midi ?

— Oui, j'ai déjà pris le rendez-vous. Vous connaissant comme je vous connais, je n'avais pas retenu l'hypothèse d'un refus.

*

Clara est habitée ? Il y a un petit quelqu'un chez Clara ? C'est le retour de Saint-Hiver par la fenêtre ? Encore un fruit de la passion ? Encore un mouflet Malaussène délesté de son papa au moment de l'atterrissage ? Ça va naître ? Coups et blessures sans intention de donner la vie ? Ça va plonger ? Ça descendra un jour dans la rue ? Ça passera devant les kiosques à journaux ? Ça va se farcir le quadrichromique opéra de la vie ? L'optimisme amoureux a une fois de plus plaisanté avec le néant ? Ça va tomber du rien dans le pire ? Un fruit tout nu précipité dans les mâchoires du monde ? Au nom de l'amour ! la belle amour ? Et le reste du temps, ça va chercher à comprendre ? Ça va se construire ? Une charpente d'illusions sur les fondations du doute, les murs de la métaphysique, le mobilier périssable des convictions, le tapis volant des sentiments ? Ça va s'enraciner dans son île déserte en envoyant des signaux pathétiques aux bateaux qui passent ? Oui... Et ça va passer soi-même au large des autres îles. Ça va manger, ça va boire, ça va fumer, ça va penser, ça va aimer, et puis ça va décider de manger mieux, de boire moins, de ne plus fumer, d'éviter les idées, de reléguer le sentiment. Ça va devenir réaliste. Ça va conseiller ses propres enfants. Ça va tout de même y croire un peu pour eux. Et puis ça n'y croira plus. Ça ne va plus écouter que ses propres tuyauteries, surveiller ses boulons, multiplier les vidanges... sans trop y compter...

Une chose est sûre, pourtant : celle qui dépend de moi. S'il est vrai que Clara est habitée, s'il est vrai que ma petite Clara va donner à naître, foi de moi, ce qui va naître là, naîtra *riche* ! Pas riche d'espérances, non, pas riche en sentiments, pas forcément un rupin des neurones non plus — ces choses-là dépendent d'ailleurs — mais riche d'argent, nom de Dieu, de pognon, de tunes, de joncs et de pépettes, riche de fric, de blé, de flouse, d'artiche et d'oseille ! Je te vais lui constituer une dot auprès de quoi les économies de Rothschild passeront pour un viatique d'étudiant. Oh ! je sais, ça ne fera pas son bonheur, mais ça lui évitera au moins de penser que l'argent fait le bonheur des autres, et puis ça lui épargnera le travail, et de croire que le travail est une vertu ! Il pourra glander toute sa vie, le petit de ma Clara, et vu le caractère cosmopolite de J.L.B., il pourra glander en dollars, en marks, en roubles, en piastres, en yens, en lires, en florins, en francs, et même en écus ! Oui, il pourra glander européen, si ça lui chante ! Ce qu'il fera de son pactole ne m'intéresse pas le moins du monde. Qu'il l'investisse, le distribue ou le dilapide, qu'il œuvre pour les victimes du monde ou se taille une statue en platine, peu me chaut ! Et, s'il m'envoie à l'hospice quand mes dents tomberont dans mes poches, je partirai heureux, sachant enfin, preuve à l'appui, que la vie a un sens !

*

Mais pour l'heure, comme nous roulons, la reine Zabo et moi, vers la mystérieuse demeure du mystérieux J.L.B., je ne vois qu'une chose, sous mes yeux éblouis : un bébé nu et rose, rebondissant en riant sur un énorme matelas de billets qu'un vent aimable rassemble sous le petit cul de l'innocence.

— Arrêtez-nous là !

— Où ça, là ? grogne le chauffeur du taxi.

— Là, au Crédit lyonnais, là !

— Qu'est-ce que vous allez faire au Crédit lyonnais, Malaussène ?

— Ouvrir un compte au nom de ma sœur, ça ne peut pas attendre.

— Vous allez nous mettre en retard.

— Foutez-moi la paix, Majesté.

*

J.L.B. crèche dans le seizième. Rue de la Pompe. Et sa crèche tient davantage du palais d'Hérode que de la paillote de Bethléem. C'est un de ces hôtels déclarés splendides parce qu'ils sont particuliers et datent quelque peu.

Le larbin qui nous ouvre ressemble trait pour trait au larbin qu'on s'attend à découvrir derrière ce genre de porte. Il nous introduit en nous confirmant que Monsieur nous attend, ce qui n'empêche pas Monsieur de nous faire attendre — dans une bibliothèque lambrissée où le hasard alphabétique a embroché Saint-Simon, Soljenitsyne, Suétone et Han Suyin. Quand la vie cesse de surprendre, elle ressemble à ça. C'est à vous dégoûter de décrire le reste de la pièce.

— Chère amie, bonjour !

Ainsi s'annonce l'homme, d'une voix toute gaie. La reine Zabo et moi tournons l'œil vers la porte qui s'est ouverte grand sur un tout petit mec à la soixantaine mince et sautillante, occupé à traverser la bibliothèque en diagonale, un sourire charmant tendu devant lui.

— Bonsoir, mon cher ministre !

Pas la moindre affectation dans le ton de la reine Zabo, une cordialité de bon aloi, ce genre de familiarité distinguée qui laisse à penser qu'appeler un bonhomme par son titre, sa décoration ou son grade, relève, pour certains, de l'intimité. On respire au même étage. Ces deux-là ont dû bridger ensemble plus souvent qu'à leur tour, en s'en racontant de bien bonnes.

— Monsieur Malaussène, je suppose ?

Il suppose juste, le bougre. Et je me dis que j'ai déjà vu sa tête quelque part. *But where ?* Je n'ai pourtant pas l'habitude de fréquenter les ministres.

— Ne cherchez pas, jeune homme, je suis Chabotte, le ministre Chabotte, le croquemitaine de votre adolescence turbulente, l'inventeur de la moto à deux pandores, celui de derrière armé d'un long bâton pour envoyer les enfants se coucher.

Tout cela en me secouant la main de bas en haut avec une juvénilité étourdissante, pendant que je me dis : « Chabotte, nom de Dieu, c'est pour le coup que Julie grimperait aux rideaux, si elle me voyait. » Brève évocation de mon aimée qui m'assombrit le regard, ce dont Chabotte feint de s'alarmer.

— Rassurez-vous, jeune homme, ces temps-là sont révolus et je suis tout à fait prêt à reconnaître que cette moto n'est pas ce que j'ai imaginé de mieux. J'ai une seule passion : l'écriture. Et vous conviendrez avec moi qu'un homme qui romance ne peut pas être tout à fait mauvais.

(Qu'est-ce que c'est encore que ce zèbre ?)

— Si nous passions dans mon bureau, non ?

Si. Et de nouveau la bibliothèque en diagonale, Chabotte trottinant devant nous comme un enfant au cerceau. Il est délicieux. On jurerait une petite cuiller échappée de sa tasse à café.

— Voilà, c'est ici, entrez, je vous en prie, asseyez-vous. Thé ? café ? whisky ? autre chose ? Pour vous ce sera votre éternel Vichy, je sais, Dieu de Dieu, chère amie, comment pouvez-vous boire une pareille cochonnerie ?

La reine Zabo aurait-elle trouvé plus rapide qu'elle ? Elle ne s'en émeut pas, en tout cas, elle s'assied sur ce qu'elle trouve de plus dur, une petite chaise Louis XIII tout ce qu'il y a de monacale tandis que je suis englouti par du cuir anglais à grandes oreilles.

— Il est très bien. Un physique imprécis, malléable, c'est exactement ce qu'il me fallait.

C'est de moi qu'il parle ? C'est de moi ?

— Veuillez m'excuser, monsieur Malaussène, je viens de parler de vous comme si vous n'étiez pas là, c'est un vieux travers d'homme politique. En politique, nous passons le plus clair de notre temps à parler des absents, il arrive que leur présence n'y change pas grand-chose.

— Café.

— Pardon ?

— Vous avez fait une liste, plus haut : je choisis le café.

— Ah ! café, oui, un petit café.

Torsion gracieuse du buste, parlophone : « Olivier ?

Soyez assez gentil pour nous apporter un grand verre de Vichy et une tasse de café. »

Puis, l'œil pétillant :

— Alors, monsieur Malaussène, avouez-moi tout, comment l'imaginiez-vous, le mystérieux J.L.B. ?

— Comme ça.

Mon pouce recourbé désigne la reine Zabo, peinarde sur sa chaise mais qui n'en perd pas une. Joli petit rire ministériel :

— Je ne sais pas si c'est le meilleur compliment que vous puissiez faire à votre patronne, mais personnellement je m'en trouve assez flatté.

Sur ce, apparition d'Olivier. Ce n'est pas le même larbin que celui de la porte, mais c'est un autre qui pourrait être le même.

Vichy.

Café.

— Non, sérieusement, quelle représentation vous faites-vous de J.L.B. ? A quoi, selon vous, *devrait-il* ressembler ?

Ah ! c'est donc ça, la question ! On est en plein boulot... Je réfléchis deux petites secondes (putain que ce café est bon !) et je dis :

— A un Concorde.

Chabotte en est tout saisi. Il ouvre les mirettes de la stupeur, il se tourne sec vers Zabo, il s'exclame :

— Formidable ! Ce garçon est for-mi-dable !

Puis, à moi :

— Vous avez mis dans le mille, monsieur Malaussène. Vous avez parfaitement compris ce que je voulais faire. Un Concorde, c'est exactement ça. Un attaché-case volant ! J.L.B. doit ressembler à un Concorde ! Eh bien ! mon vieux, attendez-vous à être déguisé en Concorde ! M'avez-vous lu ?

— Pardon ?

— Avez-vous lu les romans de J.L.B. ? Mes bouquins...

(Eh bien, c'est-à-dire...)

— Non, n'est-ce pas ? Vague mépris, même, hein ? C'est un bon point, figurez-vous. Je vous veux tout neuf. Et maintenant, laissez-moi vous exposer ma théorie. Vous êtes bien assis ? Ça va ? Un autre café ? Non ? Cigarette ? Vous ne fumez pas... Bien. Ouvrez grandes vos oreilles à présent et gardez vos questions pour la fin. Titre de l'exposé :

J.L.B. OU LE RÉALISME LIBÉRAL

« J.L.B. est un écrivain d'un genre nouveau, monsieur Malaussène. Il tient plus de l'homme d'entreprise que de l'homme de plume. Or, son entreprise, précisément, c'est la plume. Si je ne peux pas affirmer avoir inventé un *genre* littéraire, à coup sûr j'ai créé un *courant*. Un courant d'une originalité absolue. Dès mes premiers romans : *Dernier baiser à Wall Street, Pactole, Dollar* ou *L'Enfant qui savait compter*, j'ai creusé les fondations d'une école littéraire nouvelle que nous appellerons, si vous le voulez bien, le réalisme capitaliste. Souriez, monsieur Malaussène, oui, le *réalisme capitaliste*, ou *réalisme libéral* pour être au goût du jour, est en effet l'exact symétrique de feu le *réalisme socialiste*. Là où nos cousins de l'Est racontaient dans leurs romans l'histoire de l'héroïque kolkhozienne amoureuse du tractoriste méritant, passion commune sacrifiée aux exigences du plan quinquennal, je raconte moi l'épopée des fortunes individuelles, à l'ascension desquelles rien ne résiste, ni les autres fortunes, ni les Etats, ni même l'amour. C'est l'homme qui gagne chez moi, toujours, l'*homme d'entreprise* ! Notre monde est un monde de boutiquiers, monsieur Malaussène, et j'ai entrepris de donner à lire à tous les boutiquiers du monde ! Si les aristocrates, les ouvriers, les paysans, ont eu droit à leurs héros au cours des âges littéraires, les commerçants jamais ! Balzac, m'objecterez-vous ? Balzac, c'est l'envers du héros en ce qui concerne le commerce, le virus analytique, déjà ! Je n'analyse pas, moi, monsieur Malaussène, je *comptabilise* ! Le lecteur que je vise n'est pas celui qui sait lire, mais celui qui sait compter. Or, tous les boutiquiers du monde savent compter, et aucun romancier, jamais, n'en a fait une valeur romanesque. Moi, si ! Et je suis le premier. Résultat : deux cent vingt-cinq millions d'exemplaires vendus à travers le monde « au jour d'aujourd'hui », comme aurait dit ma nourrice. J'ai élevé la comptabilité au niveau de l'épique, monsieur Malaussène. Il y a dans mes romans des énumérations de chiffres, des cascades de valeurs boursières, belles comme des charges de cavalerie. C'est une poétique à quoi les commerçants de tous poils sont sensibles. Le succès de J.L.B. tient à ce que j'ai enfin donné sa représentation mythique à la multitude mercantile. Grâce à moi les commerçants ont désormais leurs héros dans l'Olympe romanesque. Ce qu'ils réclament aujourd'hui, c'est l'apparition du démiurge. A vous de jouer, monsieur Malaussène...

14

La vocation de l'argent naît très tôt. Vers quatre heures du matin, quand passent les éboueurs. Et n'importe quel fils d'éboueur peut être visité.

A seize ans, avec la conscience qu'il n'était qu'un rebut de la société, Philippe Ahoueltène suivait son père, engoncé dans sa combinaison verte à lisérés phosphorescents, pour gagner un maigre argent de poche.

Dans les premières lueurs de l'aube, comme il roulait place de la Concorde, accroché à l'arrière de sa benne, Philippe aperçut la marée humaine qui campait devant l'hôtel Crillon, en attendant l'improbable apparition de Michael Jackson. Et Philippe eut sa première idée : les poubelles de Jackson valaient de l'or !

Le plan de Paris dans une main et le Bottin mondain dans l'autre, cartographe de sa première fortune, Philippe recensa et localisa les poubelles des stars.

Après une première matinée d'investigation, il mit sous verre le dernier trognon de pomme croqué par Jane Birkin, le flacon de vernis à ongle Dior de Catherine Deneuve, la bouteille de Jack Daniels de Bohringer...

— Putain, génial, le mec ! Et il va les revendre ? C'est une idée géniale, ça !

— Jérémy, tais-toi !

— Quoi, c'est pas une idée géniale, faire les poubelles des stars ?

— Laisse oncle Thian lire la suite !

Trois mois plus tard, Philippe se trouvait à la tête de douze fouilleurs passionnés et de trente informateurs, concierges ou fils de concierges, intéressés, tous, aux bénéfices de l'entreprise qui s'avéra très vite des plus lucratives.

— Ça veut dire quoi « lugrative » ?
— Lucrative, Petit, « cra », ça veut dire qui rapporte des sous.
— Beaucoup de sous ?
— Pas mal, oui.
— Et « savéra », ça veut dire quoi ?
— Quoi ?
— « Savéra. »
— Ah ! « s'avéra » ! Eh bien...
— File-lui l'explication tout bas, Thérèse, qu'oncle Thian puisse continuer !

Il venait, dans la foulée, de passer son bac C avec mention très bien et s'était acheté un loft à Ivry.
L'année suivante, il ouvrit des succursales à Londres, Amsterdam, Barcelone, Hambourg, Lausanne et Copenhague. Son vaste bureau des Champs-Elysées lui tenait lieu de quartier général. Il intégra premier à H.E.C.

— Ah ! dis donc, le mec !
— Jérémy...
— Pardon.

Le jour de ses dix-huit ans, il quittait H.E.C. en claquant la porte. Il y reviendrait deux ans plus tard, mais comme professeur.
Durant ces deux années, il apprit le danois, l'espagnol, le hollandais, perfectionna son allemand et son anglais, qu'il parlait avec un imperceptible accent du Yorkshire.

117

Il jouait du saxo au Petit Journal *et faisait une fulgurante carrière de demi d'ouverture dans l'équipe de rugby du P.U.C...*

Voilà. Ça s'appelle *Le Seigneur des monnaies*, c'est le dernier-né de l'ex-ministre Chabotte, alias J.L.B., c'est rapide comme la foudre, con comme la mort, mais ça passionne les mômes au point que la petite Verdun elle-même suit les lignes au fur et à mesure de la lecture de Thian. Thian, qui n'a jamais lu un roman pour son propre compte, est un prodigieux lecteur. Sa voix épaissit la fiction. C'est la voix de Gabin à un point stupéfiant. Quoi qu'il lise, ça prend comme une sauce. Si Jérémy ou le Petit osent des interruptions en début de lecture, c'est uniquement sous l'effet de l'excitation. Ils ne tardent pas à se laisser aller dans le courant, portés par la houle au-dessus de ces abîmes que la voix de Thian creuse, mot par mot, ligne à ligne, sous n'importe quel texte.

C'est en prospectant à New York pour y installer une succursale que Philippe rencontra Tania. Leurs regards se croisèrent au cœur même de Greenwich Village.
Venue comme lui de nulle part, la jeune femme lui apprit Goethe, Proust, Tolstoï, Thomas Mann, André Breton, la peinture architectonique et la musique sérielle. Le couple menait grand train. Madonna, Boris Becker, Platini, George Bush, Schnabel, Mathias Rust et Laurent Fignon comptaient parmi leurs amis intimes.

*

Je les ai laissés, Verdun dans les bras du vieux Thian, Thérèse amidonnée dans sa chemise de nuit, Clara dans son lit (les mains croisées, déjà, sur son ventre), Jérémy et le Petit sur les lits du dessus, un avenir en or massif dans les yeux, Yasmina posée aux pieds de Clara, avec au visage une expression de gravité pieuse, comme si Thian était en train de lire une sourate pondue spécialement par le Prophète pour la mémoire de Saint-Hiver.

Je me suis levé.

Julius le Chien s'est levé.

On a filé en douce, comme souvent à cette heure de la nuit.

*

On est allés, le Chien et moi, plaider la cause de Benjamin Malaussène auprès de Julie Corrençon. Belleville s'effritait un peu plus autour de nous pendant que je répétais mon texte. « J'ai accepté de jouer cette comédie pour consoler Clara, ma Julie. J'ai accepté parce qu'il y a des moments où l'horreur frappe si fort et si vrai qu'il faut impérativement sortir du " réel ", comme tu dis, aller jouer ailleurs. J'ai accepté pour faire jouer les enfants ailleurs et qu'ils ne pensent plus à Saint-Hiver. Jérémy et le Petit me feront répéter mon texte, Clara prendra les photos et Thérèse pourra me désapprouver; ça les occupera. J'ai accepté pour obéir à Coudrier, aussi, pour emmener le radeau familial le plus loin possible de son enquête. J'ai accepté, parce que si on fait la somme des choses, j'estime qu'on a eu notre compte d'emmerdements majeurs, ces derniers temps, tu ne trouves pas ? Alors, je me suis dit, d'accord, soyons légers, pour une fois, un peu cons, vaguement malhonnêtes. Cessons d'être irréprochables, puisque c'est ce que Coudrier nous reproche. Quittons pour un temps les rives inhospitalières du dévouement et du sublime. Tu me suis, Julie ? Jouons. Jouons un peu. Et jouons à J.L.B. puisque c'est le jeu qui se présente. »

*

Bien sûr, elle n'était pas chez elle. Toc, toc, toc, Julie ? Julius le Chien, assis, attendant que ça s'ouvre. Mais la porte ne s'est pas ouverte. Crayon, papier, le dos de Julius comme

119

écritoire, j'ai résumé tout ce que j'ai dit plus haut. J'ai ajouté je t'aime, je l'ai conjugué à tous les temps tous les modes, et que je restais son porte-avions, et qu'elle pouvait se poser ou décoller aussi souvent qu'elle le voulait... C'étaient là les premiers mots de notre rencontre : « Tu veux bien être mon porte-avions, Benjamin ? Je viendrais me poser de temps en temps, refaire mon plein de sens », et moi, tout content : « Pose-toi, ma belle, et envole-toi aussi souvent que tu le veux, désormais je navigue dans tes eaux. »

Je me suis excusé pour mes vacheries sur le journalisme des « faits choisis », excuse-moi, Julie, c'était juste pour te faire mal... pardon, pardon, et j'ai signé.

Et j'ai réfléchi.

Il manquait quelque chose.

Une vérité à ne pas cacher.

Chabotte.

Je lui ai avoué, en post-scriptum, que J.L.B. était le ministre Chabotte, celui-là même, oui, Julie, celui-là. Tu te rends compte ?

Et je me suis glissé sous la porte.

*

Après son exposé sur le réalisme libéral, Chabotte nous avait introduits, moi-la Reine, dans sa salle de projection particulière.

— Suivez-moi, monsieur Malaussène, je vais vous montrer à quoi ressemble un Concorde en chair et en os.

Une douzaine de fauteuils et leur douzaine de cendriers, un plafond en pente et des murs en biseau qui convergent vers un écran immaculé. Derrière nous, l'œil du projecteur manipulé par Antoine, un troisième valet, tout pareil aux deux autres. La visite avait viré de la mondanité souriante au breafing ultra-secret, façon James Bond avant le départ en mission.

— Je vais faire de vous un J.L.B. plus vrai que nature, vous verrez, ça va être amusant...

Obscurité, pinceau blanc, une image sur l'écran : le haut d'un visage. Les deux ailes d'une chevelure noire plaquée en arrière à partir d'une pointe frontale impeccable. (Ouh la, stricte-stricte!)

— Comme vous pouvez le constater, monsieur Malaussène, le Concorde est soigneusement peigné.

(C'est pourtant vrai, bon Dieu, on jurerait que ce type a un Concorde noir posé sur la tête!)

— Savez-vous à qui appartient ce front, chère amie?

Hésitation de la reine Zabo :

— Chirac jeune?

— Non. Copnick, vingt-huit ans, l'éminence grise de Wall Street. Notez la hauteur du front, monsieur Malaussène, la double ride transversale et non perpendiculaire, ce n'est pas l'expression du doute, cela, c'est de l'énergie à l'état pur! J.L.B. doit avoir ce front et cette coiffure. Bien, passons à autre chose, maintenant. Antoine!

Zip-clac, glissement latéral : deux yeux sur l'écran. Bleu acier comme il se doit, et braqués droit devant eux. Le genre de mec qui s'est fabriqué un regard inamovible. Quand il regarde ailleurs, c'est toute la tête qui tourne, comme une tourelle de char.

— Wolbrooth, roi du tungstène, avait annoncé Chabotte, le marché de l'astronautique à lui tout seul. Ce n'est pas la couleur de l'œil qui compte, monsieur Malaussène, mais la tension du regard, observez comme il file sous l'arcade sourcilière. Pour un visage aussi mobile que le vôtre, ce doit être facile à obtenir.

Et ainsi de suite : les joues pesantes du roi de la farine, le menton charnu de l'empereur des puces (électroniques), le demi-sourire du magnat belge de la conserve... etc., total : le roi des cons, à mon avis.

Ce n'était pas l'opinion de Chabotte :

— Et nous obtenons J.L.B. : un équilibre parfait d'autorité et de détermination, d'ironie et de saine jouissance.

Car J.L.B. n'est pas un ascète, j'insiste tout particulièrement sur ce point : il aime l'argent et le luxe sous toutes ses formes, y compris la bouffe, monsieur Malaussène, il faudra prendre du poids, vous épaissir un peu.

15

— Mange, Benjamin, mange, mon fils.

— Je ne peux plus, Amar, merci, là, vraiment...

— Comment ça, « là, vraiment » ?... Faudrait savoir si tu veux devenir un grand écrivain ou pas, Ben ?

— Ta gueule, Hadouch.

— Parce que tous les mecs qui ont laissé un nom dans votre littérature de roumis, les Dumas, les Balzac, les Claudel, ils étaient plutôt enrobés, c'est vrai.

— Simon, ta gueule.

— A mon avis, ils faisaient comme Ben, ils bouffaient du couscous.

— Mo a raison, oui, au fond, dès qu'on y pense un peu, tout vient de l'Islam.

— Je me demande si Flaubert aurait pondu la mère Bovary sans le couscous...

— Vous allez me lâcher un peu, tous les trois, oui ?

— Encore une assiette, Ben.

— Allez, J.L.B., un petit rab...

*

Des mois ! Des mois de gavage intensif ! Des mois de couscous-calories spécial J.L.B. ! Matin et soir ! Aussi léger que l'humour de Hadouch et de ses deux sbires. Evidemment, mes joues ne se sont pas alourdies d'un gramme. C'est l'estomac qui a poussé sa pointe et le cul qui s'est arrondi.

Avec les joues restées creuses, ça m'a donné la mine d'un ancien romantique reconverti dans la choucroute.

Chabotte n'était pas d'accord avec moi :

— Une idée que vous vous faites, monsieur Malaussène, vous prenez de la densité et cela vous surprend. C'est que, pour la première fois de votre vie, vous pesez votre poids d'homme sur notre bonne terre. Je vais pouvoir appeler le tailleur.

Le tailleur avait un nom rital, des doigts-libellules et le sourire de Vittorio De Sica. Chabotte sautillait gaiement autour de nous, conseillant une épingle par-ci, suggérant un rabat par-là, jugeant cette rayure trop fantaisiste, ce gris-noir trop clérical.

— Les chaussettes, monsieur Malaussène, les chaussettes... Ne jamais négliger les sous-vêtements, ils doivent faire peau avec le costume. N'est-ce pas, chère amie ?

Je l'affirme haut et fort : qui ne s'est jamais retrouvé à poil devant son éditeur, sous l'œil de feu Vittorio De Sica, pendant qu'un ex-ministre de l'Intérieur pousse des petits cris autour de lui, ignore tout de la honte.

Total, ils m'ont taillé trois costumes trois pièces, dans un de ces tissus extra-fins venus d'ailleurs et nettement au-dessus des moyens de Gatsby. (Benjamin Malaussène ou le cachemire cache-misère.)

— Et portez-les, monsieur Malaussène, domestiquez votre nouvelle peau, je ne veux pas que vous donniez l'impression d'être tombé dans votre costume d'écrivain par hasard. Le best-seller, ça se porte sur soi !

*

— T'en as un beau costard, mon frère Benjamin !

— Tu veux racheter Belleville, toi aussi ?

— Marche pas sous les gouttières, Ben, si les pigeons te chient dessus, c'est une brique l'impact !

— Minimum.

Et ce petit crétin de Nourdine, poussé par Mo le Mossi et

Simon le Kabyle, de m'accompagner partout avec un para-
pluie ouvert pour me protéger des pigeons.

*

Et la pub prit son vol.
Dès qu'on sortait de Belleville, dès qu'on passait
Richard-Lenoir, Paris se couvrait d'affiches sibyllines, LE
RÉALISME LIBÉRAL, en lettres grosses comme ça. LE RÉA-
LISME LIBÉRAL, sans un mot d'explication. C'était censé
émoustiller la curiosité publique. Une préparation d'artille-
rie avant ma propre offensive. « Sensibilisation au concept »,
« imprégnation du tissu urbain »... Il y avait des breafings
bihebdomadaires sur ce sujet, aux Editions du Talion. Une
demi-douzaine de publicitaires débarquaient, bronzés
comme un retour de safari, à la fois concentrés et volubiles,
déployant leurs schémas sur la table de conférence, jouant
de la baguette explicative et du marqueur péremptoire, avec
des mines de Sioux galonnés, comme s'ils préparaient le
jour le plus long. Ils exhibaient les premières photos de
Clara, celles de mon regard-J.L.B., rasant sous l'arcade et
pointé vers le milliard d'exemplaires. Ils disaient :
— Ici, nous vous proposons une rythmique particulièrement incisive, une alternance entre le concept et le regard,
voyez-vous ? LE RÉALISME LIBÉRAL... et le regard. Saisis-
sant, non ?
— J'aimerais bien avoir le regard de ce type...
Les gommeux me reluquaient en souriant poliment,
façon de me faire comprendre que ce n'était pas demain la
veille. C'est que je ne participais pas aux breafings en ma
qualité de J.L.B., mais dans mon malaussenat habituel. Pas
un seul d'entre eux ne me reconnaissait, ce qui mettait
Loussa en joie.
— Pour avoir les yeux de J.L.B., il faut savoir ce qu'on
veut, faut pas être un abonné au doute comme toi, petit con.
Je rendais son sourire à Loussa. Il y a des moments de la
vie où on est entre potes, un point c'est tout.

*

Clara ne lâchait plus son appareil. Elle faisait de belles photos ; les photos publiques de J.L.B., que je négociais à prix d'or (la cagnotte de son petit se remplissait gentiment), et les intimes qu'on se gardait pour nous. Ce qui la passionnait surtout, c'était la métamorphose, le passage de son Benjamin à son J.L.B.

— Tu aurais pu faire un grand comédien, Benjamin !

Elle s'amusait. Elle s'amusait, ma Clarinette. Elle pensait pourtant à Saint-Hiver (je l'entendais pleurer parfois, le soir, quand j'apprenais mon texte dans la salle à manger, à côté des enfants endormis). Le commissaire Coudrier avait tenu à ce qu'elle se rendît seule à l'enterrement de Saint-Hiver. Il était venu la prendre dans sa voiture de fonction, celle-là même qui nous avait doublés, le jour de la noce, et il l'avait ramenée à la maison. Il avait été « gentil », Clara dixit. Gentil avec moi aussi, Coudrier, quand il m'avait coincé dans la porte qu'il refermait sur lui, en me sifflant à l'oreille :

— Et n'oubliez pas, Malaussène, tenez-vous loin de mon enquête, occupez-vous, et occupez votre famille, sinon...

La porte refermée, Clara avait dit :

— On a nommé un nouveau directeur à la prison. C'est un jeune, il poursuivra l'œuvre de Clarence.

J'avais coupé court.

— Les types de la pub adorent tes photos, ils disent qu'ils n'ont jamais rien vu de pareil.

*

Thérèse est intervenue une seule fois, dans toute cette histoire : le jour où le Concorde s'est posé sur ma tête.

— Je n'aime pas cette coiffure, Benjamin, elle te donne l'air méphistophélique. Ce n'est pas toi, et ce n'est pas sain.

126

*

Les photos et les slogans alternaient maintenant sur les murs de Paris. UN HOMME : mon front Wall Street. UNE CERTITUDE : mon sourire platine. UNE ŒUVRE : mon regard tungstène. Et, partout : *LE RÉALISME LIBÉRAL.* Photos et slogans n'avaient apparemment pas de liens les uns avec les autres, mais les affiches se rapprochaient insidieusement, laissant à penser qu'elles pourraient bien être les éléments d'un même puzzle, qu'un visage était en train de se constituer là, qu'une vérité s'annonçait pas à pas.

Le public était censé haleter d'impatience.

*

— Si je te demande : « Quelle est votre principale qualité, J.L.B. ? », qu'est-ce que tu réponds ?

— « Entreprendre ! »

— Très bien. « Et votre principal défaut ? »

— « Pas de défaut. »

— Mais non, Benjamin, là tu réponds : « Ne pas tout réussir. »

— D'accord : « Ne pas tout réussir. »

— « Vous avez connu l'échec ? »

— « J'ai perdu des batailles, mais j'en ai toujours tiré l'enseignement qui mène à la victoire finale. »

— Bravo, Benjamin, tu vois, ça rentre !

Jérémy me faisait réciter mes futures interviouves. Cinquante pages de questions-réponses élaborées par Chabotte, qu'il fallait ingurgiter et resservir avec la spontanéité du prédateur. « Ne donnez surtout pas l'impression de réfléchir, monsieur Malaussène, la certitude doit jaillir de J.L.B., comme une source de pognon. »

Jérémy rentrait dare-dare du lycée et, au lieu de me présenter son cahier de textes comme c'était la coutume, il venait me chercher jusque dans les chiottes.

— Pas la peine de te planquer, Ben, je sais que tu es là.
Et c'était reparti pour un tour.
— « L'âge, que pensez-vous de l'âge ? »
— « Il y a des vieillards de vingt ans et des jeunes gens
de quatre-vingts. »
— « Et à quarante ans ? »
— « A quarante ans, on est riche ou on n'est rien. »
— Parfait. « L'argent ? »
— Quoi, l'argent ?
— Eh bien, qu'est-ce que J.L.B. pense de l'argent ?
— Du bien.
— S'il te plaît, Ben, réponds *exactement.* « Comment
vous situez-vous par rapport à la problématique de
l'argent ? »
— Du côté de la planche à billets.
— Arrête, Ben, c'est quoi la bonne réponse ?
— Je ne sais pas.
— « L'argent a toujours paru suspect aux Français ; ce
qui me paraît suspect à moi, c'est d'en vouloir et de ne pas
en gagner. »
J'étais sauvé par le gong : l'heure sacro-sainte de la
lecture.

*

*On était en janvier, dans le vol Concorde AF 516, et il sut
au premier regard que ce serait elle. Assise sur le siège voisin
du sien, elle lui apparut d'emblée aussi tentante et inaccessible qu'un edelweiss trônant sur un sommet de zibeline.
Une chose était certaine, il ne choisirait pas d'autre mère à
ses enfants.*

*Son cœur, d'abord, s'était senti à l'étroit et il s'était
plusieurs fois levé sans raison. Il n'était pas particulièrement grand. Ses gestes avaient gardé cette incertitude de
l'adolescence qui faisait son charme et avait coûté bien des
fortunes à ses ennemis. Quiconque le connaissait bien
(mais ils étaient peu nombreux à le bien connaître) aurait*

128

perçu au frémissement de la fossette qui lui fendait le
menton que Philippe Ahoueltène, le seul vainqueur de la
bataille du Yen, le tombeur du Texan Hariett et du Japonais
Toshuro, était ému.

*

Les petits s'amusaient, quoi. C'était le but de l'opération.
Moi, pas tellement. Il faut être honnête, pas tellement.
Vaguement honteux, même. (Julie en filigrane : « Tu ne
voudrais pas être toi-même, une fois dans ta vie ? ») Il
m'arrivait de m'en plaindre à qui de droit. J'entrais dans la
chambre des enfants endormis. Je me penchais sur l'arrondi
de Clara, je délaçais doucement ses doigts croisés, et je
m'adressais direct au petit profiteur, là :
— Tu es content de toi ? Parce que c'est à cause de toi,
tout ça... tu en as conscience, au moins ? Beuh non, bien sûr,
je vends mon âme pour te faire milliardaire et tu t'en fous, tu
commences par l'ingratitude, comme tous les autres... Franchement, tu crois que c'est une vie d'homme de gagner le
pain des anges ?

*

— Vous ne craquez pas, au moins, monsieur Malaussène ?
La sollicitude de Chabotte m'allait droit au cœur.
— Dites, vous tenez vaillamment le coup, n'est-ce pas ?
C'est qu'il n'était plus temps de faire machine arrière.
Les affiches et les slogans avaient opéré leur jonction. LE
RÉALISME LIBÉRAL : UN HOMME, UNE CERTITUDE, UNE
ŒUVRE ! Ma bouille en gigantesque, et mes initiales partout.
Dans toutes les stations de métro. Dans les gares. Dans les
aéroports. Sur le cul des bus : J.L.B. regard tendu, sourire à
la page, menton conquérant et joues planétaires. Deux
prothèses tout de même pour gonfler la planète. Et la sortie
imminente du *Seigneur des monnaies*, annoncée comme la
surprise des surprises !

— Asseyez-vous, je vous en prie. Olivier, une tasse de café pour M. Malaussène ! Qu'est-ce qui vous tracasse, mon vieux, n'avons-nous pas fait un travail merveilleux ?

— Rien, ça va au poil, au poil, ça va...

— Bon, voilà qui me rassure. Maîtrisez-vous vos interviews ? C'est capital, les interviews !

— Je maîtrise.

— Les photos de votre sœur sont admirables. J'en prévois une nouvelle série qui illustrera le premier papier vous concernant. Vous verrez, vous ne serez pas déçu...

*

Ces photos-là furent prises à Saint-Tropez, sur fond de Méditerranée qui en a vu d'autres. J.L.B. débarquant de son Mystère 20 personnel, J.L.B. au volant de sa toute dernière Jaguar XJS V12, 5,3 litres de cylindrée, 241 km/h, cuir Colonny et ronce de noyer, 385 000 F environ : sa 2 C.V. tropézienne. J.L.B. en conversation ultrasecrète au cœur de sa villa, avec un Arabe enturbanné (« *il est le conseiller particulier des princes du pétrole* »). L'Arabe en question était le vieil Amar soi-même, et, révélée par les buissons, on devinait la silhouette de ses « gardes du corps », Hadouch, Mo et Simon — walkie-talkie et mines de circonstances :

— On se fait pas chier, avec toi, mon frère Benjamin, un coup c'est un mariage de roumis en cabane, un autre coup c'est Saintrope, quand c'est que tu nous emmènes sur la lune ?

Et J.L.B., enfin, dans la solitude de son bureau de marbre, mettant la dernière main à son dernier roman : *Le Seigneur des monnaies*.

*

— Je dis bien *le dernier roman*, monsieur Malaussène.

Petite phrase de Chabotte, anodine en apparence, mais qui fut le seul rayon de soleil de toute cette période.

— Vous voulez dire que vous renoncez à écrire ?

— A écrire, certes pas ! Mais à ces fadaises, oui, et de grand cœur !

— Ces fadaises ?

— Vous n'imaginez tout de même pas que je vais passer le reste de ma vie dans la littérature de drugstore ? J'ai fait fortune en imaginant ce produit, soit, j'ai inventé un genre, soit, j'ai gavé les imbéciles de stéréotypes, soit, mais, ce faisant, je me suis cantonné dans l'anonymat comme l'exigeait ma déontologie d'homme politique, or je prends ma retraite dans neuf mois, monsieur Malaussène, et avec elle, je jette aux orties ma défroque de scribouillard anonyme pour prendre la plume, la vraie, celle qui signe de son nom et taille les habits verts, celle qui a rempli les rayons de cette bibliothèque !

Sa voix avait grimpé l'échelle des aigus. Il était la proie d'un tourbillon d'enthousiasme juvénile.

— Tout cela ! Tout cela ! Je suis de ceux qui ont écrit tout cela !

Il me désignait les rayons qui se perdaient là-haut, dans la pénombre lambrissée du plafond. Sa bibliothèque prenait des proportions de cathédrale.

— Et savez-vous quel sera mon prochain sujet ?

L'œil brillait, le blanc très blanc. Il ressemblait à un personnage de J.L.B. On aurait juré un gamin de douze ans sur le point d'avaler sa dernière bouchée du monde.

— Mon prochain sujet, *ce sera vous*, monsieur Malaussène !

(Allons bon...)

— Enfin, l'épopée J.L.B., si vous préférez ! Je montrerai à tous ces cuistres de la critique qui n'ont pas daigné me consacrer un seul article...

(C'est donc ça...)

— Je leur montrerai ce que recèle la *Galaxie J.L.B.*, quelle connaissance de notre modernité suppose une œuvre pareille !

La reine Zabo impassible sur sa chaise, et moi entre les

griffes d'un matou amoureux d'une souris. Il ronronnait, à présent :

— Ecrire, monsieur Malaussène, « écrire », c'est avant tout prévoir. Or, j'ai tout prévu dans ce domaine, à commencer par ce que mes contemporains désiraient lire. Pourquoi les romans de J.L.B. marchent si fort, vous voulez que je vous le dise ?

(Ma foi...)

— Parce qu'ils sont un accouchement universel ! Je n'ai pas créé un seul stéréotype, je les ai tous extirpés de mon public ! Chacun de mes personnages est le rêve familier de chacun de mes lecteurs... voilà pourquoi mes livres se multiplient comme les petits pains de l'Evangile !

D'un bond, il fut au milieu de la bibliothèque. Il me pointait du doigt, façon César démontrant un truc capital à son Brutus adoptif :

— Or, mon plus beau stéréotype, c'est vous, monsieur Malaussène ! Et le moment est venu d'en mesurer l'efficacité. Rendez-vous demain au Crillon, à seize heures précises, nous vous avons réservé une suite pour votre première interview. Soyez à l'heure, Benjamin, nous allons présenter le monde au monde !

16

Rien qui ressemble à une suite du Crillon comme une autre suite du Crillon — pour qui ne fait pas collection de suites. Pourtant, à peine ai-je mis le pied dans la suite à moi réservée que j'en ai exigé une autre.

— Pourquoi ? a demandé le Chamarré qui me tenait la porte, tout en regrettant aussitôt d'avoir posé la question.

« Parce que c'est la consigne, bonhomme », j'ai failli répondre. (« Un écrivain de la dimension de J.L.B., c'est capricieux ou ça n'est pas, m'avait expliqué Chabotte, vous exigerez une autre suite. »)

— L'orientation, j'ai dit.

La tête du Chamarré a fait signe qu'elle comprenait, et Sa Compétence m'a orienté vers une autre suite. Ça pouvait aller. Un peu plus petit que la place de la Concorde, mais ça pouvait aller.

— Ça te va, ma Clarinette ?

Clara ouvrait un œil rond comme son objectif, pupille dilatée : temps de pose indéterminé. J'ai répondu pour elle.

— Ça va.

Et j'ai filé au Chamarré un pourliche de Texan. De quoi passer une nuit dans l'hôtel d'en face, là-bas, de l'autre côté du pont, le tricolore avec des colonnes.

Sur quoi, Gauthier s'est pointé avec le matériel. Lui aussi en était tout sidéré des clins d'or du Crillon. M'a semblé, même, qu'il me considérait avec considération, tout à coup.

— Vous poserez l'écritoire près de la fenêtre et brancherez l'ordinateur à cette prise, là, mon bon Gauthier, ai-je laissé tomber de très haut.

Il s'est marré et m'a répondu de très bas :

— Loussa s'occupe des téléphones, monsieur.

Et, en effet, Loussa de Casamance a fait une entrée triomphale, trois téléphones dans chaque main, comme un père Nicolas de la télécommunication. Il a esquissé un pas à la Fred Astaire :

— Il y a des moments où je suis fier d'être ton pote, petit con. Qui est cette charmante ?

Il venait de remarquer Clara.

— Ma sœur Clara.

Il a tout de suite pigé le rapport avec Saint-Hiver, mais il n'a pas pris la mine de circonstance. Il a seulement dit :

— Eh bien, maintenant que je la connais, je suille encore plusse fier que tu souailles mon pote. Tu ne la mérites probablement pas.

Sur quoi il a saupoudré la piaule de téléphones.

Quand Calignac est arrivé, tout était en place.

L'idée de Chabotte était que le bureau de J.L.B., bourré de télétypes, phones et autres scripteurs, devait paraître branché sur le monde, tandis que l'écrivain, en retrait de plusieurs siècles sur son époque, serait surpris par le photographe près de la fenêtre, écrivant debout à un écritoire. Feuilles blanches, aux grammes soigneusement pesés, qui, dirait la journaleuse légende, lui étaient spécialement envoyées par le Moulin de La Ferté — le dernier à produire des feuilles à l'unité, en chiffon de lin, selon les plus anciennes traditions de Samarcande. Sur ces feuilles, J.L.B. n'écrivait pas au Mont-Blanc, pas à la bille non plus, évidemment, moins encore au marqueur, non, il écrivait au crayon, en toute simplicité : habitude dont il n'avait jamais pu se défaire depuis ses brouillons d'écolier. Ses crayons, ordinairement destinés à la Maison royale de Suède par la très ancienne fabrique d'Östersund, lui étaient envoyés par la reine en personne. Quant aux pipes d'écume qu'il fumait en travaillant (il ne fumait *qu'en* travaillant) chacune avait son histoire, riche de plusieurs siècles, et ne brûlait qu'un seul tabac, le gris le plus rustique, celui-là même dont la Seita avait abandonné la commercialisation, mais dont, par dérogation spéciale, il recevait sa provision tous les mois.

— Ça va ? demanda Calignac. Tout est O.K. ? Vous n'avez pas oublié les crayons ?

— Les crayons sont à leur place, sur l'écritoire.

— Et le canif ?

— Quel canif ? a demandé Gauthier en pâlissant.

— Le canif de son père ! Il est censé tailler ses crayons avec le canif de son père, un Laguiole, une relique, tu ne le savais pas, Gauthier ?

— J'ai complètement oublié...

— Fonce acheter un Laguiole au tabac du coin, et passe-le au papier de verre, qu'il donne l'impression d'avoir traversé le siècle.

En réalité, Calignac, Gauthier et Loussa s'amusaient autant que mes enfants.

— Ça va, toi ?

— Comme ça.

Calignac a pris mes épaules entre ses pognes de demi de mêlée.

— Pas le moment de flancher, mon petit père : tu sais à combien se monte le premier tirage du *Seigneur des monnaies* ?

— Trois exemplaires ?

— Arrête de déconner, Malaussène, huit cent mille ! On a sorti huit cent mille exemplaires d'un coup.

*

ELLE : Si je vous demandais quelle est votre principale qualité, J.L.B., que me répondriez-vous ?

MOI : Entreprendre.

ELLE : Et votre principal défaut ?

MOI : Ne pas tout réussir.

135

ELLE : Auriez-vous connu l'échec ? C'est à peine pensable quand on vous voit.

MOI : J'ai perdu des batailles, mais j'en ai toujours tiré l'enseignement qui mène à la victoire finale.

ELLE : Que conseilleriez-vous à un jeune d'aujourd'hui qui souhaiterait entreprendre ?

MOI : Vouloir ce qu'il veut, se lever tôt, ne rien attendre que de lui-même.

ELLE : Comment naissent vos personnages de roman ?

MOI : De ma volonté de vaincre.

ELLE : Les femmes de vos romans sont toujours belles, jeunes, intelligentes, sensuelles...

MOI : Elles ne le doivent qu'à elles-mêmes. Une apparence, cela se conquiert, et cela devient votre vérité.

ELLE : Si je vous ai bien compris, tout le monde peut être beau, intelligent et riche ?

MOI : C'est une question de volonté.

ELLE : La beauté, une question de volonté ?

LUI : La beauté est d'abord intérieure. La volonté l'extériorise.

ELLE : Vous parlez toujours de volonté. Mépriseriez-vous les faibles ?

MOI : Il n'y a pas de faibles, il n'y a que des gens qui ne veulent pas vraiment ce qu'ils veulent.

ELLE : Vous-même, avez-vous toujours désiré la richesse ?

MOI : Dès l'âge de quatre ans, dès que je me suis su pauvre.

ELLE : Une revanche sur la vie ?

MOI : Une conquête.

ELLE : L'argent fait-il vraiment le bonheur ?

MOI : Il en est la condition première.

ELLE : Vos héros s'enrichissent très jeunes, et l'âge est un thème qui revient fréquemment sous votre plume. Que pensez-vous de l'âge ?

*

Jusque-là, tout marchait comme sur des roulettes. Elle avait appris ses questions dans l'ordre et j'y répondais dans l'ordre. Nous étions comme deux récitants à égrener pieusement le rosaire de la connerie. Elle était arrivée traqueuse, ne sachant où poser ni ses yeux ni ses fesses, son rédacteur en chef avait dû la bassiner, et elle n'avait probablement qu'une trouille : que je ne file pas la bonne réponse à sa première question : « J.L.B., vous êtes un écrivain prolixe, vous êtes traduit dans le monde entier, vos lecteurs se comptent par millions, comment se fait-il qu'on ne vous ait encore jamais interviewé, ni photographié ? » A son grand soulagement, je lui ai sorti la bonne réponse, la réponse n° 1 : « J'avais du travail. En vous répondant aujourd'hui, je m'accorde ma première récréation depuis dix-sept ans. » Le reste a suivi tout seul, questions et réponses numérotées comme les petits plats sur la carte d'un restaurant chinois.

Et puis est tombée la question sur l'âge.

J'ai eu un trou.

Ou plutôt, un éblouissement.

Je me suis soudain revu chez Chabotte. Chabotte nous jouant, à la reine Zabo et à moi, la scène de Charlot et de la mappemonde, Chabotte en dictateur des Arts et Lettres, dansant tout seul dans la pénombre de sa bibliothèque, Chabotte me filant rancart pour le coup d'envoi du Crillon, mais surtout, juste avant que je ne parte, Chabotte me prenant par la main comme un camarade de jeu :

— Venez avec moi, je vais vous montrer quelque chose.

Et, comme je lançais un regard affolé à ma patronne :

— Non, non, attendez-nous ici, chère amie, nous revenons tout de suite.

Il m'a entraîné derrière lui, courant comme un petit fou dans ses couloirs, sous l'œil indifférent de la valetaille qui en avait sans doute vu d'autres, grimpant les escaliers quatre à quatre (moi suivant comme une poupée de son), enfilant plein pot la ligne droite du couloir final, un parquet net comme une piste de bowling dont nous nous sommes farcis les dix derniers mètres en glissant, jusqu'à heurter une porte

137

monumentale, dressée là comme si le monde y finissait. Deux ou trois secondes pour reprendre notre souffle, et le voilà qui ouvre la porte, et qui s'écrie, la voix fendue par les aigus :

— Regardez !

J'ai mis un certain temps à domestiquer la pénombre et à chercher ce qu'il y avait à voir. C'était une piaule aux dimensions swiftiennes avec un plumard à baldaquin où Gulliver ne se serait pas senti à l'étroit. J'avais beau chercher, je ne trouvais rien à voir de particulier.

— Là-bas, là !

Il a pointé son doigt en direction de la plus lointaine des fenêtres en hurlant :

— Là-bas ! Là ! Là !

Et j'ai vu.

J'ai vu, au-dessus d'un fauteuil roulant, posée sur un amas de couvertures, une tête de femme qui nous regardait avec des yeux luisants de haine. Une tête *épouvantablement vieille*. J'ai cru d'abord qu'elle était morte, que Chabotte me jouait un remake hitchcockien de la mama empaillée, mais non, ce qui scintillait dans ces yeux-là, c'était de la vie, à l'état incandescent : les derniers feux d'une existence haineuse, réduite à l'impuissance. Hurlement de Chabotte :

— Ma mère ! Mme Nazaré Quissapaolo Chabotte !

Et il a ajouté, avec une ivresse de mouflet victorieux, peut-être plus terrifiante encore que le regard de la momie :

— Elle m'a toujours empêché d'écrire !

*

ELLE : Que pensez-vous de l'âge ?

MOI : L'âge est une vacherie, mademoiselle.

ELLE *(sursautant)* : Vous dites ?

MOI : Je dis qu'à tout âge l'âge est une vacherie maximum : l'enfance, âge des amygdales et de la totale dépendance ; l'adolescence, âge de l'onanisme et des interrogations vaines ; la maturité, âge du cancer et de la connerie

138

triomphante ; la vieillesse, âge de l'artérite et des regrets inopérants.

ELLE *(le crayon en l'air)* : Il faut vraiment que j'écrive ça ?

MOI : C'est votre interview, vous écrivez ce que vous voulez.

Elle a sauté quelques pages et elle a rebranché plus loin, espérant que ça se passerait mieux.

ELLE : Comment vous situez-vous, par rapport à la problématique de l'argent ?

Mais ce fut pire.

MOI : Si je me mirais dans la gamelle de ceux qui n'ont rien à croûter, je me situerais du côté du fusil.

17

J'ai craqué, quoi.

J'ai craqué.

Ça arrive, non ? Il y a eu le regard de cette vieille, comme on s'électrocute, et j'ai craqué. Ça ne prévient pas, les souvenirs, c'est traître, ça vous *assaille*, comme on dit justement dans les livres. Le regard de cette vieille m'a sauté dessus, comme le regard de notre petite Verdun sur son aumônier baptiseur dans la prison de Saint-Hiver ! Verdun et cette vieille femme... les deux extrêmes de l'âge entre un seul regard tendu à hurler... et il aurait fallu que je continue à déconner : « *Il y a des vieillards de vingt ans et des jeunes gens de quatre-vingts* » ? Et puis quoi encore ?

La fille a remballé précipitamment ses petites affaires et s'est repliée en désordre. J'aurais voulu la rappeler et qu'on reprenne tout à zéro, mais je n'ai pas pu. Le fauteuil de la vieille était planté dans ma mémoire. Toutes mes réponses avaient fondu sous le chalumeau de son regard. Dans la confusion, je me suis dit, en plus, que Julie avait raison. Il fallait être malade pour se laisser embringuer dans un rôle pareil. Au lieu de calmer les émois de ma confesseuse, j'en ai donc rajouté. Un accès de lyrisme. Elle était venue mettre J.L.B. en carte et elle s'était retrouvée devant un bombardier palestinien qui aurait forcé sur les amphétamines.

*

Le pire, c'est que mes potes m'attendaient au Talion, en plein délire de victoire finale. La reine Zabo dans le rôle du maréchal Koutouzov.

— Votre prestation au Palais Omnisport de Bercy, ça va être quelque chose, Malaussène! Un événement unique! Aucun écrivain, jamais, n'a lancé son roman comme une grande première du show-bise!

(Rien du tout, Majesté, je viens de casser votre belle baraque.)

— Derrière vous, disposés en arc de cercle, vous aurez l'éventail de vos traducteurs. Cent vingt-sept traducteurs venus des quatre coins du monde, ce sera impressionnant, croyez-moi! Devant vous, trois à quatre cents fauteuils réservés aux journalistes français et étrangers. Et, tout autour, sur les gradins, la foule de vos lecteurs!

(Arrêtez, Majesté, arrêtez! Il n'y aura pas de Palais Omnisport! Dans une semaine, quand la fille aura publié la belle interviouve, il n'y aura même plus de J.L.B.! Chabotte va reprendre ses billes et les porter chez la concurrence...)

— Les journalistes vous poseront les questions complémentaires, celles qui figurent en italiques sur le questionnaire que J.L.B. vous a donné à apprendre. Alors, mon garçon, vous allez me réviser ça une dernière fois, et vous verrez, tout se passera très bien.

— Et après je suppose qu'il pourra se reposer un peu, tout de même?

La reine a jeté un coup d'œil surpris au petit Gauthier qui a brusquement rougi. (Je t'en supplie, Gauthier, cesse de m'aimer, je viens de t'abonner au chômedu, c'est ton assassin que tu couves. Je vous ai trahis, nom de Dieu, tu ne sais donc pas lire sur une face de traître?)

— Suivront dix séances de signatures que nous échelonnerons sur une semaine, nous ne pouvons pas nous permettre de renvoyer vos lecteurs de province bredouilles, Malaussène. « Et après », comme dit Gauthier, « après » : un mois de repos complet, où vous voulez, avec qui vous voulez, toute votre famille si vous le désirez, et vos amis de

Belleville qui ont participé à la campagne de pub. Un mois. Aux frais de la princesse. Vous êtes rassuré, Gauthier?

Gauthier était aux anges. Moi, aux enfers.

— En attendant, il y a du pain sur la planche. Calignac vous a dit? Nous avons tiré huit cent mille *Seigneur des monnaies*. Il s'agit maintenant de les mettre en place. Calignac tournera en province avec les trois quarts de nos représentants. Loussa fera Paris avec le reste. Nous sommes trop justes, Malaussène, il nous manquera des bras. Si vous pouviez donner un coup de main à l'équipe de Loussa, ce ne serait pas plus mal.

*

— Il y a quelque chose qui te tracasse, petit con.

La camionnette rouge de Loussa faisait le tour des librairies en frôlant la mort à chaque croisement.

— A quoi tu vois ça?

— Tu n'as pas peur quand je conduis, c'est que tu dois être salement perturbé.

— Non, ça va, Loussa, j'ai peur.

Ça allait, oui, ça allait comme ces mômes qui ont fait la bêtise du siècle et qui attendent, leurs petits culs serrés sur les froides chaises de la communale, que le siècle s'en aperçoive.

— Je comprendrais assez que cette douteuse comédie te sorte par les narines, tu sais, j'aimerais bien, moi aussi, retourner à ma littérature chinoise...

— Je t'en prie, Loussa, ne parle pas en conduisant.

Il venait de rater de justesse une mère et son landau.

— Toute proportion gardée, tu dois éprouver la même chose que moi à ton âge.

Une sortie d'école, ce coup-ci... La camionnette rouge fit un détour par le trottoir d'en face.

— Je ne voudrais pas te raconter mes campagnes, mais en 44, avant Monte Cassino, les Anglais m'envoyaient souvent derrière les lignes allemandes, du côté de Medjez-el-

142

Bab, dans les montagnes tunisiennes. J'étais déjà noir à l'époque, je me fondais dans la nuit, j'avais du plastic plein ma musette, et j'éprouvais la même chose que toi aujourd'hui : un déplaisant sentiment de clandestinité.

— Tu avais au moins l'honneur pour toi, Loussa...

— Je ne vois pas ce qu'il y a d'honorable à chier dans son froc en écoutant les buissons parler allemand... Et puis, je vais te dire une bonne chose : l' « honneur » est une question de perspective historique.

La camionnette s'est arrêtée pile. Les *Seigneur des monnaies* nous sont tombés sur la gueule. On est allés s'en jeter un au bougnat du coin. Loussa tenait à me persuader que j'étais dans le droit fil de l'honneur historique.

— D'accord, petit con, J.L.B. c'est de la merde, certes ! Mais c'est notre *unique* merde. Et les Editions du Talion ne tiennent *que* par J.L.B. En portant momentanément les couleurs de cet étron, c'est en fait la gloire des Belles Lettres que tu défends, le meilleur de notre production, digne des plus honorables librairies !

Ce disant, il désignait *La Terrasse de Gutenberg* d'une main en s'envoyant un gorgeon de l'autre.

— Allez, courage, petit con, *háo bù lì jǐ*, comme disent les Chinois, « l'oubli total de toi », et *zhúan mén lì rén*, « le dévouement aux autres »...

*

Malaussène ou la mort des belles lettres, quoi. Merci, Loussa.

Julie était absente. Le lit était froid. Les enfants étaient plongés dans le sommeil imbécile du juste. Le divisionnaire Coudrier menait peinard son enquête. Maman s'envoyait en l'air avec l'inspecteur Pastor. Stojilkovicz traduisait Virgile. Et Saint-Hiver causait réinsertion avec son pote le bon Dieu.

Ainsi va la vie.

En s'arrêtant.

Et si on pouvait dormir, au moins ? Mais non. Pas de

repos pour les traîtres. Le premier œil fermé, et c'était la vieille maman-Chabotte, Mme Nazaré Quissapaolo Chabotte (portugaise ? brésilienne ?) qui venait se poser sur le toit de mon sommeil. Cette tête momifiée par la haine et le hurlement enfantin de son vieux fils : « Elle m'a toujours empêché d'écrire ! » Puis, le visage endeuillé de la reine Zabo envahissait mon écran. Pas un mot de reproche. Pas une larme. Elle se contentait d'occuper mes nuits. En tenant à la main le mensuel fatal.

Une semaine.

Une semaine d'insomnie.

*

Et le mensuel est sorti, évidemment.

J'ai même été un des tout premiers à l'apprendre.

Dring, dring, huit heures du mat. Je décroche. La reine Zabo.

— Malaussène ?

Oui, c'était bien elle.

— Majesté ?

— Votre interview est dans tous les kiosques.

Les kiosques et les interviews se rencontrent fatalement un jour, hélas !

— Vous êtes content de vous ?

— ...

— Chabotte vient de me téléphoner.

— ...

— Il est ravi.

— Pardon ?

— Il est ravi, joyeux comme un gamin, il m'a tenu au téléphone pendant une demi-heure.

— Chabotte ?

— Chabotte ! Le ministre ! J.L.B. ! De qui croyez-vous que je parle ? Vous êtes réveillé, mon garçon ? Vous préférez vous faire un café et que je vous rappelle dans dix minutes ?

— Non, non. Et vous ?

144

— Quoi, moi ?

— Vous l'avez lue ?

— Je l'ai sous les yeux, oui.

— Et alors ?

— Et alors, c'est parfait, c'est exactement ce que j'attendais de vous, et les photos de Saint-Tropez sont admirables. Mais qu'est-ce que vous avez, mon petit ?

Je crois que j'étais encore à poil chez Youssouf, l'enkiosqué du coin, parce qu'il m'a demandé :

— Qu'est-ce qu'il y a, Ben, ça crame, chez toi ?

— *Playboy* ! Passe-moi *Playboy* !

— Voilà, voilà, Julie n'est pas revenue ? T'es en manque à ce point-là ?

Je n'arrivais pas à trouver la page. Je tremblais comme une cure de désintoxication. Je n'osais pas y croire. Je n'osais pas espérer que l'humanité fût si belle. Que Chabotte lui-même, l'inventeur de la moto ratonneuse-batteuse, pût apprécier ce revirement de J.L.B... Tout était permis, bon Dieu ! On pouvait tout espérer de l'homme.

— Cherche pas, dit Youssouf, page 63 il y en a une formidable, Dorothée de Glasgow. Tu peux passer dans l'arrière-boutique, si tu veux.

Il y a des matins où je hais mon pessimisme. Souris, tiers monde ! reprends espoir, exulte ! Les Chabotte eux-mêmes admettent que les affamés puissent être du côté du fusil ! Désarme, tiers monde, on va partager !

Rien du tout.

La fille avait tout remis à l'endroit.

Après tout, elle avait les questions, elle avait les réponses, elle avait un rédacteur en chef, ils ont fait les choses comme elles devaient être faites.

Pas de doute, l'interviouve que j'avais devant les yeux était celle-là même que Jérémy et les enfants m'avaient fait répéter pendant des semaines. Mot pour mot.

*

Les copains du Talion m'ont accueilli la coupe à la main. Le champagne pétillait, et la joie dans les regards.

La journée a passé sur les ailes du soulagement. Le soir, Thian a lu le chapitre 14 du *Seigneur des monnaies*, celui où naît le premier enfant de Philippe Ahoueltène et de sa jeune épousée suédoise. L'accouchement a lieu au cœur de l'Amazonie et dans l'œil d'un cyclone qui envoie les arbres sur orbite. J'ai écouté presque jusqu'au bout.

*

Et puis on est allés faire notre tour, Julius et moi. J'avais le pas léger et sans but de celui qui a perdu à la fois ses craintes et ses illusions. Belleville me paraissait moins amoché que d'habitude... c'est dire ! Oui, il me semblait que les nouveaux architectes avaient à cœur de respecter un peu le « caractère » du quartier. Le grand immeuble rose, au croisement de la rue de Belleville et du boulevard de la Villette par exemple, eh bien, tout là-haut, là-haut, si on regarde bien, au-dessus de ses dernières fenêtres, il y a comme un arrondi hispano-mauresque, si, si. Evidemment, pendant qu'on construisait cette merveille, le rez-de-chaussée est devenu chinois... Mais ce n'est pas grave, quand tout Belleville sera chinois, tout là-haut, là-haut, on ajoutera les vaguelettes pointues des pagodes... L'architecture est art de suggestion.

J'ai eu sommeil, tout à coup. J'avais du retard à récupérer dans ce domaine. J'ai laissé Julius le Chien dans la cuisine d'Amar (« Tu es beau, dans le journal, mon fils Benjamin, tu as vu ? ») et je me suis rentré tout seul comme un grand.

Ils m'ont cueilli à vingt mètres de chez moi. Ils étaient trois. Un grand maigre dont le genou très pointu a écrasé mes couilles, un deuxième plus large que haut qui m'a redressé par la gorge pendant qu'un troisième me broyait les intérieurs par une rafale d'uppercuts qui sentaient son professionnel. Comme la pogne du mastard me maintenait

146

plaqué au mur, la douleur n'a même pas pu me casser en deux. Ce sont mes jambes qui se sont relevées d'instinct, et c'est par pur réflexe que le boxeur s'est ramassé mes deux pieds dans la poitrine. Il a craché tout son oxygène et moi j'ai tiré la langue. La main de l'autre s'était mise à me serrer le cou au point de faire sauter le bouchon.

— Alors Malaussène, on a voulu sortir sa petite vérité personnelle dans les journaux ?

Le grand maigre maniait sa matraque comme un fléau. Tibias, genoux et cuisses. Il était tout bonnement en train de me rouer vif sur la place publique. J'aurais bien crié, mais ma langue occupait tout le volume disponible.

— C'est imprudent de pas jouer son rôle comme il faut, Malaussène.

Le mastard à l'accent russe parlait doucement. Une sorte de tendresse.

— Surtout quand on a une petite famille à protéger.

Il a bloqué le poing supersonique du boxeur à deux millimètres de mon nez.

— Pas le visage, Selim, il doit encore servir.

Le boxeur s'est rabattu sur mes côtes.

— Il faudra que tu sois sage, à Bercy, Malaussène, **tu** réponds ce que tu dois répondre, rien de plus.

Il m'a retourné d'une simple torsion du poignet, et je me suis retrouvé le museau écrasé au mur, pendant que la matraque du grand maigre s'occupait de mes reins.

— On sera dans la salle. Pas loin. On sait lire, nous. On adore J.L.B.

Le vieux Belleville, le Belleville de mon cœur a goût de salpêtre.

— Tu ne voudrais pas qu'il arrive quelque chose à Clara ?

Ses deux pognes me broyaient maintenant les deltoïdes. Là encore, j'aurais bien hurlé, mais cette fois-ci, c'était Belleville que j'avais dans la bouche.

— Ou à Jérémy. Les mômes de cet âge, c'est tellement imprudent...

18

Le livre est une fête, tous les Salons du Livre vous le diront. Le Livre peut même ressembler à une convention démocrate dans la bonne ville d'Atlanta. Le Livre peut s'offrir ses groupies, ses banderoles, ses majorettes, ses flonflons, comme n'importe quel candidat à n'importe quelle mairie de Paris. Deux motards peuvent ouvrir la voie à la Rolls du Livre, et deux rangées de gardes républicains lui présenter leur sabre. Le Livre est honorable, il est légitime qu'il soit honoré. Si, quinze jours après avoir reçu une branlée monumentale, le roi du Livre en est encore à compter ses côtes et à trembler pour ses frères et sœurs, il n'en reste pas moins le caïd de la fête !

Ce soir-là, Paris s'est ouvert devant moi, Paris est devenu fluide devant la proue de ma Rolls de location et ça fait tout de même une certaine impression. On comprend que ceux qui y ont goûté puissent difficilement y renoncer. Vous êtes enfoncé dans votre siège, vous levez un nez blasé sur l'extérieur, et qu'est-ce qui défile au-dessus de vos carreaux sécurit ? Vos affiches, clamant *votre* nom, où s'épanouit *votre* bouille, toute une muraille bariolée qui égrenne *votre* pensée, expression de *vos* convictions. J.L.B. OU LE RÉALISME LIBÉRAL — UN HOMME, UNE CERTITUDE, UNE ŒUVRE !— J.L.B. À BERCY ! — 225 MILLIONS D'EXEMPLAIRES VENDUS !

Il a fallu matraquer un peu au départ, pour s'ouvrir le passage devant les portes du Crillon, et matraquer beaucoup à l'arrivée pour pouvoir s'enfoncer dans Bercy, mais en matière de gloire, la matraque c'est la prime de l'amour. Les mains se tendaient, elles plaquaient contre les vitres les photos de l'adoration. Jeunes filles amoureusement décoiffées, l'œil lourd, la bouche sérieuse, adresses, numéros de téléphone, bouquins ouverts sur le pare-brise pour une dédicace, vision éclair d'une jolie poitrine (matraque), bouches bavardes courant le long de la voiture, chute, banderoles, fausse note d'un encrier qui explose sur la lunette arrière (matraque), costumes trois pièces et complicités dignes, mères et filles, pères et fils, feux rouges grillés avec bénédiction de la préfecture, deux sifflets devant, deux sifflets derrière, le petit Gauthier, mon « secrétaire » à côté de moi, qui passe par tous les états de la terreur et du ravissement, Gauthier, pour la première et la dernière fois de sa vie, sur le grand huit de la gloire, et l'armada des autobus autour de Bercy, tous venus de province, jusqu'aux 29 et aux 06, à travers la nuit et le jour, les chauffeurs eux-mêmes leur exemplaire sous le bras, *Dernier baiser à Wall Street, Pactole, Dollar, L'Enfant qui savait compter, La Fille du yen, Avoir*, et, bien sûr, *Le Seigneur des monnaies*, tous les titres brandis dans l'espoir d'une improbable dédicace.

*

La scène rutilait vert émeraude dans la pénombre bondée du Palais Omnisport. Au-dessus de la scène, fantôme sans limites, se déployait un écran à faire passer celui du Grand Rex pour un timbre-poste. « Par ici », « par ici », le bouclier naturel de ce bon Calignac m'a accueilli à l'arrivée. Calignac avait ameuté ses copains rugbymen : Chaize le pilier de béton, Lamaison, le demi de toutes les ouvertures, Rist, l'arrière perceur de lignes, Bonnot, l'ailier à lier, et dix autres gourous du ballon ovale dont la muraille avala J.L.B. et se referma, contenant l'enthousiasme de la foule... Déviation, couloirs, et refuge enfin de la loge. La loge ! Comme on plonge la tête la première dans son trou d'obus.

— Ne vous avais-je pas promis tout l'amour du monde, mon petit ?

La voix rigolarde de la reine Zabo dans le silence de la loge.

— Ça va ?

J'ai les côtes en miettes, la tripaille en folie, les guiboles comme un mètre pliant... mes tympans me sortent par les narines, la conscience de mon inconscience m'aveugle, mais je suppose que ça va. Ça va... comme toujours.

— C'est incroyable, balbutie Gauthier, c'est incroyable...

— Le succès dépasse quelque peu nos espérances, je l'admets, mais ce n'est pas la peine de vous mettre dans un état pareil, Gauthier.

La reine Zabo... maîtresse d'elle-même comme de mon univers. Elle se lève pourtant, elle s'approche de moi, et elle fait ce que personne ne lui a jamais vu faire : elle me touche. Elle pose son énorme main sur ma tête. Elle caresse paisiblement ma nuque. Et elle dit :

— Ce sont les derniers cent mètres, Benjamin, après quoi, je vous fous une paix royale, parole de reine !

— N'enlevez pas votre main, Majesté.

*

Question : Pourriez-vous nous préciser ce qu'il faut exactement entendre par « littérature réaliste libérale » ?

(S'il n'y avait pas trois tortionnaires qui m'attendent au tournant dans la pénombre, je te dirais volontiers ce qu'il faut entendre par ce genre de conneries.)

Réponse : Une littérature à la gloire des hommes d'entreprise.

(C'est littéraire comme les cours de la Bourse, réaliste comme un rêve d'affamé et libéral comme une matraque électrique.)

Question : Vous considérez-vous, vous-même, comme un homme d'entreprise ?

(Je me considère comme un pauvre mec coincé dans une arnaque sans sortie de secours et qui est présentement la honte de tous les gens de plume.)

Réponse : Mon entreprise, c'est la Littérature.

Les questions sont posées dans toutes les langues du monde, traduites chacune par un des cent vingt-sept traducteurs dont le gigantesque éventail s'épanouit derrière moi. Et mes réponses, multitraduites à leur tour, s'en vont soulever les applaudissements jusqu'aux recoins les plus obscurs du Palais Omnisport. Une Pentecôte littéraire. Tout cela est honteusement rodé, et s'il arrive qu'une question imprévue éclate dans le firmament consensuel, elle est illico recouverte par une autre, une de mon catalogue, à laquelle j'ai ordre de répondre.

Quelque part dans la marée de mes admirateurs, trois méchants veillent à ce que je respecte la consigne : un grand maigre à la matraque efficace, un boxeur professionnel et un Hercule aux accents russes dont mon cou porte encore les empreintes digitales.

Question : Après la conférence de presse, on projettera le film tiré de votre premier roman, *Dernier baiser à Wall Street* ; pouvez-vous nous rappeler les conditions dans lesquelles vous avez écrit ce roman ?

Je peux, bien sûr, je peux, et, pendant que je vends la salade de J.L.B., j'entends la voix sucrée de Chabotte me féliciter encore pour « l'admirable interview de *Playboy* ». « Vous êtes un comédien-né, monsieur Malaussène, il y a dans vos réponses, pourtant convenues, un accent de sincérité bouleversant. Soyez le même au Palais Omnisport et nous aurons monté le plus gigantesque canular de l'histoire de la littérature. A côté de nous, les plus enragés des surréalistes passeront pour des premiers communiants. » Pas de doute, je suis tombé entre les griffes d'un Docteur Mabuse de la plume, et si je ne lui obéis pas au doigt et à l'œil, il fera couper mes enfants en rondelles. Pas la moindre allusion, évidemment, à la raclée que m'ont foutue ses sbires. « Vous avez bonne mine, ce matin. » Oui, Chabotte en a même rajouté dans ce sens, la tasse de café tendue, le sourire offert.

151

La reine Zabo et les copains du Talion étaient évidemment hors de tout soupçon et, vu l'état d'excitation où les flanquaient les préparatifs de la fête, je n'ai pas eu le cœur de leur en parler. Comme toujours dans les moments graves de ma vie, c'est du côté de Belleville que je suis allé chercher secours.

— Un grand matraqueur, un petit poids plume de chez nous et un balaise qui parle comme à l'Est ? Si c'est ceux auxquels on pense, on peut dire que tu as tiré le gros lot, mon frère Benjamin !

L'envers des dossiers de police, ce sont les dossiers de la rue, forcément. Tout le monde se connaît plus ou moins à force de se fréquenter.

— Ils t'ont fait mal ?

Hadouch était venu s'asseoir entre Simon le Kabyle et Mo le Mossi. Il avait posé un thé à la menthe devant moi.

— C'est fini, Ben, on est là. Bois.

J'ai bu. Simon a dit :

— Voilà, maintenant, t'as plus peur.

Question : Le thème de la volonté revient constamment dans vos œuvres. Pourriez-vous nous donner votre définition de la volonté ?

J'ai la réponse du catalogue dans la tête : « *Vouloir, c'est vouloir ce qu'on veut* », et je m'apprête à la recracher, en bon magnétophone que je suis devenu, quand soudain, explosant devant moi, je vois la tignasse flamboyante de Simon. Une belle fusée rousse dans la nuit où je me suis perdu. L'étoile de Kabyle au firmament du Palais Omnisport ! Sauvé, les enfants ! Simon est là, exactement en face de moi, debout derrière mon mastard-étrangleur. Le mastard a un bras replié dans le dos et, au visage, le genre d'expression qui permet de comprendre ce que doit ressentir une porcelaine de Saxe dans la tenaille d'un forgeron. De sa main libre, index et pouce joints en un bel arrondi, Simon m'indique que tout est dans l'ordre. Cela signifie que Hadouch et Mo ont fixé mes deux autres anges gardiens et que ma parole est aussi libre, désormais, que la plume du poète en pays de gratuité. Et ma foi, puisqu'on me demande mon opinion sur ce qu'est la volonté, c'est volontairement que je vais donner la réponse. O mes amis du Talion, ma trahison sera cette fois absolue, publique et sans appel, mais quand vous saurez vous me pardonnerez, parce que vous n'êtes pas des Chabotte, vous, vous ne pratiquez pas la littérature de la matraque, votre commerce à vous, Zabo, Majesté des livres, Loussa de Casamance, facétieux commis du rêve, Calignac, régisseur paisible des utopies, et Gauthier, page appliqué des pages, votre commerce à vous, c'est le commerce des étoiles !

J'ai donc ouvert la bouche pour déboulonner tout ce cirque, balancer Chabotte et, dans la foulée, dire la Justice et la Littérature, majuscules en tête... mais je l'ai refermée.

C'est que, deux rangées derrière Simon le Kabyle, il y a Julie ! Julie, oui, la mienne ! Bien visible au centre d'un cercle d'admirateurs. Elle me regarde droit. Elle me sourit. Sa main est posée sur l'épaule de Clara.

Alors, foin de vengeance, foin de justice, foin de littérature, je change une nouvelle fois mon fusil d'épaule : c'est d'amour qu'il va être question ! J.L.B. redevenu Benjamin Malaussène va vous improviser une de ces déclarations d'amour publique qui va foutre le feu à vos poudres affectives ! Parce que l'amour de ma Julie, je vous le dis en vérité, est de ceux qui embrasent les bois flottants les plus oubliés de l'amour ! Oui, quand je vous aurai dit les baisers de Julie, les seins de Julie, les hanches de Julie, la chaleur de Julie, ses doigts et son souffle, pas un de vous, pas une, qui ne considérera son voisin, sa voisine avec d'autres yeux que les miens pour Julie, et je vous prédis une fête qui pour une fois sera une fête, et que le Palais Omnisport de Bercy, enfin, justifiera sa verdoyante érection !

Question : Dois-je répéter ma question, monsieur ?

J'ai souri à Julie. J'ai ouvert grand mes bras, les mots d'amour me sont venus comme une avalanche... et j'ai vu la balle pénétrer mon champ de vision.

C'était une balle calibre 22 à forte pénétration. Le

dernier cri. D'autres, paraît-il, revoient le film instantané de leur existence. Moi, c'est cette balle que j'ai vue.

Elle est entrée dans les trente centimètres de ma bonne vision de lecteur.

Elle avait un corps effilé de cuivre.

Elle tournait sur elle-même.

« *La mort est un processus rectiligne...* » Où est-ce que j'ai bien pu lire ça ?

Et cette vrille de cuivre dont la pointe luisait sous la lumière des projecteurs a pénétré dans mon crâne, creusant un trou soigneux dans l'os frontal, labourant tous les champs de ma pensée, me projetant en arrière en s'écrasant sur l'os occipital, et j'ai su que c'était fini aussi nettement que l'on sait, selon Bergson, l'instant où ça commence.

IV

JULIE

COUDRIER : *Dites-moi, Thian, jusqu'où peut aller une femme quand elle a décidé de venger l'homme qu'elle aime ?*
VAN THIAN :...
COUDRIER :...
VAN THIAN : *Au moins, oui.*

19

La nature avait attribué à Julie le rôle de la belle femme.
Le beau bébé d'abord, l'enfant radieuse ensuite, l'adolescente unique, et la belle femme. Cela créait un vide autour
d'elle : le recul de l'admiration. Dès qu'ils la voyaient, ils
prenaient leurs distances, tous autant qu'ils étaient. Mais
une distance rendue élastique par le désir de s'approcher, de
flairer l'odeur de ce corps, de pénétrer le halo de cette
chaleur, de la toucher enfin. Ils étaient attirés et maintenus
à distance. Julie connaissait cela depuis toujours, cette
sensation de vivre au cœur d'un espace dangereusement
élastique, perpétuellement tendu. Ils avaient été peu nombreux à oser pénétrer dans ce cercle. Elle n'était pas une
femme altière, pourtant. Elle avait seulement acquis très tôt
le regard des très beaux : un regard sans préférence.

— Il n'y a que deux races, ici-bas, disait le gouverneur
colonial Corrençon, père de Julie. Il y a les très beaux et les
très laids. Quant à la peau et à ses histoires de couleurs, ce
sont des caprices de la géographie, rien de plus.

C'était un des thèmes favoris du gouverneur Corrençon,
les très beaux et les très laids... « Et puis, il y a nous autres »,
ajoutait-il en se désignant comme s'il était à lui seul l'étalon
esthétique d'une humanité ordinaire.

— Personne n'ose regarder les très laids, de peur de les
blesser, et les très laids meurent de solitude, pour cause de
délicatesse universelle.

L'enfance de Julie se résumait à ceci : elle avait écouté

parler le gouverneur son père. Elle ne pouvait concevoir de jeu plus palpitant.

— Quant aux très beaux, tout le monde les regarde, mais ils n'osent regarder personne, de peur qu'on ne leur saute dessus. Et les très beaux meurent de solitude, pour cause d'admiration universelle.

Il mimait tout ce qu'il disait. Il en rajoutait dans le pathétique. Elle riait.

— Je vais te faire greffer un nez en patate, ma fille, et des oreilles en chou-fleur, tu ressembleras à un potager ordinaire, tu produiras de paisibles petits légumes que je ferai sauter... sur mes genoux.

*

Au Palais Omnisport de Bercy, l'espace s'était, là aussi, creusé autour de Julie. Dieu sait que la foule était compacte, pourtant. Mais ils avaient pris leur distance comme si elle avait surgi de la terre au milieu d'eux. Ils avaient un œil braqué sur la scène et l'autre sur elle. Fascinés par l'écrivain qui répondait aux questions dans l'époustouflante auréole de ses traducteurs, et fascinés par cette femme qui semblait sortie toute vive d'un de ses bouquins. Comme quoi la littérature n'est pas que mensonge. Du coup, certains d'entre eux s'étaient imaginés rencontrant cette femme très haut, entre deux continents, dans un de ces avions qui tricotent les fortunes. La réalité venait confirmer leur émoi de lecteur : la beauté existe et tout est possible.

Et voilà que dans l'enthousiasme du Palais Omnisport, éclaboussés par la lumière de la scène, subjugués par l'à-propos de l'écrivain — réponses fulgurantes, tranquillité des forts —, ils se trouvaient plus beaux eux-mêmes, plus volontaires. Ils regardaient plus franchement la belle femme. Ils ne la jugeaient plus inaccessible. Enfin, moins. Le cercle ne se resserrait pas pour autant. Elle était toujours debout, là, au centre, seule. Elle regardait la scène comme eux. Ils lui lançaient des sourires complices : quel type, hein, ce J.L.B. !

Et Clara vint se blottir dans les bras de Julie.

— Tu es là ?

Le cercle vide, autour de Julie, servait au moins à cela : les amis la repéraient plus facilement dans les foules.

— Je suis là, Clara.

Il y avait dans l'étreinte de Clara un mélange d'excitation et de chagrin. Clara était tout entière dans cette farce incroyable, tout entière dans sa grossesse et tout entière encore dans la mort de Saint-Hiver. « Famille de cinglés », se dit Julie en enroulant son bras autour de la petite. Et elle sourit. Là-bas, sur la scène, Benjamin cherchait une réponse à l'épineuse question de la « volonté ».

Question : Le thème de la volonté revient constamment dans votre œuvre, pourriez-vous nous donner votre définition de la volonté ?

Julie souriait : « On dirait que ça te pose des problèmes, la volonté, Benjamin. »

*

Elle n'était pourtant pas d'humeur à sourire. Il se jouait là quelque chose de dangereux, elle le savait. Elle connaissait Laure Kneppel, la journaliste qui avait signé l'interview de J.L.B. dans *Playboy*. Une *free-lance* des mondanités artistiques, mais ancienne correspondante de guerre qui avait décroché en plein Liban. « Les voitures piégées, les lambeaux de chair suspendus aux balcons, les enfants tués et les enfants tueurs... trop c'est trop, Julie, maintenant je fais dans le bronzage et l'académicien. »

Réfugiée depuis toutes ces semaines dans son Vercors natal, Julie n'avait pas eu entre les mains le numéro de *Playboy*. Mais le copyright avait fait des métastases dans toute la presse, et Julie avait lu de larges extraits de l'interview J.L.B. dans *Le Dauphiné libéré*. Elle y avait senti comme un appel de Benjamin. Elle n'était guère superstitieuse, mais il lui avait semblé qu'en le débusquant ici, dans

159

sa cachette la plus secrète, Benjamin lui faisait un signe. Julie avait décidé de rentrer à Paris. Rien de particulier dans l'interview, pourtant. C'était un modèle du genre, un enchaînement mécanique de questions et de réponses parfaitement idiotes qui donnait un papier parfaitement idiot.

Julie avait fermé la vieille ferme des Rochas.

La cour était envahie de roses trémières malausséniennes que Julie n'avait pas coupées.

Julie avait roulé toute la nuit. Toute la nuit, Julie s'était dit : « Non, Benjamin n'a pas pu donner une interview aussi lisse. » « Et pourquoi non ? il est capable de tout en matière d'humour — y compris de n'en avoir aucun, histoire de se faire vraiment rire. »

Dès son premier coup d'œil sur les murs de Paris, Julie avait mesuré l'ampleur de la campagne J.L.B. Benjamin partout. La seule chose qu'elle reconnut de lui, dans ce visage dévoyé, c'était la facture même des photos : l'œil amoureux de Clara.

Julie avait eu de la peine à entrer chez elle. L'amour coinçait sous sa porte. Une quarantaine de lettres de Benjamin en deux mois d'absence. Encore l'invasion des roses trémières... Benjamin lui disait par écrit ce qu'il lui disait par oral, quelques formules en plus, quelques images amusantes, des effets de style pour camoufler des afflux de cœur. Ce type était retors comme pas deux. Il lui racontait tout J.L.B. Les séances d'essayage chez Chabotte, la cure de couscous, Jérémy, la réprobation muette de Thérèse, tout.

Mais pas un mot sur l'interview.

Elle en déduisit qu'il lui cachait quelque chose.

L'instinct commanda à Julie de ne pas aller chez Benjamin. Ils se retrouveraient au lit et elle n'en sortirait pas lucide.

Elle décida de cuisiner Laure Kneppel. Elle la trouva rue de Verneuil, à la Maison des Ecrivains, occupée à recueillir les derniers mots d'un poète subclaquant auquel le ministre de la Culture venait d'épingler in extremis les Palmes Académiques. — « Ce qu'on vous colle aux pieds pour faire

vos dernières brasses dans le monde des Belles Lettres »,
ironisa Laure, au café du coin. « Mais qu'est-ce qui me vaut
l'honneur de ta visite, ma grande ? »

Julie le lui dit. Laure changea de couleur.

— Ne mets pas ton nez dans cette affaire J.L.B., Julie, ça
sent la poudre. Moi qui me croyais peinarde avec les
artistes...

Et de lui expliquer comment, au beau milieu d'une partie
de ping-pong parfaitement convenue (questions et réponses
lui avaient été fournies par un certain Gauthier, secrétaire
de J.L.B.), voilà le J.L.B. en question qui déraille et lui sort
une tirade incendiaire à la gloire de la prime enfance, du
tiers monde et du quatrième âge. Laure avait essayé de le
remettre sur les rails, mais il n'y avait rien eu à faire.

— Il avait disjoncté, Julie. Une crise de mauvaise conscience, comme un soldat malade, tu vois ?

Julie voyait.

En sortant du Crillon, Laure s'était dit qu'après tout,
tant mieux, elle tenait un joli moment de vérité. Ce n'était
pas si fréquent dans la profession. Et puisque le bonhomme
y tenait tant, elle publierait la vérité du bonhomme. Seulement voilà...

— Voilà quoi ?

Laure s'était fait accoster par trois types qui avaient
exigé d'écouter la bande, et de lire ses notes.

— A quoi ressemblaient-ils ?

— Un énorme à l'accent russe, un grand maigre et un
petit Arabe nerveux.

Laure les avait d'abord envoyés paître, mais l'énorme
avait la voix douce, persuasive.

— Ils savaient tout de moi, Julie, jusqu'à l'adresse de ma
mère, mon tour de poitrine, le numéro de ma carte bleue...

Le grand maigre lui avait donné un tout petit coup de
matraque à la base du dos. Sur une des dernières vertèbres.
Elle avait eu la sensation d'être électrocutée. Elle avait
publié l'interview telle qu'elle était prévue.

— J.L.B. vous en sera reconnaissant, mademoiselle.

En effet, à la sortie du papier, Laure avait reçu une gerbe de fleurs monumentale.

— Tellement encombrante que j'ai même pas pu la foutre dans la poubelle de l'immeuble.

*

Julie, donc, souriait. Bien qu'il n'y eût pas matière à sourire. Le bras autour de Clara, Julie souriait. « Famille de cinglés... »

Benjamin la vit.

Et s'illumina. Aussi nettement que si Julie avait appuyé sur un commutateur.

Elle vit Benjamin s'allumer. Elle le vit ouvrir les bras. Enlevée par une vague d'émotion, elle eut encore le temps de se dire : « Bon Dieu, pourvu qu'il ne me fasse pas une déclaration d'amour publique ! »

Puis elle vit la tête de Benjamin exploser, le corps de Benjamin arraché à la tribune par la violence de l'impact et précipité sur les traducteurs les plus proches qui s'effondrèrent avec lui.

20

Et la belle femme s'était entièrement vidée. De tout ce que ses admirateurs avaient vu ce soir-là : l'assassinat de J.L.B., le fragment de stupeur, la panique qui avait suivi, la jeune femme enceinte qui s'était arrachée aux bras de la belle femme pour se précipiter en hurlant sur la scène, les traducteurs ensanglantés qui se relevaient, le corps qu'on emportait en hâte vers l'obscurité des coulisses, le petit garçon aux lunettes rouges qui s'accrochait au corps, et l'autre garçon (quel âge pouvait-il avoir ? treize, quatorze ans ?) tourné vers la salle en hurlant : « Qui a fait ça ? », de tout ce qu'ils avaient vu, l'image qui leur resterait, alors qu'eux-mêmes se ruaient vers les sorties (on s'attendait à d'autres coups de feu, l'explosion de grenades, un attentat peut-être), ce serait cette vision fugitive de la belle femme, debout, seule, immobile dans la panique générale, et occupée à se vider entièrement, vomissant sans bouger des geysers qui éclaboussaient la foule, se répandant en cascades bouillonnantes, ses jambes admirables souillées de coulées brunes, une image qu'ils tenteraient vainement d'effacer, dont ils ne parleraient jamais à personne, alors que l'événement lui-même, ils le savaient confusément tout en jouant des coudes et des genoux vers la sortie, constituerait un fameux sujet de conversation : l'écrivain J.L.B. s'était fait descendre devant eux... J'étais là, oui, mon vieux ! Il a sauté en l'air ! Je n'aurais jamais pensé qu'une balle puisse faire sauter un type en l'air... Ses pieds ont décollé du sol, très nettement !

*

Il y a celles qui se ruent sur le corps, il y a celles qui s'évanouissent, il y a celles qui se cachent, celles qui cherchent à sortir à temps de la voiture pour ne pas mourir aussi... Moi, pensait Julie, je suis de celles qui se vident sans bouger. C'était une pensée sauvage, étrangement gaie, meurtrière. Ceux qui la heurtaient dans leur fuite en savaient quelque chose. Elle leur vomissait délibérément dessus. Elle ne se retenait pas. Et elle savait qu'elle ne retiendrait plus rien. Elle se vidait comme un volcan. Elle vomissait comme un dragon. Elle était en deuil ; elle était entrée en guerre.

Elle ne monta pas sur la scène. Elle ne suivit pas en coulisse le corps de Benjamin. Elle sortit avec les autres. Mais calmement. Elle fut une des dernières à quitter le Palais Omnisport. Elle ne reprit pas sa voiture. Elle plongea dans le métro. Le vide se fit autour d'elle. Comme d'habitude. Mais pas exactement pour les raisons habituelles. Elle en éprouva une joie sombre.

*

Arrivée chez elle, elle coupa l'électricité, débrancha le téléphone, s'assit en tailleur au beau milieu de l'appartement, laissa aller ses bras, mains retournées sur le sol, et demeura immobile. Elle ne s'était pas dévêtue, elle ne s'était pas lavée, elle laissait tout cela sécher sur elle, se craqueler, cela durerait le temps nécessaire, jusqu'à tomber en poudre s'il le fallait. Le temps de comprendre. Qui ? Pourquoi ? Elle pensait. Ce n'était pas facile. Il fallait retenir les vagues de chagrin, les assauts de la mémoire, les réminiscences. Benjamin, par exemple, se réveillant dans ses bras, après le meurtre de Saint-Hiver, en pleine nuit, hurlant que c'était une « trahison », le mot l'avait surprise, exclamation enfantine de bande dessinée ; « trahison ! », qu'est-ce qui est une trahison, Benjamin ? et il lui avait expliqué longuement ce qu'il y a d'effroyable dans le crime : « C'est la trahison de l'espèce. Il ne doit rien y avoir de plus épouvantable que la solitude de la victime à ce moment-là... Ce n'est pas tellement qu'on meurt, Julie, mais c'est d'être tué par ce qui est aussi mortel que nous... Comme un poisson qui se noierait... tu vois ? » Tout cela pendant que Clara développait la photo de Clarence supplicié... Clara sous la lumière rouge de son laboratoire, accompagnant le martyre de Clarence, « famille de cinglés »...

Le matin suivant, Julie était sortie très tôt, elle avait fait le tour de la presse : LE DIRECTEUR D'UNE PRISON MODÈLE MASSACRÉ PAR SES DÉTENUS... VICTIME DE SON PROPRE LAXISME ?... LA PRISON DU BONHEUR ÉTAIT CELLE DE LA HAINE... et elle avait spontanément décidé de ne pas en rajouter, d'abandonner ce cadavre à ses collègues — c'était d'ailleurs le vœu de Saint-Hiver qu'elle n'écrivît pas sur les prisonniers de Champrond — et puis elle était trop fatiguée encore pour se lancer dans une enquête, sa jambe la faisait souffrir, et surtout elle ne respirait pas pleinement, chaque aspiration la laissait sur une frustration, elle ne faisait pas son plein d'air, comme disait Benjamin. C'était bien la première fois de sa vie qu'elle renonçait à un sujet d'article. D'où sa fureur, le soir, quand Benjamin lui avait sorti sa tirade sur le journalisme distingué et « les faits soigneusement choisis ».

Elle n'avait pas décoléré pendant les six cents kilomètres qui la séparaient de son Vercors natal. Ce ne fut qu'en découvrant les roses trémières autour des Rochas qu'elle convint de sa mauvaise foi : elle n'avait jamais eu l'intention de larguer ce type ! Oui, en s'ouvrant un passage dans les roses trémières, Julie avait découvert à sa profonde stupeur qu'elle venait de simuler une rupture, comme une gamine sûre de ses moyens qui feint de jeter son amour aux orties, et elle s'était dit, très nettement : « Alors ça, c'est la meilleure ! » Non, elle n'avait pas la moindre envie de quitter Benjamin, mais elle mijotait depuis un certain temps de venir se retaper ici, aux Rochas, de respirer un bon coup, de boire du lait cru et de bouffer des œufs de canne, frais, au jaune considérable... et voilà qu'elle avait maquillé ce besoin de santé en rupture grandiloquente... « Alors ça, c'est la meilleure ! »

Cette découverte avait sauvé les roses trémières du massacre. Mais, comme disait le gouverneur son père : « De tous les combats que j'ai menés, le plus vain est la chasse aux roses trémières. » Un soir d'été, le gouverneur son père avait tenu à ce que Julie le photographiât dans l'anarchie rigide de ces plantes qui étaient toutes plus grandes que lui, et dont il disait encore qu'elles étaient « l'expression végétale du mythe de Sisyphe ». Le gouverneur pouvait tenir des heures sur le sujet des roses trémières, « le versant Mister Hyde de la rose tout court ». Julie avait pris cette photo quelques jours avant sa mort ; il était si maigre dans son uniforme blanc que, si on lui avait peint les mains en vert et les cheveux en rouge, il aurait pu lui-même passer pour une rose trémière, « en un peu plus périssable, ma fille »...

*

La nuit passait. Julie glissait d'un homme à l'autre, d'un lieu à l'autre, d'une époque à l'autre, d'un événement à l'autre. Elle ne pouvait pas réfléchir. Qui ? Pourquoi ? La question de savoir pourquoi on lui avait tué Benjamin, question qui exigeait une réponse, l'amenait à égrener le chapelet des questions délicieusement inutiles qu'elle n'avait cessé de se poser pendant ses deux mois de Vercors : « Pourquoi est-ce que je tiens tant à ce type ? » « Ne mâchons pas nos mots, pourquoi est-ce que je l'aime tant ? » A considérer les choses objectivement, Malaussène n'avait absolument rien pour lui plaire, il se foutait de tout, n'écoutait jamais de musique, haïssait la télé, pérorait comme un vieux con sur les méfaits de la presse, dénigrait la psychanalyse, et s'il avait jamais eu une conscience politique, elle avait dû ressembler à une velléité de filigrane, ce qui ne voulait rien dire, « velléité de filigrane », mais qui le disait bien, en langue malausséníenne. A tous les points de vue, Benjamin était l'exact contraire de l'ex-gouverneur colonial Corrençon, père de Julie, qui avait voué sa vie à la décolonisation, avait fait son quotidien de l'Histoire, son jardin de la Géographie et qui serait mort de soif sans nouvelles du monde. Malaussène était aussi familialiste et pantouflard que l'autre était nomade et oublieux (le gouverneur avait jeté sa fille dans des pensions et les seuls souvenirs de Julie étaient des souvenirs de vacances atrocement brèves) et, pour clore le chapitre des comparaisons, le gouverneur avait commencé à l'opium pour finir à l'héroïne, comme un jeune homme, quand la seule vision d'un joint flanquait Malaussène dans des rages d'inquisiteur.

Malaussène qui, lui, avait fini une balle dans la tête.

*

Le jour se levait, à présent, et Julie savait ce qu'elle avait toujours su, la seule raison pour laquelle elle avait aimé ces deux hommes, et ces deux-là seulement : *ils étaient le commentaire du monde.* C'était une phrase idiote, mais Julie n'aurait pu le dire autrement : Charles-Emile Corrençon, l'ex-gouverneur colonial son père, et Benjamin Malaussène, le bouc émissaire son homme, avaient eu ceci en commun : *ils avaient été le commentaire du monde.* Benjamin était à lui seul la musique, la radio, la presse et la télé. Benjamin, qui ne sortait jamais de chez lui, Benjamin si peu « branché », Benjamin soufflait l'air de son temps. Dans sa chambre de convalescence, auprès de Benjamin, Julie avait passé de longs mois à respirer le monde aussi sûrement qu'en allant crapahuter sur le champ d'une quelconque bataille essentielle. On pouvait dire cela autrement, on pouvait dire, par exemple, que le gouverneur et le bouc avaient été les consciences vives de leurs époques respectives, que le bouc, à sa manière, était la mémoire vivante du gouverneur : « *Je rêve d'une humanité qui n'aurait à cœur que le*

bonheur de son voisin de palier », proclamait le gouverneur.
Benjamin était ce rêve.

*

Je déconne, se disait Julie, je déconne, l'heure n'est pas
aux célébrations pieuses, la seule question est de savoir :
« Qui ? Pourquoi ? »
Car à y regarder de près, quoi qu'aient été le gouveneur
et Benjamin, à présent, ils n'étaient plus rien.

*

— Julie !
C'était une voix d'enfant, derrière la porte.
— Julie !
Julie ne broncha pas.
— Julie, c'est Jérémy...
(Oh ! Jérémy dressé sur l'estrade, Jérémy fouillant la
pénombre en ébullition du Palais Omnisport, Jérémy hur-
lant : « Qui a fait ça ? »)
— Julie, je sais que tu es là !
Il martelait la porte.
— Ouvre-moi !
Il y avait cela, aussi, les enfants Malaussène, les enfants
de la mère... « famille de cinglés »...
— Julie !
Mais Julie restait immobile autour de son cœur : « Déso-
lée, Jérémy, je ne peux pas bouger, je suis confite dans la
merde. »
— Julie, il faut que tu m'aides !
Il hurlait, maintenant. C'étaient ses pieds qui frappaient.
— Julie !
Puis il se fatigua.
— Julie, je veux t'aider, tu n'y arriveras pas toute seule...
Il avait deviné ses intentions.
— J'ai des idées, tu sais.

Julie n'en doutait pas.

— Je sais qui a fait ça, et je sais pourquoi...

Tu as de la chance, Jérémy. Pas moi. Pas encore...

Les coups redoublèrent contre la porte. Pieds et poings mêlés. Puis ce fut le silence.

— Tant pis, dit Jérémy. Je le ferai tout seul.

Tu ne feras rien du tout, Jérémy, pensa Julie. Il y a quelqu'un qui t'attend à la porte de l'immeuble, Hadouch, ou Simon, ou le vieux Thian, ou le Mossi, ou tous ensemble. Ils ont dû promettre à la mémoire de Benjamin que tu ne foutrais pas le feu à deux collèges dans ta vie. Tu ne feras rien, Jérémy, Belleville veille sur toi.

21

— Ce sont les Editions du Talion qui vous envoient,
j'imagine ?

Le ministre Chabotte toisait le commissaire divisionnaire
Coudrier. De bas en haut, mais il le toisait tout de même.

— Le fait est que la directrice du Talion vous a désigné à
un de mes inspecteurs comme étant le véritable J.L.B.,
monsieur le Ministre.

— Et vous avez jugé plus délicat de venir me trouver en
personne plutôt que de me soumettre aux questions d'un
inspecteur, je vous en remercie, Coudrier, sincèrement,
merci.

— La moindre des choses...

— Nous vivons une de ces situations où la moindre
d'entre les plus petites choses prend une certaine valeur.
Asseyez-vous. Whisky ? Porto ? Thé ? Quelque chose ?

— Rien. Je ne fais que passer.

— Moi aussi, figurez-vous. J'ai un avion qui s'envole
dans une heure.

— ...

— Bon, eh bien oui, je donne dans la plume à mes temps
perdus et je ne tiens pas à ce que cela s'ébruite. Incompati-
ble avec mes fonctions, au moins jusqu'à ma retraite. Nous
verrons plus tard s'il convient de me dévoiler. En attendant,
nous avons envoyé un jeune homme jouer le rôle de J.L.B.
sous les projecteurs de la gloire. Stratégie éditoriale, rien de
plus.

« Si ce n'est une balle dans la tête de Malaussène... »
songea le divisionnaire Coudrier, mais il n'exporta pas
son observation. Il préférait s'en tenir aux questions de
routine.

— Avez-vous la moindre idée des raisons pour lesquelles
on a tiré sur Malaussène ?

— Pas la moindre, non.

(« Le contraire m'aurait étonné. »)

— A moins que...

— ...

— A moins qu'on n'ait voulu abattre une image.

— Je vous demande pardon ?

Le profil bas, toujours, devant un ministre. Ne jamais lui
donner le sentiment qu'on pourrait comprendre avant lui,
être ministre à sa place.

— Vous n'ignorez pas l'ampleur de la campagne publicitaire qui a précédé le lancement de mon dernier roman à
Bercy. Les Editions du Talion ont dû également vous
dévoiler mes chiffres de vente... Il n'en faut pas plus pour
qu'un illuminé quelconque ait cherché à frapper un grand
coup en déboulonnant un mythe. Dès lors le choix est vaste :
un quelconque brigadiste international s'offrant l'auteur
fétiche du *réalisme libéral*, un admirateur trop fanatique
mangeant son dieu en pleine lumière comme on a bouffé ce
pauvre John Lennon, que sais-je... l'embarras du choix, je
vous dis, et j'en suis désolé pour vous, mon cher...

Tout cela sur un ton détaché, dans une bibliothèque dont
les proportions et le nombre de volumes incitent en effet à
une certaine sagesse.

— Depuis quand écrivez-vous ?

— Seize ans. Sept titres en seize ans et deux cent vingt-
cinq millions de lecteurs. Le plus étrange étant que je n'ai
jamais eu la moindre intention de publier.

— Non ?

— Non. Je suis un commis de l'Etat, Coudrier, pas un
saltimbanque. Je m'étais toujours dit que si j'avais à écrire
un jour, je ferais plutôt dans les Mémoires, de quoi occuper

une de ces retraites politiques qui ne s'avouent jamais vaincues. Mais le destin en a décidé autrement.

(« Comment peut-on prononcer des phrases pareilles ? »)

— Le destin, monsieur le Ministre ?

Brève hésitation. Puis, avec une certaine brusquerie :

— J'ai une mère, là-haut, Mme Nazaré Quissapaolo Chabotte.

Du pouce, l'ex-ministre Chabotte montre le plafond de la bibliothèque. La chambre de la vieille mère, sans doute.

— Muette et sourde depuis seize ans. Et tout le malheur du monde sur son visage. Voulez-vous la voir ?

— Ça ne sera pas nécessaire.

— En effet. D'ailleurs, vous vous épargnez une épreuve. Excusez-moi, je vous prie. Olivier ! Olivier !

Comme le dénommé Olivier ne se manifeste pas instantanément, l'ex-ministre Chabotte bondit, poings fermés, vers la porte de la bibliothèque. Lui qui vient d'évoquer sa vieille mère a bel et bien l'air, soudain, d'un enfant capricieux. La porte s'ouvre avant qu'il l'atteigne, évidemment. Apparition d'Olivier.

— Et cette voiture, bon Dieu, elle est prête ?

— La Mercedes ? Elle est prête, monsieur. Antoine vient d'appeler du garage. Il arrive d'une minute à l'autre.

— Je vous remercie. Descendez les valises dans le hall.

Porte qui se referme.

— Où en étais-je ?

— Votre mère, monsieur le Ministre.

— Ah oui ! Elle a toujours voulu que j'écrive, figurez-vous. Les femmes... elles se font une idée de leur progéniture... passons... Bref, je me suis mis à griffonner quand elle est tombée malade. Je lui lisais mes pages tous les soirs. Dieu sait pourquoi, ça lui faisait du bien. J'ai continué malgré les progrès de la surdité... seize années de lecture dont elle n'a pas entendu un traître mot... mais son seul sourire de la journée. Pouvez-vous comprendre ce genre de choses, Coudrier ?

(« Vous m'emmerdez, monsieur le Ministre... Vous men-

172

tez probablement, mais à coup sûr vous m'emmerdez, d'ailleurs vous m'avez toujours emmerdé, particulièrement quand vous étiez mon ministre de tutelle... »)

— Tout à fait, monsieur le Ministre. Puis-je vous demander ce qui vous a décidé à publier ?

— Une partie de bridge avec la directrice du Talion. Elle a voulu me lire, elle m'a lu...

— Pourriez-vous me confier un de vos manuscrits ?

La question, posée parmi les autres, n'a pas le même effet. Surprise, raideur, et mépris pour finir, oui, un filet de sourire on ne peut plus méprisant.

— Manuscrit ? De quoi parlez-vous, Coudrier ? Vous débarquez ? Seriez-vous la dernière personne à écrire à la main, dans ce pays ? Suivez-moi.

Petit voyage dans le bureau attenant.

— Tenez, le voici, mon « manuscrit ».

Et le ministre de tendre au commissaire une plate disquette d'ordinateur, que le commissaire empoche, avec remerciements.

— Et puis voilà le produit final, vous le lirez à vos heures creuses.

C'est un exemplaire tout neuf du *Seigneur des monnaies*. Couverture bleu roi, titre énorme. Nom de l'auteur *J.L.B.* capitales tout en haut, et nom de l'éditeur *j.l.b.* en minuscules minuscules, tout en bas.

— Voulez-vous que je vous le dédicace ?

Trop d'ironie dans la question pour accepter de répondre.

— Puis-je savoir quel type de contrat vous lie aux Editions du Talion, dont je ne vois pas le nom figurer sur la couverture ?

— Un contrat en or, mon vieux, 70-30. 70 % de tous les droits pour moi. Mais ce que je leur laisse suffit largement à faire bouillir leur marmite collective. C'est tout ?

(« C'est tout. »)

— Ce sera tout, oui, je vous remercie.

— Pas moi, Coudrier. Une question de plus et vous me

faisiez rater mon avion. Je suis pressé de foutre le camp parce que j'ai la trouille, figurez-vous. Si nous vivons dans un pays où l'on peut tranquillement abattre un type en public, je ne vois pas ce qui empêcherait le tueur de découvrir la véritable identité de J.L.B. et de venir me faire la peau ici.

— Nous avons pris soin de vous protéger, monsieur le Ministre. Mes hommes veillent.

— Vos hommes veillent...

La main du ministre sous le coude du commissaire. Le pas dansant du ministre pilotant le commissaire vers la sortie.

— Dites-moi, cet assassinat à la prison de Champrond, ce directeur massacré, M. de Saint-Hiver, c'est bien vous qui traitez ce dossier, Coudrier, n'est-ce pas?

— En effet, monsieur le Ministre.

— Vous avez arrêté les coupables?

— Non.

— Vous avez une piste?

— Aucune piste sérieuse, non.

— Eh bien, c'est pour cela que je m'envole, mon cher Coudrier, je ne me satisfais pas d'une police qui se contente de protéger les futurs cadavres. Je ne reviendrai que quand vous aurez arrêté l'assassin de Malaussène. Pas avant. Bon vent, Coudrier. Et souhaitez-moi bon voyage.

— Bon voyage, monsieur le Ministre.

22

L'Italienne Severina Boccaldi fit son apparition rue de la Pompe vers dix-huit heures. Avec sa tête de cheval et son œil de bœuf, elle sut repérer la caméra machine et les caméras humaines. L'ex-ministre Chabotte était bien protégé. L'électronique au service de l'hôtel particulier (une caméra sur pivot, un interphone télévisuel) et l'œil humain sur l'extérieur (un flic en civil arpentant le trottoir, criant de vérité à force de vouloir ressembler à tout le monde, et une camionnette banalisée à l'entrée de la rue — un vieux Tube Citroën marchand de saucisses, aussi probable rue de la Pompe qu'un traîneau à chiens dans les dunes du Sahara). Mais la police est une administration, se dit charitablement Severina Boccaldi, il ne devait pas y avoir d'autre véhicule disponible aujourd'hui pour assurer la protection de Chabotte.

Elle gara la B.M.W. à quelque cent mètres de l'hôtel particulier du ministre, sur le trottoir d'en face, et s'en fut d'un pas décidé. Devant le portail ministériel, Severina Boccaldi demanda son chemin au flic en civil, se confirmant ainsi qu'il s'agissait bien d'un flic en civil : il ne pouvait pas la renseigner, il ne connaissait pas le quartier, et à peine Paris, Rome encore moins, non, il s'en excusa nerveusement, tout juste s'il ne lui ordonna pas de circuler. Severina Boccaldi mit à profit la minute que dura cette absence d'explication pour repérer une berline noire à cocarde tricolore, sagement posée sur un gravier très blanc, face au delta d'un perron de marbre. Elle calcula le temps de rotation de la caméra extérieure. Elle en mesura aussi les angles morts, et constata avec satisfaction que sa voiture était garée hors champ.

En passant devant la camionnette saucisse-friteuse, qui semblait abandonnée là, avec son vantail fermé et son bas de caisse rouillé, elle entendit distinctement l'exclamation suivante :

— Tu *veux* la voir, ma tierce ? Eh ben, tu *vas* la voir !

Severina Boccaldi se dit que cette camionnette était un tripot clandestin ou un refuge d'amoureux, selon le sens que les Français donnaient au mot « tierce ».

Sur quoi, elle reprit sa voiture, libérant une place qui fut occupée un peu plus tard par la Giulietta qu'une ressortissante grecque, Miranda Skoulatou, avait louée le matin même à un certain Padovani.

— Grecque, hein ? avait roucoulé Padovani en examinant sa carte d'identité fraîchement européenne. Alors on est un peu cousins.

Et il lui avait fait un aimable clin d'œil qui ne tirait pas à conséquence.

*

Quand la limousine à cocarde franchit le portail du ministre Chabotte, Miranda Skoulatou eut un mouvement vers sa clef de contact. Mais sa main retomba. Ce n'était pas la voiture du ministre Chabotte, c'était celle du division-naire Coudrier. Vitre ouverte, le commissaire la dépassa sans la voir. Il conduisait lui-même. Elle crut percevoir une expression de fureur sur son profil blême-Empire.

Miranda Skoulatou se laissa de nouveau glisser sous le niveau du volant, jambes repliées sur la banquette, l'œil rivé au rétroviseur extérieur droit qui prenait la rue en enfilade jusqu'au Tube marchand de flics. Le revolver d'ordonnance pesait lourd dans la poche de son manteau. Est-ce que ce machin avait jamais tiré une seule balle ? Miranda en doutait. Elle l'avait graissé à l'huile de la voiture, en avait fait jouer le mécanisme plusieurs fois de suite, puis avait replacé les cartouches dans leurs alvéoles. Pas précisément un revolver de dame.

La prudence voulait que Miranda Skoulatou, comme Severina Boccaldi, ne restât pas éternellement au même endroit.

Elle attendit qu'un collègue vînt relever le flic en civil et démarra dès que ce fut fait. Douze minutes plus tard, une Audi 80, louée par une professeur d'histoire, autrichienne et vaguement neurasthénique, répondant au nom d'Almut Bernhardt, trouva une nouvelle place, rue de la Pompe, plus proche de l'hôtel Chabotte, une place située dans l'éventail de la caméra mobile.

Almut sortit tranquillement, se sachant filmée. Elle pénétra dans l'immeuble sur lequel ouvrait la portière de l'Audi, et en ressortit aussitôt, pour se rasseoir dans la voiture pendant que la caméra balayait plus loin.

Allongée sur les sièges avant, elle entreprit d'attendre. Chaque passage de la caméra filmait une voiture apparemment vide, mais dont le rétroviseur encadrait parfaitement l'hôtel du ministre Chabotte.

Sur quoi, la rue de la Pompe fut investie par les forces de police. Hurlements de sirènes d'un côté, hurlements de sirènes de l'autre, Almut eut le réflexe de jeter le revolver sous la banquette arrière. « Raté », se dit-elle. Recroquevillée sous le tableau de bord, la tête enfouie dans les épaules, elle se demanda où était la faute, si des yeux l'avaient repérée et suivie dès le matin, et pourquoi, dans ce cas, les uniformes ne s'étaient pas manifestés plus tôt. Questions pendant lesquelles les sirènes venues du haut la dépassèrent pour opérer leur jonction avec les sirènes venues du bas. « Ce n'est pas pour moi », se dit Almut Bernhardt. Un rapide coup d'œil rétrovisé lui confirma que c'était pour le Tube Citroën garé plus bas. Une des voitures fit un chassé impeccable et s'immobilisa en travers de la rue. Quatre inspecteurs en jaillirent, l'arme braquée sur le fourgon. Les autres étaient déjà en batterie derrière leur propre véhicule, au croisement Paul-Doumer.

Le policier qui s'approchait maintenant de la camionnette se distinguait de ses collègues par son calme, son manque total de style. C'était un costaud à la nuque épaisse, au regard baissé, qui portait un de ces blousons à col fourré mis définitivement à la mode par l'aviation alliée de la Dernière Guerre. Il ne brandissait pas d'arme. Il marchait vers le fourgon aussi paisiblement que s'il avait eu l'intention, en effet, de s'y procurer un cornet de frites. Il frappa poliment à la vitre de la porte avant gauche. La porte ne s'ouvrit pas. Il prononça quelques mots. La porte s'ouvrit. Et Almut Bernhardt vit descendre de la cabine un Kabyle à la tignasse flamboyante, bientôt suivi d'un long Mossi qui se déplia par le vantail arrière. Huit flics leur sautèrent sur le dos. Menottes. La chevelure rousse du Kabyle s'éteignit dans une voiture dont s'alluma le gyrophare. Le flic en civil qui patrouillait devant le domicile de Chabotte se mit au volant du Tube. Sirènes, démarrage, les deux voitures de police encadrant la pièce à conviction.

Apparemment, le Mossi et le Kabyle avaient eu la même intention que l'Autrichienne.

— Mais le coup du marchand de saucisses, ce n'était pas une bonne idée, les gars.

Almut Bernhardt aurait sympathisé plus longtemps, si une Mercedes noire ne s'était garée devant la porte du ministre Chabotte. Au même instant un valet y engouffrait deux valises, pendant que le chauffeur tenait la porte ouverte à un Chabotte sautillant qui se jeta dans la berline comme on plonge dans un grand lit. Le valet regagna ses pénates, le chauffeur son volant. Almut Bernhardt récupéra son arme et tourna sa clef de contact.

La collision ne fut pas violente, mais suffisante pour stopper la Mercedes et pour que l'Autrichienne bondît hors de l'Audi en hurlant :

— *Mein Gott! Mein Gott! Schauen Sie doch mal!* (Mon Dieu, mon Dieu, regardez-moi ça !)

Elle montrait du doigt son aile froissée, mais le chauffeur qui se précipitait sur elle avait sorti un revolver trapu et la braquait sans façon.

— *Hilfe!* hurla la professeur d'histoire. *Hilfe!* (Au secours! Au secours!)

Jusqu'à ce que le ministre Chabotte apparût.

— Rangez-moi cette arme, Antoine, ne soyez pas grotesque.

Puis, à la dame :

— *Entschuldigen Sie, Madame.* (Veuillez nous excuser, madame.)

Et, de nouveau à son chauffeur :

— Prenez son volant, Antoine, garez sa voiture, l'avion ne va pas m'attendre éternellement.

Le chauffeur grimpa derrière le volant de l'Audi 80. Pendant qu'il reculait dans une protestation de tôles froissées, Chabotte tendit sa carte à la malheureuse Autrichienne.

— *Ich habe es eilig, Madame.* (Je suis pressé, madame.)

— *Ich auch*, fit Almut Bernhardt. (Moi aussi, fit Almut Bernhardt.)

Mais c'était un gigantesque revolver d'ordonnance qu'elle tendait en échange de la carte. Une arme énorme, vraiment. Et, sans sourire :

— *Steigen Sie hinein, oder Sie sind tot.* (Montez, ou vous êtes mort.)

*

La seule pensée du chauffeur Antoine, lorsqu'il descendit de l'Audi 80 et vit s'éloigner la Mercedes, fut que son patron Chabotte avait une fois de plus fait preuve de rapidité. Le chauffeur Antoine en conçut une légitime fierté : en matière de femme, personne n'était plus rapide que le ministre Chabotte.

23

La mère protestait :

— C'est *insensé*, vous pourriez faire quelque chose, *tout de même* !

Le plus jeune des deux flics regardait l'enfant. L'enfant, une petite fille, ouvrait des yeux horrifiés. A leurs pieds, le mort était mort. Quoi qu'en dît la mère, il n'y avait plus grand-chose à faire.

— On tue *vraiment* partout, de nos jours !

La mère produisait de la buée, dans le petit matin.

— Ce n'est tout de même pas un endroit *correct*, pour un assassinat !

Tout novice qu'il était, le plus jeune des deux flics avait presque tout vu en matière de meurtre. Mais il n'avait pas tout entendu : il n'était muté à Passy que depuis trois semaines.

C'est *inconcevable*, disait la mère, on pratique paisiblement son jogging en famille, et une enfant de neuf ans butte contre un *cadâvre*.

(La mère collait des accents circonflexes même aux cadavres.)

— C'est *extravagant* !

La mère était très jolie, et la petite fille, en dépit de l'horreur dans ses yeux, charmante. Toutes deux portaient le même survêtement. A bandes fluorescentes. Jogging de lucioles. Ou de feu follet, vu la circonstance. Mais le plus jeune des deux flics n'était pas un cynique. Il trouvait la mère jolie, c'est tout. Le bois, autour, sentait l'aube.

— Trois générations que nous habitons le quartier, et nous n'avons *jâmais* vu une chose pareille.

Trois ans seulement que je suis flic, pensait le plus jeune des deux flics, et j'ai déjà vu cinquante-quatre « choses pareilles ».

Les arbres continuaient à pousser. L'herbe luisait. Le collègue du jeune flic fouillait les poches du mort. Portefeuille, porte-cartes, papiers.

Oh! merde!

Il venait de se redresser, l'identité du mort à la main.

— Oh! merde!

Comme si tous les ennuis soigneusement évités au cours d'une longue carrière de policier en uniforme lui avaient donné rendez-vous dans ce petit bois charmant.

— Quoi, qu'y a-t-il *encore*? demanda la mère.

Le vieux flic la regarda sans la voir, ou comme s'il la voyait pour la première fois, ou comme s'il allait lui demander un conseil, ou comme s'il sortait d'un rêve. Il dit enfin :

— On ne bouge pas, on ne touche à rien, il faut que je prévienne la Maison.

C'est ainsi qu'il appelait le Quai des Orfèvres. C'était un très vieux flic, la vieille école, la retraite comme un parfum d'écurie. Il se serait volontiers passé de ce *cadâvre*. Son pas était lourd, comme il se dirigeait vers le fourgon.

— Vous n'avez pas la *prétention* de me faire passer la journée ici! Allons, viens, chérie...

Mais chérie ne venait pas. Chérie ne pouvait détacher ses yeux du mort. Chérie était fascinée par un petit trou violacé à la base de la nuque — les cheveux, roussis par le coup de feu, lui faisaient une couronne frisottée.

Le jeune flic se posa une question à lui-même : « Qui des deux est le plus *traumatisé* (c'était un mot qu'avait utilisé la mère) : l'enfant qui découvre un mort adulte, ou l'adulte qui tombe sur un cadavre d'enfant ? » Comme la réponse glissait entre les doigts de sa tête, le jeune flic reconsidéra le petit trou violacé, la minuscule auréole de cheveux grillés, et il dit, à voix haute, mais pour lui-même :

— Une exécution.

Il ajouta :

— Sans bavure.

— *Je vous en prie...,* dit la mère.

Elle parlait en italiques, avec application, comme si elle se traduisait elle-même.

*

Lorsque le téléphone sonna dans le bureau du divisionnaire Coudrier, il tournait la page 320 du *Seigneur des monnaies.* C'était l'histoire d'un émigré de la troisième génération, Philippe Ahoueltène, sociologiquement voué au ramassage des poubelles, mais qui avait eu l'idée de collecter et de commercialiser les déchets sacrés de Paris, puis de toutes les capitales du monde. Accouplé d'abord au cul d'une benne municipale, il avait suffi à Philippe Ahoueltène de la moitié du roman pour régner sans partage sur le marché des changes, régissant implacablement le cours des monnaies — d'où le titre de l'ouvrage. Il épousait dans la foulée une Suédoise d'une beauté stellaire et d'une culture épatante (la belle était mariée, il avait impitoyablement ruiné son mari) et lui faisait un enfant qui naissait en pleine Amazonie par une nuit de typhon censée annoncer aux Indiens locaux la venue d'un demi-Dieu...

Le divisionnaire Coudrier était consterné.

La veille, avant de se retirer, Elisabeth lui avait préparé trois thermos de café — « Merci, ma chère Elisabeth, j'en aurai bien besoin » — et le commissaire divisionnaire Coudrier, délaissant à regret sa lecture du moment (la querelle Bossuet-Fénelon suscitée par le *quiétisme* de Mme Guyon), s'était plongé dans *Le Seigneur des monnaies* avec l'enthousiasme d'un enlumineur de missel qu'on aurait envoyé repeindre les parois de La Courneuve.

Mais le divisionnaire était homme d'abnégation, esprit

méthodique, doublé, en la circonstance, d'un flic en colère.

Le commissaire divisionnaire Coudrier se reprochait personnellement la balle qui avait traversé le crâne de Malaussène. Une 22 à forte pénétration, tirée dans l'intention de tuer net. N'était-ce pas lui qui avait envoyé Malaussène au-devant de cette balle, sous prétexte de garder les coudées franches dans son enquête sur la mort de Saint-Hiver ? Enquête qui n'avait pas avancé d'un pouce, comme il l'avait avoué la veille à Chabotte. Régressé, plutôt : les prisonniers se chamaillaient sous la nouvelle direction, un autre meurtre avait eu lieu, entre détenus, le coupable s'était évadé. Fiasco total. Malaussène n'aurait pas fait plus de dégâts s'il s'en était mêlé. L'image de Malaussène martyr hantait les pages ineptes de J.L.B. Coudrier avait apprécié ce garçon. Il se rappelait mot pour mot leur premier dialogue. Trois ans déjà. Le soir où l'inspecteur Caregga, dans son éternel blouson d'aviateur, avait allongé sur le canapé du divisionnaire un Malaussène à moitié lynché par ses collègues de travail. Lorsque le garçon s'était réveillé, sa première question avait concerné le divan.

— Pourquoi les divans Récamier sont-ils si durs ?

— Parce que les conquérants perdent leur empire quand ils s'endorment sur des sofas, monsieur Malaussène, avait répondu le divisionnaire Coudrier.

— Ils le perdent de toute façon, avait rétorqué Malaussène.

Avant d'ajouter, dans une grimace de tout son corps :

— Le sofa du temps.

Et Coudrier avait aimé ce garçon. Il avait eu la brève vision de son propre gendre, un polytechnicien scrupuleux qui passait leurs déjeuners dominicaux à rédiger *in petto* le brouillon de ses moindres réponses... Non pas que le divisionnaire Coudrier eût souhaité avoir Malaussène pour gendre, non... encore que... non, tout de même, non, mais que de temps à autre son gendre fût un peu malaussénien...

Hélas ! gendre appliqué... gendre à brouillons.

Malaussène, lui, ne faisait jamais de brouillon. D'où cette balle, entre ses deux yeux.

Le commissaire divisionnaire Coudrier en était donc là de sa lecture du *Seigneur des monnaies*, quand le téléphone sonna : un brigadier du commissariat de Passy lui apprit la mort du ministre Chabotte.

— Une exécution, monsieur le Divisionnaire.

« Ça commence », pensa le divisionnaire Coudrier.

— Au bois de Boulogne, sur le chemin de ceinture du lac inférieur, monsieur le Divisionnaire.

« Tout à côté de chez lui », pensa le divisionnaire Coudrier.

— C'est une enfant qui a découvert le corps, en faisant son jogging matinal, avec sa mère.

« Faire faire du jogging à une enfant », pensa le divisionnaire, et il s'autorisa un petit préjugé à l'encontre de la mère.

— Nous n'avons touché à rien et nous avons interdit le circuit à la population, récita le brigadier.

« Prévenir la hiérarchie... pensa le divisionnaire en raccrochant. Mauvais, la hiérarchie... Bossuet a cassé les reins de Fénelon et la Maintenon a envoyé Mme Guyon à la Bastille... »

— Le quiétisme n'est pas pour demain, murmura le commissaire divisionnaire Coudrier.

Et il composa le numéro de son ministre de tutelle.

*

Les inspecteurs étaient au nombre de quatre parmi les mieux charpentés et les plus patients de la Maison. Le soleil et leurs femmes étaient couchés depuis longtemps. Les prévenus n'étaient que deux, un grand Noir qui répondait au sobriquet de Mo le Mossi et un Kabyle plus large que haut, à la tignasse rousse dont le flamboiement, sous les projecteurs, justifiait les lunettes de soleil portées par les quatre inspecteurs. On l'appelait Simon. Un cinquième flic se tenait en retrait et ne disait mot. C'était un Vietnamien minuscule, le portrait d'Hô Chi Minh. Il portait dans un baudrier de cuir un bébé au regard intense. Flics et voyous évitaient de regarder le Vietnamien et l'enfant.

— D'accord, les gars, on reprend tout à zéro, dit le premier inspecteur.

— On a le temps pour nous, précisa le deuxième, dont la chemise tenait du kleenex usagé.

— Nous, on s'en fout, approuva mollement le troisième.

— On y va, fit le quatrième en jetant un gobelet vide à côté d'une corbeille pleine.

Mo et Simon déclinèrent pour la huitième fois leur identité et celle de leurs ascendants jusqu'à un nombre appréciable de générations. Le Kabyle répondait en souriant. Une illusion, peut-être, à cause de cet espace entre ses deux incisives. Le grand Mossi était plus sobre.

— Alors, c'était pour quoi, le Tube Citroën ?

— Les merguez, fit le Mossi.

— Vous vouliez vendre des merguez ? Rue de la Pompe ? Dans le seizième ?

— On vend bien des rouleaux de printemps rue de Belleville, fit observer le Kabyle.

— Sans licence, on ne vend rien nulle part, trancha un des flics.

— Et pourquoi n'aviez-vous pas ouvert le vantail de la camionnette ?

— C'était pas l'heure de l'ouverture, dit le Kabyle.

— Les rupins bossent tard, expliqua le Mossi.

— Pas plus tard que nous, ne put s'empêcher de lâcher un des inspecteurs.

— C'est notre faute, dit le Kabyle, on s'excuse.

— Ta gueule, toi.

— Des merguez rue de la Pompe, hein ?

— Ouais, confirma le Mossi.

— Selim la Caresse, vous connaissez ?

— Non.

C'était une conversation à bâtons rompus. On causait, par-ci par-là.

— Un petit boxeur marocain, un poids plume, vous le connaissez pas ?

— Non.

Selim la Caresse avait été retrouvé mort, après la panique du Palais omnisport de Bercy. Une sale mort. Recroquevillé sur lui-même comme une araignée sur le carrelage d'une douche sèche.

— Le Gibbon, vous connaissez pas non plus ?

— Non.

— Un grand maigre qui pouvait se faire des mouches à la matraque.

— On connaît pas ce genre de mecs, nous.

— Et le Russe ?

— Quel Russe ?

— Le copain des deux autres, le balaise.

— On connaît que nos copains à nous.

— Vous y étiez, à Bercy ?

— Un peu, oui ! Il y avait notre copain Malaussène, là-bas... le pauvre.

— Le Gibbon, la Caresse et le Russe y étaient aussi.

Et ils y étaient morts. La même mort araignée.

— On connaît pas ces gars-là.

Les pompiers les avaient d'abord crus victimes de la panique. Asphyxiés par la foule. Mais tout de même, cette agonie recroquevillée, ce visage bleu, presque noir... non.

— Ecoutez, dit posément des inspecteurs, Ben Tayeb et vous, vous vous êtes payé ces trois malfrats. On voudrait savoir pourquoi.

— On ne s'est jamais payé personne, monsieur l'inspecteur.

Le médecin légiste avait planché un certain temps. Jusqu'à découvrir une minuscule trace de piqûre, à la base des trois cous. Et l'autopsie avait parlé : une giclée de soude caustique dans le cervelet.

— Mo et Simon...

Tout le monde se retourna. C'était le petit Vietnamien. Il n'avait pas bougé. Il restait adossé au mur du fond. Le bébé

186

couvait son arme de service. Ils avaient quatre z'yeux et la voix de Gabin.

— Qu'est-ce que ces trois salauds ont fait à Benjamin pour que vous les refroidissiez ?

— Malaussène connaissait personne de ce genre-là, dit le Mossi.

Fut-ce à cause du regard de l'enfant ? Le Mossi avait parlé trop vite. Légèrement trop vite. Thian fut le seul à s'en apercevoir. Les autres reprenaient déjà leurs questions.

— Pourquoi planquiez-vous dans cette camionnette, rue de la Pompe ?

— Merguez, dit le Kabyle.

— Je vais vous dire ce qui s'est passé, dit un des quatre flics. Vous faisiez diversion dans votre Tube pourri, et pendant qu'on vous cravatait, quelqu'un a enlevé Chabotte et l'a buté.

— Chabotte ? demanda Simon.

— Ça va vous coûter un maximum.

— Tu vois ce que c'est, dit tristement le Mossi au Kabyle, on fait dans le bonneteau pendant des années, et le jour où on veut se ranger, c'est les emmerdes qui commencent... Je t'avais prévenu, Simon.

— On reprend tout à zéro, dit quelqu'un.

24

Je l'ai quitté en lui faisant une scène! Julie eut un réveil glacé. Elle venait de se revoir, dressée au-dessus de Benjamin, lui reprochant ce qu'il était, l'exhortant à devenir lui-même... Une supérieure de couvent accroupie sur le corps d'un possédé!

Et lui, coincé entre ses cuisses, une rage incrédule dans les yeux, méconnaissable, comme un animal confiant pris au piège. Ils venaient de faire l'amour.

Elle avait resserré l'étau : « Tu n'as *jamais* été toi-même! »

L'identité...

Elle était de cette génération-là... Le credo de l'Identité, le sacro-saint devoir de lucidité. Surtout ne pas être dupe! Pas dupe, surtout! Le péché capital, ça : être dupe! « Au service du réel, toujours! »... « une effroyable chieuse, oui »... « et menteuse avec ça »...

Elle s'était drapée dans le dogme professionnel. En *réalité*, à lui reprocher sa vie de bouc, les enfants de sa mère, son boulot de prête-visage, elle criait tout autre chose à Benjamin : qu'elle le voulait à elle, à elle seule, et des enfants qui fussent les leurs, c'était cela, au fond, cette explosion de rage : un pur abcès de conjugalisme. « Journaliste du réel, tu parles... » Elle s'était déchaînée comme une aventurière sur le retour, une baroudeuse de l'œil et du stylo, qui se retrouvait, la trentaine amplement passée, en proie à une panique irrépressible... une solitude d'explorateur revenu trop tard au village et qui voudrait racheter toutes les maisons. C'était cela et pas autre chose : elle avait exigé que le porte-avions Malaussène se métamorphosât en maison de famille, sa maison à elle, un point c'est tout.

Maintenant qu'on lui avait enlevé Benjamin, le doute n'était plus permis.

*

Bon. Plus de sommeil possible. Julie se lève, le souffle court. Le lavabo de la petite chambre de bonne, une de ses cinq planques parisiennes, crachote une eau ferrugineuse et glacée.

— Je suis douée pour les ruptures, il n'y a pas à dire...

Julie s'asperge. Elle reste un instant, tête basse, s'appuyant, bras tendus, à l'émail du lavabo. Elle sent le poids de ses seins. Elle lève la tête. Elle se regarde dans le miroir. Elle s'est coupé les cheveux, l'avant-veille. Elle les a enfouis dans un sac poubelle avant de les éparpiller dans la Seine. On avait encore frappé à sa porte, après le passage de Jérémy. Elle avait entendu : « Police ! » ; elle avait continué à se couper les cheveux en silence. On avait frappé une seconde fois, mais sans grande conviction. Elle avait entendu le bruit d'un papier qu'on glissait sous la porte. Une convocation au commissariat à laquelle elle ne se rendrait pas. Elle avait exhumé de sa vie professionnelle (journaliste au service du réel) un passeport italien réactivé et deux fausses cartes d'identité. Perruques. Maquillages. Elle serait successivement italienne, autrichienne, et grecque. Naguère, ce genre de carnaval l'amusait beaucoup. Elle avait poussé le privilège féminin de la métamorphose jusqu'à son degré extrême de perfection. Elle savait se rendre laide, d'une laideur courante. (Mais non, la beauté n'est pas une fatalité...) A l'âge où les mamans bien intentionnées apprennent à leurs jolies filles l'art du sourire sans rides, le gouverneur son père avait initié Julie aux grimaceries les plus inconcevables. C'était un pitre, un homme caméléon, par sympathie universelle. Imitant un discours de Ben Barka, il devenait Ben Barka. Et s'il fallait que Ben Barka dialoguât avec Norodom Sihanouk, il devenait Ben Barka et Norodom Sihanouk. Dehors, il jouait pour elle toutes les scènes de la rue. Avec une rapidité stupéfiante, il mimait le chien comme sa maîtresse, et la tête des tomates sur lesquelles le chien venait de pisser. Oui, le gouverneur son père pouvait imiter les légumes. Ou les objets. Il plantait son interminable profil devant elle, ses bras arrondis formaient un cercle parfait au-dessus de sa tête, il se hissait comme une ballerine sur la pointe du pied, la jambe gauche repliée à angle droit, pied perpendiculaire à la jambe.

— Qu'est-ce que c'est que ça, Julie ?

— Une clef !

— Bravo, mon amour, vas-y, refais-moi la clef.

*

Le moteur de la Giulietta tourne en silence. Miranda Skoulatou, la Grecque, a repéré le secrétaire Gauthier. Celui qui figurait, en retrait, sur les photos de J.L.B. Malaussène. C'est lui qui a remis à Laure Kneppel le modèle de l'interview idéale. C'est lui qui a veillé à ce que le texte fût rétabli dans sa version originale. C'est lui qui a fait sèchement punir Benjamin.

— C'est Gauthier, oui, avait avoué le ministre Chabotte, une bouche de revolver posée sur la nuque.

Il avait ajouté :

— Un garçon expéditif, bien qu'il n'y paraisse pas.

Gauthier habite rue Henri-Barbusse, dans le cinquième arrondissement, face au lycée Lavoisier. Il a des horaires précis. Il sort de chez lui et y rentre comme un oiseau mécanique. Une mine d'étudiant sur un duffel-coat de rêveur.

Miranda la Grecque vérifie une dernière fois le barillet du revolver.

Elle voit Gauthier s'approcher dans son rétroviseur.

Il a le visage poupin.
Il porte à la main un cartable d'écolier.
Miranda Skoulatou arme le chien du revolver.
Le moteur de la voiture est silencieux comme un souffle du matin.

25

— Severina Boccaldi. Italienne.

— Elle portait une perruque?

— Quoi?

— D'après vous, c'étaient ses cheveux naturels ou une perruque?

— Moi, j'ai vu que ses dents.

— Vous pourriez peut-être me dire la couleur de ses cheveux?

— Non, je ne voyais que ses dents. Même sur le passeport, il y avait que des dents.

Boussier, le loueur de voitures, était un marrant. Caregga, l'inspecteur de police, un inspecteur patient. Tenace, même.

— Blonde ou brune?

— Franchement, je saurais pas vous dire. Un truc dont je me souviens : elle a fait hurler l'embrayage en démarrant.

— Ni très blonde, ni très brune, alors?

— Me semble pas, non... On devrait jamais louer de bagnoles aux bonnes femmes. Aux Ritales moins qu'aux autres.

— Rousse?

— Ah non! celles-là, je les repère les yeux fermés.

— Cheveux très longs?

— Non.

— Très courts?

— Non plus. Elle était coiffée, il me semble, vous voyez

ce que je veux dire ? Elle avait une coiffure, quoi, comme les femmes...

« Perruque », supposa l'inspecteur Caregga.

*

La deuxième cliente était autrichienne. Elle s'était adressée à une agence de la place Gambetta, là-haut, dans le vingtième.

— Son nom ?

— Almut Bernhardt.

— Helmut ?

— Almut.

— Almut ?

— Almut, avec un « A », c'est un prénom féminin, à ce qui semble.

L'inspecteur Caregga notait. C'était un flic taciturne. Ou peut-être timide. Eté comme hiver, il portait un blouson d'aviateur, au col fourré.

— Elle était grande ?

— Difficile à dire.

— Comment ça ?

— Elle semblait tassée. C'est comme pour son visage...

— Son visage ?

— D'après sa carte d'identité, elle est née en 54, ce n'est pas si vieux, et pourtant son visage est marqué.

— Des cicatrices ?

— Non, la vie, marqué par la vie... les cicatrices de la vie.

« Ce type ne fera pas fortune dans la location de voitures », pensa fugitivement l'inspecteur Caregga.

— Profession ?

— Enseignante. Professeur d'histoire. C'est que les Autrichiens ont beaucoup à faire avec leur histoire, expliqua le loueur : l'éclatement de leur Empire, d'abord, le nazisme ensuite, et aujourd'hui la menace de finlandisation...

« Devrait changer de boulot », se dit l'inspecteur Caregga.

— Ouais, qu'est-ce qu'il y a ? demanda d'entrée de jeu le troisième loueur.

C'était un petit mec que les balaises avaient toujours rendu agressif, mais Caregga était un balaise qui avait toujours été patient avec les petits mecs — ce qui les rendait d'autant plus agressifs.

— Une Audi immatriculée 246 FM 75, il semble qu'elle soit de chez vous.

— Possible. Et alors ?

— Pourriez-vous vérifier, je vous prie ?

— Pourquoi, qu'est-ce qu'elle a ?

— Nous aimerions savoir à qui vous l'avez louée.

— Ça regarde pas la poulaille, ce genre de truc, c'est secret professionnel.

— Nous l'avons trouvée sur le lieu d'un meurtre.

— Elle a morflé ?

— Vous dites ?

— La bagnole, elle est baisée ?

— Non, elle n'a rien.

— Alors, je peux la récupérer ?

— Dès que le labo en aura fini avec elle, oui.

— Et ça va me manger combien de temps, ces conneries ?

— A qui avez-vous loué cette voiture ?

— Vous savez combien ça va me coûter par jour ?

— Il s'agit d'un meurtre, ce sera rapide.

— Rapide, rapide...

— A qui avez-vous loué cette voiture ?

— Avec vous, il n'y a que les emmerdes qui soient rapides.

L'inspecteur Caregga changea de conversation :

— Alexandre Padovani, trafic de plaques, recel de voitures volées, port d'arme illégal, trois ans à Fresnes, deux ans d'interdiction de séjour.

C'était le pedigree du loueur.

— Bêtises de jeunesse, je me suis rangé.

— Peut-être, Padovani, mais si tu continues à me baver sur les rouleaux, je vais te déranger un peu.

L'inspecteur Caregga savait parfois trouver les mots.

— Skoulatou, dit le loueur, Miranda Skoulatou. Une Grecque.

*

COUDRIER : Si je calcule bien, depuis qu'on a tiré sur Malaussène, nous avons cinq morts sur les bras.

VAN THIAN : Beaucoup d'amis, Malaussène...

COUDRIER : Selon toute vraisemblance, les trois cadavres de Bercy sont signés Belleville.

VAN THIAN : Soude caustique... Probable, oui.

COUDRIER : Mais le ministre Chabotte, et le jeune Gauthier ?

VAN THIAN : ...

COUDRIER : Je peux vous demander un service, Thian ?

VAN THIAN : ...

COUDRIER : Soyez gentil, braquez ce bébé dans une autre direction.

VAN THIAN : C'est une fille, monsieur le Divisionnaire, elle s'appelle Verdun.

COUDRIER : Raison de plus.

(Le vieux Thian retourne la petite Verdun sur ses genoux. Les yeux de l'enfant lâchent ceux du commissaire Coudrier pour harponner le regard d'un Napoléon de bronze en exil sur la cheminée, là-bas, derrière Thian.)

COUDRIER : Je vous remercie.

VAN THIAN : ...

COUDRIER : ...

VAN THIAN : ...

COUDRIER : Vous ne buvez toujours pas de café ?

VAN THIAN : Je ne bois plus rien depuis que je m'occupe de Verdun.

195

COUDRIER : ...

VAN THIAN : ...

COUDRIER : Notez... elle est plutôt sage.

VAN THIAN : Elle est parfaite.

COUDRIER : Sans illusion dès le départ... C'est peut-être un atout dans la vie.

VAN THIAN : Le seul.

COUDRIER : Mais je ne vous ai pas convoqué pour parler pédiatrie... Dites-moi, Thian, jusqu'où peut aller une femme quand elle a décidé de venger l'homme qu'elle aime ?

VAN THIAN : ...

COUDRIER : ...

VAN THIAN : Au moins, oui.

COUDRIER : Elle a loué trois voitures sous trois noms et trois nationalités différentes. Elle n'a laissé aucune empreinte sur les véhicules, mais sur les formulaires de location, si. Elle a retiré ses gants pour signer. J'ai fait examiner les trois écritures pour plus de sécurité, c'est la même. Maquillée, mais c'est la même. Pour ce qui est de son apparence physique, elle est à chaque fois méconnaissable. Une Italienne à denture de cheval, une Autrichienne neurasthénique, une belle Grecque incandescente.

VAN THIAN : Une professionnelle...

COUDRIER : Je suppose qu'elle n'a pas épuisé la panoplie de ses déguisements.

VAN THIAN : Ni ses planques...

COUDRIER : ...

VAN THIAN : ...

COUDRIER : La suite logique, d'après vous ?

VAN THIAN : L'élimination des autres employés du Talion.

COUDRIER : C'est bien ce que je craignais.

*

— Je l'aimais.

Julie avait une nouvelle fois changé de planque. Une chambre de bonne, rue Saint-Honoré.

— Je l'aimais.

Allongée sur un matelas rance, Julie disait cela à voix haute.

— Je l'aimais.

Elle laissait aller ses larmes. Elle ne pleurait pas, elle laissait aller ses larmes. Cette évidence la vidait :

— Je l'aimais.

C'était sa conclusion. Cela n'avait rien à voir avec le gouverneur, ni avec le fait que Benjamin avait été « le commentaire du monde », ni avec son âge à elle, sa prétendue peur de la solitude... Conneries, alibis.

— Je l'aimais.

Elle s'était donné toutes les raisons du monde. Il n'avait d'abord été qu'un sujet d'article. Epatant, cette profession de bouc émissaire. Il ne fallait pas rater ça. Elle avait écrit l'article. Mais, le sujet épuisé, Benjamin était resté. Intact. Son sujet tout court, à elle : Benjamin Malaussène.

— Je l'aimais.

Elle l'avait utilisé comme escale. Elle disparaissait pendant des mois, et venait se reposer chez lui. Jusqu'au jour où elle s'y était trouvée chez elle. Il n'était pas son porte-avions. Il était son port d'attache. Il était elle.

— Je l'aimais.

Benjamin n'était plus que cela : ce sujet manquant, cette évidence qui la vidait.

— Je l'aimais !

Quelqu'un frappa à la cloison.

— On le saura que tu l'aimais !

26

De son vivant, Gauthier avait été un bon catholique. Et Gauthier était mort en bon catholique. Une balle dans la nuque, mais en bon catholique — malgré de longues études et la fréquentation assidue des livres. Le prêtre jugeait cette fidélité méritoire. Et la voix nasale du prêtre le faisait savoir aux amis rassemblés en l'église Saint-Roch autour d'un cercueil qui regardait le maître-autel. La famille pleurait. Les amis baissaient la tête. Le commissaire divisionnaire Coudrier se demandait pourquoi les prêtres perchent leur voix si haut dès qu'ils grimpent en chaire. Se peut-il que l'Esprit Saint parle du nez ? Dans un autre ordre d'idées, le commissaire divisionnaire Coudrier était résolument hostile à l'extermination des employés du Talion. Cette maison d'édition publiait clandestinement J.L.B., certes, mais elle rééditait aussi la polémique Bossuet-Fénelon sur la question fondamentale du Pur Amour selon Mme Guyon. Un pareil éditeur ne méritait pas de disparaître. Mais le commissaire Coudrier doutait que Julie Corrençon envisageât les choses sous cet angle. L'église Saint-Roch avait fait son plein de parents, d'amis, d'éditeurs et de flics. Certains cœurs étaient brisés, d'autres alourdis par le poids des armes de service. Les hommes observaient les femmes malgré les circonstances. Les femmes rosissaient. Elles ignoraient que le doigt des hommes était tout proche de la gâchette. Julie Corrençon pouvait fort bien se trouver parmi les pleureuses, ou déguisée en enfant de chœur, ou embusquée dans un confessionnal. Peut-être même plongerait-elle d'un vitrail, dotée d'une paire d'ailes immaculées et d'un fusil à pompe pour exercer son droit canon. Les inspecteurs avaient des fourmis dans les doigts, il leur poussait des yeux. Certains, dans leur carrière, avaient déjà eu affaire à des femmes amoureuses, et ceux-là portaient leur gilet pare-balles. Cette fille ne s'arrêterait pas avant d'avoir ratissé le champ de sa vengeance. Elle ne ferait pas de quartier. Elle opérerait large. Une balle de 22 à forte pénétration avait fait sauter son homme en l'air. Quand elles ne vous en remercient pas, ce sont des choses que les femmes pardonnent difficilement. Protection rapprochée sur le personnel des Editions du Talion, c'étaient les ordres du patron. Et l'œil sur tout ce qui pouvait ressembler à une femme.

D'autres protecteurs s'étaient joints spontanément aux flics : les quatorze copains du rugbyman Calignac lui faisaient une citadelle ambulante. Une mêlée qu'un enchanteur celte aurait soudée à vie. Le Quinze se déplaçait comme un crabe suspicieux. Cela flanquait Calignac en rogne. Ses prières montaient moins légèrement. Il avait besoin d'un demi d'ouverture pour expédier à Gauthier ses bons vœux d'éternité. Des sentiments fraternels comme un ballon ovale. Calignac avait couvé Gauthier d'une affection protectrice. Calignac avait aimé Malaussène, aussi. Tout ce qui était étranger au rugby lui semblait d'une fragilité bouleversante. Ni Malaussène ni Gauthier n'avaient jamais pratiqué le rugby... et voilà. Calignac n'était pas idiot ; il savait bien que cela n'avait aucun rapport, mais tout de même... tout de même.

On enterrait le jeune Gauthier. On avait allongé ce garçon de papier dans un cercueil : goupillon. Il y pleuvait de l'eau sacrée : goupillon. Au nom de la Sainte Trinité : goupillon. Loussa de Casamance, pourtant, ne s'était pas muni de l'arme que ses hauts faits de Résistance l'autorisaient à porter comme une décoration venimeuse. Il était un nègre rescapé de Monte Cassino. Tomber sous les balles d'une femme amoureuse, même injustement, lui semblait une mort inespérée. Loussa de Casamance se refusait à mériter de la Patrie. En la personne de feu le maréchal Juin, la Patrie l'avait envoyé se faire hacher menu sur une aimable colline italienne dominée par une citadelle imprenable. Nègres en tête. Et tirailleurs bougnoules dont la Patrie s'offusqua que, la paix venue, ils exigeassent leur indépendance. Ceux qui étaient redescendus vivants de cette colline, la Patrie les avait couchés un beau matin, dans la poussière de Sétif : mitrailleuses. Le même jour, les enfants de Cassino jouaient avec les têtes des morts qu'ils ne cessaient de découvrir dans les ruines encore chaudes de la citadelle — un haut lieu de prière avant que la guerre n'y fît son nid. Loussa ne voulait pas mériter de la Patrie. Loussa ne voulait mériter que des femmes. Il en avait aimé quelques-unes. Passionnément, toutes. Admirables, toutes. Une balle de Julie Corrençon, c'était bien la moindre des choses qu'il estimait leur devoir. Et cela amuserait Malaussène. Loussa et Malaussène s'étaient bien amusés ensemble. Ce garçon était arrivé vingt ans trop tard dans la vie de Loussa, et voilà qu'il en était sorti trop tôt. Mais le temps qu'avait duré leur collaboration, ils s'étaient bien amusés, vraiment. Pourtant, Loussa n'avait pas poussé le pion de l'intimité. Il n'était jamais allé voir Malaussène chez lui. Ils ne se croisaient que dans les couloirs du Talion. Cela suffisait à la drôlerie. A quoi tenait-elle, cette rigolade intime entre Loussa et Malaussène ? A leur amour commun des livres, peut-être, un amour particulier, un amour à eux, un amour de voyous. Ils aimaient les livres comme des voyous. Ils n'avaient jamais pensé qu'un bouquin pût améliorer une canaille. Et de voir que les livres confirmaient les autres dans l'illusion de leur humanité, cela les amusait beaucoup. Mais ils aimaient les livres. Ils aimaient à travailler pour cette illusion. C'était tout de même plus drôle que de bosser pour la certitude des balles 22 long rifle à forte pénétration... Et puis, dans les moments de déprime, on pouvait toujours se consoler en se disant que les plus belles bibliothèques trônent chez les plus beaux marchands de canons. Loussa et Malaussène en avaient souvent débattu derrière leurs canons à eux : des sidi-brahim, calibre 13°5.

Le jeune Gauthier avait commencé sa lévitation. Quatre paires de jambes avaient poussé au bois de son cercueil. Il remontait l'allée avec une dignité horizontale qui courbait les têtes sur son passage. Il entraînait les foules comme le joueur de flûte. Parents d'abord, amis ensuite, on s'arrachait aux travées, on suivait le petit Gauthier, si peu meneur de son vivant. Loussa avait pris soin de se placer devant Isabelle. Il ne voulait pas que la Corrençon lui tuât Isabelle. Isabelle, que les employés du Talion appelaient la reine Zabo (Malaussène ouvertement) mais qui, pour Loussa, son nègre de Casamance, n'avait jamais été qu'Isabelle, cette petite marchande de prose qui, depuis les temps immémoriaux de leur enfance, envisageait le livre comme l'indispensable matelas de l'âme. Un après-midi de juin 54, peu après la chute de Diên Biên Phu (Loussa avait raconté l'anecdote à Malaussène), Isabelle l'avait appelé dans son bureau et lui avait dit : « Loussa, nous venons de perdre l'Indochine, je ne donne pas vingt ans à la diaspora chinoise pour quitter l'Asie du Sud-Est et venir s'installer ici, à Paris. Alors, tu vas m'apprendre le chinois vite fait et me faire traduire tout ce qui compte dans leur littérature. Quand ils arriveront, leurs bouquins les auront précédés, leur lit sera fait. » (Et Loussa avait conclu, en levant son verre à l'intention de Benjamin : « Voilà pourquoi tu m'entends chinoiser couramment, petit con. *Gānbēi* ! Santé ! »)

Non, quelle que fût son amitié pour Malaussène, Loussa ne laisserait pas sa Julie farcir son Isabelle. Loussa n'avait plus touché un canon de sidi depuis le début du massacre. Tous ses réflexes ainsi récupérés, il comptait bien se jeter entre Isabelle et la tueuse, l'instant venu... périr comme il l'avait toujours souhaité : pour une femme — et, comble de félicité, *par* une femme !

*

L'attaque les surprit tous autant qu'ils étaient. Elle ne vint pas d'une femme, elle vint du ciel. Au moment où l'on chargeait Gauthier dans son dernier taxi, Calignac sentit son épaule gauche exploser. Tous les autres entendirent la détonation. Calignac était entouré. On ne pouvait l'attaquer à hauteur d'homme, on l'avait flingué d'un perchoir. Les quatorze le plaquèrent instantanément au sol.

— Lâchez-moi, bordel, je veux voir d'où ça vient.

— Si tu bouges, on t'encule.

Avant qu'il fût parfaitement recouvert, une seconde balle lui perfora le mollet. D'une détente, le demi d'ouverture Lamaison plongea sur le mollet ensanglanté.

— Elle vise bien, la salope !

Plus de Calignac. Ni plus personne debout sur les marches de Saint-Roch. Les uns sur les autres. Loussa sur Isabelle.

— Cinquante ans que tu en crevais d'envie... avoue.

— Ne bouge pas.

Tous couchés. Sauf le mort. Abandonné à lui-même, le petit Gauthier avait glissé du fourgon. Il dressait crânement sa boîte au beau milieu des vivants allongés.

Le ciel hésita un instant.

L'hésitation lui fut fatale.

Un être double jaillit d'entre les aplatis. Il avait le visage paisible d'Hô Chi Minh, doublé d'une tête de bébé furieux. Solidement campé sur ses deux jambes écartées, il brandissait un énorme Manhurin dont il vidait méthodiquement le chargeur sur la fenêtre d'une chambre de bonne : immeuble face, sixième étage, troisième fenêtre sur la droite. Le regard du bébé accroché à son dos semblait lui désigner l'objectif. Le bébé portait aux oreilles ces tampons de feutre qui protègent les tympans professionnels de l'éclat des détonations. Les vitres de la chambre explosaient, les montants de la fenêtre s'éparpillaient en esquilles. Thian tirait comme un bataillon de Mexicains sur une cible unique.

— Pardonne-moi, Julie.

Thian tirait en parlant à Julie.

— Tu te sentiras mieux après.

Thian savait la douleur d'être veuf. Il avait perdu sa femme, en son temps, la grande Janine, et Gervaise, la fille de Janine, que Thian avait portée comme Verdun, dans un baudrier de cuir, avait quitté Thian pour Dieu : nonne. A l'époque, Thian aurait souhaité qu'un bataillon de Mexicains abrégeât son supplice.

— La vie est une longue agonie après la mort de l'amour.

Thian tirait charitablement sur Julie. Un à un, les autres flics se joignirent à lui. Ils n'y mettaient pas les mêmes sentiments. Thian les aurait volontiers flingués tous. Mais son chargeur était vide.

Un costaud traversait maintenant la rue en courant avec calme. Il portait un blouson d'aviateur au col fourré. Il pénétra dans l'immeuble. Il grimpa l'escalier de service. Dehors, pareil au jeune Buonaparte, le 13 vendémiaire 1795, sur les marches de la même église, le commissaire divisionnaire Coudrier ordonna le cessez-le-feu.

V

LE PRIX DU FIL

Quand la vie ne tient plus qu'à un fil,
c'est fou le prix du fil !

27

— Il l'a dit ! je l'ai entendu !
Jérémy pointait le bistouri contre la glotte du docteur
Berthold.
— Lâche ça, Jérémy.
Mais, cette fois-ci, la douceur de Clara restait inopérante.
— Mon cul, je ne lâche rien du tout. Il a dit qu'il allait
débrancher Benjamin !
Plaqué au mur, le docteur Berthold semblait regretter de
l'avoir dit.
— Il ne le fera pas.
— Non, si je lui coupe la gorge, il ne le fera pas !
— Arrête, Jérémy.
— Il a dit : « On le débranche dès que ce con de Marty
sera parti pour sa tournée au Japon. »
C'était la pure vérité. Le docteur Berthold attendait le
départ du docteur Marty pour débrancher le respirateur de
Malaussène, frère aîné de Jérémy. Les motivations du
docteur Berthold étaient simples : il n'aimait pas le docteur
Marty.
— Jérémy, je t'en prie...
— Il l'a dit à celle-là, et au gros foireux, là.
A petits coups de tête, Jérémy désignait une infirmière
plus blanche que sa blouse et un gros foireux plus blanc que
l'infirmière.
— Si vous bougez, si vous essayez de prévenir quel-
qu'un, je l'opère !

207

Ils étaient les assistants de Berthold. Ils ne bougeaient pas. Ils cherchaient passionnément dans leur tête un métier où il n'y eût personne à assister.

— Jérémy...

Clara avait tenté un demi-pas en avant.

— Toi non plus, ne bouge pas.

Elle demeura suspendue.

— Ferme la porte.

Ils restèrent entre eux.

*

Ç'avait été une fameuse engueulade entre Berthold et Marty, cette affaire Malaussène.

— Ce type est mort, cliniquement mort ! hurlait Berthold.

Marty restait intraitable.

— Je le débrancherai quand il sera aussi mort que vous, Berthold, pas avant.

Marty non plus n'aimait pas Berthold, mais il n'en faisait pas une passion.

— Enfin, quoi, merde, Marty : lésions irréversibles du système nerveux central, respiration entièrement artificielle, abolition de tout réflexe, disparition de tout signal électro-encéphalographique, qu'est-ce qu'il vous faut de plus ?

« Rien », pensait Marty, tout était là, en effet, Malaussène était mort.

— Du silence, Berthold, il me faut du silence.

— Ne comptez pas trop sur mon silence, Marty : utiliser nos lits pour cultiver des légumes, ça va se savoir, mon vieux, ça va se savoir !

Berthold avait ça dans le sang.

— C'est bien la première fois que vous apprendriez quelque chose à quelqu'un.

Berthold était un chirurgien prodigieux. Mais comme professeur, il vidait les amphithéâtres aussi sûrement qu'un bon typhus.

— Je vous hais, Marty.

Ils étaient dressés l'un en face de l'autre. Le grand furieux et le petit calme.

— Je vous aime, Berthold.

Marty, lui, remplissait les têtes les plus hermétiques. Amphis bondés, tournées de conférences, appels au secours des quatre coins du monde. On l'écoutait, on devenait médecin. Les malades avaient leur chance.

— Mort cérébrale, Marty !

Le doigt vibrant de Berthold désignait Malaussène sous son respirateur.

— Coma dépassé !

Berthold pointait l'encéphalogramme. Un horizon sans rien dessous.

— Trotski et Kennedy se portaient mieux que lui !

Intérieurement, Marty en convenait. Pourtant, il ne cédait pas.

— Coma *prolongé*, Berthold, état végétatif chronique, vivant à part entière.

— Ah oui ! et comment comptez-vous le prouver ?

C'était bien là le problème. Tous les signes cliniques concouraient à cette évidence : lésions irréversibles. Malaussène était cuit. Prouver le contraire, c'était réveiller Lazare une seconde fois.

— Vous savez ce que vous êtes en train de faire, Marty ?

— Je suis en train de choper votre coryza, mouchez-vous et parlez-moi de plus loin, s'il vous plaît, les trois pas réglementaires.

— Acharnement thérapeuthique ! Votre mégalomanie vous pousse à ventiler ce morceau de bidoche, quand ce lit pourrait servir à un autre malade qui est peut-être en train de crever dans un coin par votre faute !

— Berthold, c'est vous qui allez utiliser ce pieu dans pas longtemps, si vous continuez à me casser les burnes.

— Quoi ? Des menaces ? Physiques ! De vous ? A moi !

— Disons plutôt un diagnostic. Ne touchez pas à mon malade. Vu ?

*

Ils en étaient restés là. Provisoirement. Un round d'observation. Cela ne durerait pas. Berthold était bien capable de lui débrancher son Malaussène, après tout. Et Marty n'aurait pas grand-chose à y redire. Il faudrait veiller au grain. Faire autre chose que de la médecine, une fois de plus. Le professeur Marty se faufilait sur son scooter entre les automobilistes de Paris. Berthold n'oserait peut-être pas. Ils étaient comme des lutteurs empêtrés. Marty le tenait par la couille droite, mais Berthold serrait sa gauche entre les dents. Berthold avait mal à son complexe, comme d'habitude, et, comme d'habitude, Marty souffrait pour un malade. Le malade était archi-foutu, seulement voilà, ce n'était pas n'importe quel malade. C'était Malaussène. Feu rouge, feu vert. Un malade n'est jamais n'importe quel malade, certes, mais Malaussène, c'est Malaussène. Scooter ou pas, les encombrements s'étaient refermés sur Marty : il était coincé dans cette tautologie. Deux ans de ça, il avait sauvé Jérémy Malaussène, grillé comme une caille par l'incendie de son lycée. L'année d'après, il avait sauvé Julie Corrençon, farcie comme une carpe à la juive. Et voilà qu'on lui amenait Malaussène en personne, un tunnel dans le cerveau. On a beau se blinder, on finit par s'attacher à certains patients. Marty ne pouvait pas reprocher à cette famille de le déranger pour des orgelets ou des indigestions. Quand l'appendice les tracassait, ils s'opéraient eux-mêmes. Ils lui avaient donc amené Malaussène. Jérémy en tête.

— Docteur, il faut sauver mon frère.

Toute la famille. Sauf la mère, bien entendu. Une grosse Arabe à la place, qu'ils appelaient Yasmina. Et le vieux Ben Tayeb à la chevelure blanche.

— C'est mon fils Benjamin.

Ils avaient envahi l'hôpital. Ils s'étaient fait annoncer par toutes les sirènes de la police.

210

— Vous pouvez faire quelque chose ?

C'était un jeune Arabe au costume cintré et au profil de faucon qui avait le premier posé la question.

— Mon fils Hadouch, avait expliqué le vieux.

Le tout en cavalant dans les couloirs vers le bloc opératoire des urgences.

Coup de pot, Berthold était là.

Sans un mot, Marty et lui s'étaient mis au boulot.

Berthold était un sale con, mais il n'y avait pas deux bistouris comme lui dans Paris. Un pur génie de la plomberie humaine. La chirurgie n'était pas la spécialité de Marty, mais il ne perdait jamais une occasion de seconder Berthold. Il se tenait sagement à ses côtés. Il passait les outils. Il n'en croyait pas ses yeux. Les doigts de ce type, c'était l'intelligence humaine au travail. Les deux hommes opéraient seuls. Ils avaient, sous leur masque, la mine de ces vrais gourmets qui ne peuvent tolérer quelqu'un d'autre à leur table. La paix des braves, en apparence. En réalité, ce qui se jouait dans leurs têtes respectives, en ces moments privilégiés, tenait peu de la sympathie. « Je l'encule à sec », se disait Berthold devant l'œil ébahi de Marty. Berthold prenait l'admiration de Marty pour de l'envie, cela donnait des ailes à son bistouri. C'était un homme simple. Quant à l'admiration de Marty, elle était prospective, comme la plupart de ses états d'âme en matière de médecine. Le cas Berthold le passionnait. Qu'un si monumental imbécile, à la limite de la débilité clinique, pût manifester une pareille dextérité dans le geste chirurgical, une intuition aussi sûre quant aux réactions des organismes qu'il opérait, cela plongeait Marty dans des abîmes de curiosité scientifique. Comment cela était-il *possible* ? Il y avait là un secret de l'espèce. Marty traquait ce secret depuis toujours. Dès sa prime jeunesse, il avait collectionné les crétins de génie comme on court les antiquaires pour y trouver des horreurs exceptionnelles. Il avait dégotté un premier violon au Philarmonique de Berlin, un grand maître d'échecs deux fois finaliste aux championnats du monde, un Nobel de physique nucléaire, trois génies indiscutables auprès de qui, pourtant, la plus arriérée des huîtres aurait passé pour une intelligence complexe. Et aujourd'hui : Berthold ! Ces rencontres comblaient Marty. Décidément, la nature avait plus d'un tour dans son sac à neurones. Elle jouait à se défendre contre elle-même. Tous les espoirs étaient permis. Dans ses moments de déprime, Marty rechargeait les batteries de son optimisme professionnel à cette certitude. Berthold était le joker de Marty.

Bref, Berthold et Marty avaient ouvert la tête de Malaussène. Ils avaient regardé à l'intérieur. Ils s'étaient regardés. Ils l'avaient refermée. Berthold avait esquissé le geste de débrancher le respirateur. Marty l'avait arrêté.

*

— Alors ?

Rassemblée dans la salle d'attente, toute la smala avait posé la même question par la voix de Jérémy.

— Autant te le dire tout de suite, Jérémy, il n'y a aucun espoir.

Marty avait jugé bon d'y aller franchement.

Vous allez le débrancher ?

L'éternelle question.

— Pas sans votre accord.

Louna, la sœur infirmière de Malaussène, avait exigé les points sur les i.

— Il est *vraiment* perdu ?

Marty avait eu un bref regard pour Clara, puis, malgré cette pâleur, il avait lâché :

— Mort cérébrale.

— Ça veut dire ? avait demandé quelqu'un.

— Mort générale si on débranche le respirateur, avait traduit Louna.

— Absurde !

Thérèse. La carcasse glaciale de Thérèse. Elle se tenait en retrait. Elle n'avait pas bougé de place. Elle avait seulement dit :

212

— Absurde !

Pas la moindre trace d'émotion.

Elle avait ajouté :

— Benjamin mourra dans son lit, à l'âge de quatre-vingt-treize ans.

*

Feu rouge-feu vert. Le professeur Marty embraya, le scooter fit un bond. Thérèse... Sans l'intervention de Thérèse, tout aurait été si simple. Marty n'était pas précisément un sympathisant des sciences occultes. Les tables tournantes, la révolution permanente catégories astres, le sens de la vie dans le creux de la main, toutes ces salades lui hérissaient le poil rationnel. Il ne tolérait les boules de cristal que solidement vissées aux rampes des escaliers. Elles empêchaient les enfants de tomber sur le cul, un point c'est tout. Pourtant, pourtant, quand il avait répondu à Berthold que Malaussène était en coma prolongé, état végétatif chronique, et qu'il avait classé ce cadavre parmi « les vivants à part entière », c'était à Thérèse que Marty avait pensé. « Ah oui ! et comment comptez-vous le prouver ? » La seule preuve de Marty était Thérèse. Sa seule réponse possible : Thérèse. Il était resté sans voix et Berthold avait marqué un point.

C'est que Marty avait vu Thérèse en action. Trois fois. Il l'avait entendue prédire un attentat, trois ans plus tôt, qui avait eu lieu, en effet, le jour dit, à la seconde près. Et il l'avait vue, l'année précédente, faire glisser un vieillard dans la mort comme s'il avait eu son avenir devant lui. Feu rouge. Et Thérèse, aussi, avait ressuscité le vieux Thian farci de plomb, pourtant, et fort désireux de mourir. De nouveau la nasse des encombrements. Face à Thérèse, Marty se faisait l'effet de don Juan devant la statue du Commandeur. « Il y a là quelque chose que je ne comprends pas, mais je reste médecin plus que jamais. »

Soudain le scooter plongea sur sa gauche et plaqua les

encombrements. Marty fonçait sur Belleville, Marty allait chez les Malaussène, Marty allait prendre cette fille entre quatre z'yeux et lui expliquer que cette fois, non, rien à faire, son frère était cuit, archi-cuit, que les astres pouvaient aller se rhabiller, et qu'elle ferait bien, la froide Thérèse, d'investir dans l'ici-bas, de semer dans le terre à terre. Quand une balle avait fait dans un cerveau le travail d'une petite cuiller dans la coque d'un oursin, on avait beau s'appeler Thérèse Malaussène, il n'y avait aucune chance, absolument aucune, pour que la viande hachée se reconstituât en bifteck.

— Salut, docteur, vous venez bouffer avec nous ?

C'était Jérémy qui lui avait ouvert. Le gosse était radieux et l'ex-quincaillerie sentait le couscous généreux. Il n'avait pas fallu une seconde à Marty pour comprendre que, grâce à Thérèse, tout le monde vivait ici comme si le frère Benjamin soignait une vague bronchite à l'hôpital Saint-Louis.

— D'ailleurs, Julius n'a pas fait de crise d'épilepsie.

— Et moi, pas de cauchemar, ajouta le petit aux lunettes roses.

Ils se raccrochaient à des signes.

Même Clara souriait à Marty. « Pas de souci à se faire pour sa grossesse », pensa-t-il.

Marty renonça à affronter Thérèse, avala son couscous, la tête baveuse du chien sur ses genoux, et décida d'avancer sa tournée de conférences au Japon.

*

Le lendemain, il avait tout de même tenté une entreprise de conciliation auprès de son Berthold. Il l'avait invité à *La Closerie des lilas* pour le convaincre de ne pas débrancher Malaussène. Ils s'étaient assis à la table de Lénine qui avait gagné des paris autrement épineux.

— Ecoutez, Berthold, ne débranchez pas Malaussène, il peut s'en sortir.

Il y avait un foie de Gascogne dans les assiettes et l'ambre lumineux d'un sauternes dans les verres.

214

— La preuve ? demanda Berthold, la bouche pleine.

— Ma preuve, c'est vous, Berthold.

— Ah ouais ?

Berthold buvait le sauternes comme s'il était servi à la pression.

— Vous êtes un chirurgien génial, Berthold.

— C'est vrai. Repassez-moi le pâté.

« Mon Dieu, *le pâté*, pensa Marty, un pur foie de Condom. »

— Vous êtes le plus grand.

Berthold remplit son verre en opinant et brandit la bouteille vide à l'adresse d'un garçon de passage.

— Lobotomisé par vous, continuait Marty, un poteau télégraphique pourrait récupérer l'intelligence d'Edison.

— Quel rapport avec Malaussène ?

— Simple, Berthold : si un connard de votre acabit peut réussir des prouesses pareilles, tout est possible dans la nature, et Malaussène peut guérir.

Le contenu du verre de sauternes passa juste au-dessus de la tête de Marty pour atterrir sur un surréaliste à la retraite qui fit le scandale du siècle.

*

La valise de Marty était prête. Toutes ses dernières conclusions sur ses recherches en hématologie soigneusement classées dans sa tête. Il n'était pas spécialement en avance, mais il décida tout de même de faire un détour par l'hôpital. Il y trouva Berthold cloué au mur par un Jérémy qui le menaçait d'un bistouri. Il traversa la chambre, prit le bistouri des mains de l'enfant auquel il flanqua deux baffes monumentales. Puis, à Berthold :

— Après tout, c'était peut-être cela, l'argument qu'il vous fallait.

Il partit rassuré pour le Japon. Berthold ne débrancherait pas Malaussène.

28

L'inspecteur Caregga avait atteint le couloir du sixième et se trouvait devant la bonne porte au moment précis où le divisionnaire Coudrier ordonnait le cessez-le-feu sur le parvis de l'église Saint-Roch. L'inspecteur Caregga eut une moue admirative. Le patron s'était fié à la cadence de son pas. Caregga avait traversé la rue Saint-Honoré et gravi les six étages à vitesse constante. Le feu nourri s'était arrêté pile au moment où il se trouvait devant la bonne porte. Chapeau! Caregga n'aurait pas aimé travailler pour un autre patron. Plaqué au mur, l'arme à la main, il attendait maintenant que la porte s'ouvrît.

Caregga ne souhaitait pas descendre Julie Corrençon... D'abord, c'était une femme. Ensuite, c'était la femme de Malaussène. Caregga partageait la sympathie du patron pour Malaussène. Trois ans plus tôt, il l'avait sauvé d'un lynchage. L'année dernière, il avait aidé l'inspecteur Pastor à prouver son innocence. Malaussène était une bonne raison d'être un bon flic. Non, Caregga n'allait pas lui refroidir sa femme. Après tout, la Corrençon ne faisait que venger son homme. Caregga était amoureux d'une jeune esthéticienne, Carole. Carole serait-elle capable de mettre Paris à feu et à sang si on lui flinguait son Caregga? (Peut-être, mais pas avant onze heures du matin. Carole se levait tard.) Caregga écouta ce qui se passait dans la chambre. En théorie, si la Corrençon n'était pas morte, elle devait profiter de l'accalmie pour ouvrir la porte et filer par le couloir. C'était à cela que servaient ces fusillades. On clouait le tireur à plat ventre dans sa cachette. Il ne pouvait ni se montrer à la fenêtre ni s'approcher de la porte à cause des balles qui ricochaient contre le plafond, et pendant ce temps une équipe bloquait la sortie. Caregga aimait faire équipe seul. L'équipe, c'était lui. Et il bloquait la sortie. Si la Corrençon se montrait, il tâcherait de ne pas l'abattre. Un plaquage, peut-être, ou une manchette, cela dépendrait du niveau où elle tiendrait son arme. Mais l'inspecteur Van Thian l'avait probablement tuée. Caregga avait vu tirer Thian. Thian s'était remis à l'entraînement, ces derniers temps. C'était l'attraction de la Maison. A cause de cette gosse, bien sûr, qu'il avait accrochée à lui comme un singe tombé d'un arbre, mais à cause de sa façon de tirer, aussi. Même sans la gosse, Thian à l'entraînement vidait les bureaux de la Maison. Personne ne tirait comme lui. Une cible, après le passage du vieux Thian, c'était un seul impact avec du carton autour. Ce type était à lui seul le tireur, l'arme, la balle et la cible. Cela faisait vaguement froid dans le dos. Sans parler de sa rapidité. Il avait les mains vides, un clin d'œil, il était armé, un clin d'œil, son chargeur était épuisé. Des calibres énormes, avec ça. Des 350 plus lourds que lui. Le bras ne bronchait pas. Une force mystérieuse encaissait le recul à sa place. Bien sûr, avec cette petite môme prise à lui comme une tique, c'était encore plus impressionnant. Thian lui avait fabriqué des protège-oreilles qui lui faisaient une tête de mouche géante. Il la trimballait dans un baudrier de cuir qui recouvrait son holster. En sorte que la gamine au regard furieux semblait couver l'arme de Thian. Pour dégainer, il chassait l'enfant d'un geste bref de la main gauche. Le temps que l'autre main sorte l'arme et braque la cible, l'enfant avait fait le tour de Thian et sa tête jaillissait au-dessus de l'épaule droite du Vietnamien, le regard dans la ligne de mire. Tous les flics présents pensaient que la D.D.A.S.S. ne serait peut-être pas d'accord. Ils se contentaient de le penser. Ils regardaient Thian tirer. Bien que la plupart d'entre eux fussent trop jeunes pour avoir vécu ça, ils se

217

disaient que Diên Biên Phu avait dû être un foutu cauche-mar.

Pas le moindre bruit dans la chambre. Caregga se décolla du mur, se tint un instant debout face à la porte. « A trois, je l'enfonce. » Trois comptés, un coup de pied sec fit sauter la serrure et Caregga se retrouva au centre de la pièce avant que le rebond n'eût refermé la porte sur lui.

La chambre était vide. Truffée comme un immeuble de Beyrouth, mais vide. Vide et ensanglantée. Des gouttes de sang perlaient aux éclats de la fenêtre. Deux doigts sortaient du mur. Oui, une balle de Thian avait arraché le cœur d'une main et collé deux doigts au mur. Ironiques, les doigts semblaient faire le « V » de la victoire. Le fait est que la chambre était vide. A part trois perruques de femmes qui traînaient sur le plancher (« Perruques, pensa l'inspecteur Caregga, je ne m'étais pas trompé ») et les débris d'un fusil à lunette. Une carabine de haute précision coupée par le milieu. Une 22 Swinley. Les doigts devaient appartenir à la main qui soutenait le fût.

*

— *Nǐ hǎo*, petit con. (Bonjour, petit con.)

Loussa de Casamance rendait fidèlement visite à Malaussène.

— *Wǒ shi*. (C'est moi.)

Tous les jours à dix-neuf heures trente précises.

— *Zhēnrè ! hǎorè !* dans ta piaule... (Quelle chaleur dans ta piaule...)

Il s'asseyait comme une éponge.

— *Tiānqui hěn mēn* dehors aussi. (Il fait lourd dehors aussi.)

Par acquit de conscience, il demandait :

— *Nín shēntǐ hǎo ma*, aujourd'hui ? (Comment ça va, aujourd'hui ?)

La machine à cervelle lui répondait par un trait vert sans commencement ni fin, la définition déprimante de la ligne.

— Aucune importance, disait Loussa, *wǒ hěn gāoxìng jiàndào nín*. (Je suis très content de te voir.)

De fait, il n'aurait pas aimé trouver le lit vide.

— *Wǒ tóutòng*, moi aussi (moi aussi j'ai mal à la tête), une sacrée migraine, même !

Il lui parlait chinois, mais il traduisait scrupuleusement. Il s'était mis en tête de lui apprendre le chinois. (« Belleville devient chinois, petit con, il paraît qu'on apprend mieux en dormant... Si tu sors un jour de cette sieste, autant qu'elle t'ait servi à quelque chose. »)

— Figure-toi que ta bonne amie a décidé de nous flinguer tous, elle s'imagine que nous sommes responsables de ta mort.

Il lui parlait comme à un vivant cérébral, sans douter un seul instant qu'il s'adressât à un mort.

— Note qu'elle n'a pas tout à fait tort. Mais c'est une responsabilité pour le moins indirecte, tu en conviendras.

Loussa de Casamance n'était pas bégueule. Il ne dédaignait pas les morts. Il partageait avec Hugo (Victor) la conviction que les morts sont des interlocuteurs bien renseignés.

— Une femme qui te venge, tu te rends compte ! Ce n'est pas à moi qu'échoirait un honneur pareil.

Malaussène n'était qu'une ligne verte.

— Moi, je suis plutôt du genre pour qui on se suiciderait. Pas le type à venger, plutôt le type à punir, tu vois ?

La médecine respirait pour Malaussène.

— Ta Julie a déjà eu Chabotte, Gauthier, et Calignac ce matin. Enfin, l'épaule de Calignac, seulement, et sa jambe. Le reste sera pour plus tard. Ton ami Thian lui a tiré dessus mais elle n'y a laissé que deux doigts.

La médecine nourrissait Malaussène, chichement, goutte à goutte.

— Je n'ai pas peur pour moi, tu me connais, enfin une peur raisonnable, disons, mais je ne voudrais pas qu'elle tue Isabelle.

La médecine était branchée sur le crâne immensément vide de Malaussène. Elle mendiait des messages.

— Dis-moi, tu ne pourrais pas intercéder pour Isabelle ? Tu ferais un petit voyage dans la tête de ta Julie... non ?

Le fait est que, réduits à rien, les morts nous semblent capables de tout.

— Parce qu'Isabelle, tu vois, petit con, Isabelle... et Dieu sait que tu t'es engueulé avec elle...

Loussa cherchait ses mots. Les mots chinois et leurs cousins français.

— Isabelle... Isabelle, c'est l'innocence... je te jure... l'Innocence, *wawa*, *yng'ér*, un bébé, une minuscule petite fille qui nous menace du bout du doigt.

Loussa parlait, le cœur humide, le mot tremblé.

— Oui, c'est le seul crime qu'elle ait jamais commis, je te le jure sur sa propre tête : menacer le vaste monde du bout dérisoire de son petit doigt. Un bébé, je dis...

Et, ce soir-là, dix-neuf heures passées de quelques minutes, Loussa de Casamance entreprit de plaider la cause de la reine Zabo auprès d'un Malaussène qui lui semblait le mieux placé du peloton pour communiquer le dossier à qui de droit.

— Tu veux que je te raconte son histoire ? Notre histoire ?

— (...)

— Hein ?

— (...)

— Bon, alors écoute bien. *Histoire de la reine Zabo*. Par son nègre de Casamance.

29

LA PETITE MARCHANDE DE PROSE

Histoire de la reine Zabo
par son nègre de Casamance
(Digression)

La reine Zabo est une princesse de légende, « les seules vraies princesses, petit con ». Elle est sortie du ruisseau pour régner sur un royaume de papier. Ce n'est pas l'hérédité, ce sont les poubelles qui lui ont inoculé la passion du livre. Ce ne sont pas les bibliothèques, mais les chiffons qui lui ont appris à lire. Elle est le seul éditeur parisien à s'être hissé sur son trône par la matière, non par les mots qui s'y posent.

Il fallait la voir fermer les yeux, dilater les narines, aspirer une bibliothèque tout entière, et repérer par petites expirations les cinq exemplaires nominatifs en pur Japon sur des rayons bourrés de Verger, de Van Gelder, et de l'humble armée des Alfas. Elle ne se trompait jamais. Elle les classait à l'odeur, tous, papiers chiffons, toile, jute, fibre de coton, chanvre de Manille...

Loussa jouait à cela avec elle. C'étaient leurs jeux secrets. Tous les deux seuls chez Isabelle, Loussa lui bandait les yeux, il lui mettait des moufles et il lui collait un bouquin dans les pattounes. Isabelle n'en pouvait rien savoir, ni par le regard, ni par le toucher. Son nez, seul, parlait :

— C'est bien beau, ce que tu m'as donné là, Loussa, pas du papier mortel, ça, un Hollande de bonne tessiture... la colle : de l'Excellence-Tessier... et l'encre, si je ne m'abuse, l'encre... attends voir...

Elle dissociait le parfum aérien de l'encre de la puissante animalité de la colle, puis en énonçait les composants un à un, jusqu'à retrouver le nom de l'artisan disparu qui produisait jadis cette merveille d'encre-là, et la date exacte du cru.

Elle lâchait parfois son rire de grenaille.

— Tu as essayé de me rouler, mon salaud, la reliure ne date pas de la même époque... Une peau antérieure de vingt ans. C'était bien joué, Loussa, mais tu me prends vraiment pour une autre.

Sur quoi, elle sortait le nom du moulin d'où venait le papier, le nom du seul imprimeur à utiliser cette combinaison d'ingrédients, et le titre du livre, et le nom de l'auteur, et la date de parution.

Parfois, Loussa se contentait de faire parler les doigts d'Isabelle. Il lui ôtait ses moufles. Il obturait ses narines de petits nuages hydrophiles. Il regardait les mains d'Isabelle caresser le papier :

— Papier mousseux, étouffé, trop spongieux, jaunira, tu verras ce que je te dis, dans quatre-vingts ans, les petits enfants des enfants que nous n'avons pas faits retrouveront ce bouquin jaune comme un coing, l'hépatite y travaille déjà.

Elle n'était pas pour autant ennemie du papier périssable, en fibre de bois. Savante, certes, mais rien d'une snob. Elle s'émouvait de ce que les livres aussi fussent mortels. Elle vieillissait en même temps qu'eux. Elle ne pilonnait jamais, ne jetait jamais un seul exemplaire. Ce qui vivait, elle le laissait mourir.

*

Loussa vibrait de conviction, au chevet de Malaussène.

— Comment veux-tu qu'une femme incapable de bazarder un livre de poche ait pu t'envoyer à la mort ? C'est ce qu'il faudra lui expliquer, à ta Julie.

Mais il fallait dire autre chose à Julie, beaucoup plus que cela, pour lui faire comprendre Isabelle. Il fallait remonter à la nuit où Loussa l'avait rencontrée. Il fallait replonger dans cette crise des années trente, un temps où toute l'Europe crevait de faim, mais où les rois du tissu et les maniaques du papier, les nababs de la haute couture et les princes bibliophiles nourrissaient leurs passions, comme si de rien n'était, aux deux extrémités d'une chaîne dont les maillons les moins fréquentables traversaient la nuit obscure des poubelles.

Or, les poubelles étaient rarement pleines en ces temps de disette. On y jetait peu, on y récupérait beaucoup, on s'y battait à mort. Toutes les guerres naissent du même axiome : *les poubelles ont horreur du vide.* Une poubelle est prise d'assaut à Levallois ; c'est l'Europe qui s'embrase. Et on voudrait que les guerres soient propres...

Les premières armées de cette Seconde Guerre mondiale furent des bataillons de chiffonniers pataugeant dans les gadoues, l'œil fixe, le crochet au poing. (« Les cicatrices que faisaient ces crochets, petit con, tu n'as pas idée... ») Des escouades d'égoutiers surgissaient du pavé, et l'aube trouvait les chiffonniers de surface un croc en tête, tassés dans des poubelles vides. Ces escarmouches n'étaient rien auprès des batailles qui se jouaient aux champs d'épandage de Saint-Denis, de Bicêtre ou d'Aubervilliers. Vraie préfiguration de Stalingrad que ces combats immobiles où des statues de merde s'empoignaient pour la conquête d'une sentine, le contrôle d'une fosse, l'entrée d'une usine de transformation, trente mètres de rails où déchargeaient les bennes.

Cette guerre d'avant la Guerre avait ses armées, ses stratèges, ses généraux, ses services de renseignements, son intendance, son organisation. Et ses solitaires.

Le Chauve était de ceux-là.

Le Chauve était un Polonais recraché à la surface par une convulsion de la mine. Le Chauve était le père d'Isabelle. Un chômeur polonais, résolu à ne jamais replonger. Au gouffre du travail le Chauve avait laissé la plus belle chevelure de Pologne. Il errait par les rues sans un poil sur le caillou. Il arborait un costume blanc par horreur professionnelle du noir. Le Chauve était le seul à savoir qu'il sortait du charbon. Les autres le prenaient pour un prince polak déchu, un de ces types venus de l'Est pour nous faucher nos taxis. Mais le Chauve ne voulait pas faire le taxi... Le taxi, c'était la mine à l'horizontale. Non, le Chauve vivait du portefeuille des autres. Il ne mendiait pas, il assommait. Il assommait, il empochait, il dépensait, puis il assommait à nouveau. Il savait que cela ne pourrait pas durer éternellement. Il assommait en attendant de trouver une meilleure idée. Il croyait à l' « idée » aussi aveuglément que le joueur à sa martingale. Aucune raison pour qu'il ne trouvât pas son idée, puisque même sa femme en avait trouvé une. Le Chauve et sa femme s'étaient séparés d'un commun désaccord. Elle s'était mise tricoteuse, c'était ça, son « idée » à elle, elle faisait sauter les anges. Comme le Chauve était catholique, ils s'étaient séparés. Il lui avait laissé les trois garçons et s'en était allé avec la fille. Isabelle désolait son père. Elle mangeait comme si elle se méfiait de la vie : trois fois rien. Il fallait dépenser beaucoup, tout essayer, les mets les plus fins. Le Chauve vidait le caviar dans la poubelle et redescendait dans la rue. Il pensait qu'Isabelle mangeait peu parce qu'elle lisait trop. Chaque fois qu'il ressortait assommer pour elle, il se promettait d'y mettre bon ordre. Mais il craquait en cours de route ; il remontait avec les revues préférées de la petite. Il adorait voir l'énorme tête d'Isabelle, si semblable à la sienne, penchée sur *Modes et Travaux*, *La Femme chic*, *Formes et Couleurs*, *Silhouettes*, *Vogue*... Isabelle deviendrait-elle modiste, une Claude Saint-Cyr, une Jeanne Blanchot ? Il fallait manger, pour cela. Même les mannequins mangeaient. Mais c'étaient des revues qu'Isabelle dévorait, du papier... Et les romans, surtout, dans les revues. Les feuilletons défilaient dans la tête d'Isabelle en convois interminables. Elle découpait les pages, elle les cousait en cahiers, elle faisait des livres. De cinq à dix ans, Isabelle avait lu tout ce qui lui était tombé sous les yeux, sans distinction. Et son assiette était restée pleine.

Le Chauve trouva son « idée », une nuit d'embuscade dans le Faubourg Saint-Honoré. Il suivait un gros tweed d'une soixantaine insouciante. Il préparait son poing. Mais voilà que, sous les arcades des Tuileries, la concurrence lui piqua son gibier. Deux ombres jaillies de l'ombre. Contre toute attente, le tweed ne voulut pas lâcher son portefeuille. Il se fit massacrer. Un pied fit exploser son visage, ses reins craquèrent. Etouffé par la douleur, le tweed ne pouvait pas crier. Le Chauve estima qu'on gâchait le métier. Il se fit sauveteur. Il aplatit les deux gouapes l'une contre l'autre. Des jeunots légers comme des gamelles vides. Puis il aida le gros tweed à se relever. C'était une fontaine de sang. Le Chauve obtura, tamponna, mais l'autre n'avait qu'un mot à la bouche :

— Mon Loti, mon Loti...

Son estomac crachait des caillots, et parmi eux, ce seul mot :

— Mon Loti...

Il pleurait d'une autre douleur :

— Une édition originale, monsieur...

Le Chauve n'y comprenait rien. Le tweed avait perdu ses lunettes. Il plongea sur le trottoir. Qu'est-ce que c'était que ce type qui se vautrait dans son sang ? Il tâtonnait comme un perdu :

— Un japon impérial...

Pur produit de la mine reconverti dans l'embuscade nocturne, le Chauve était nyctalope. Il retrouva ce que l'autre cherchait. C'était un petit bouquin qui avait valsé à quelques encablures de là.

— Oh ! monsieur... monsieur... si vous saviez...

Le tweed serrait convulsivement le petit livre contre son cœur.

— Tenez, je vous en prie, si, si...

Il avait ouvert son portefeuille, il tendait au Chauve une vraie demi-fortune. Le Chauve hésitait. Pour un assommeur, c'était de l'argent malhonnête. Mais l'autre lui enfourna la liasse dans sa poche.

Quand le Chauve raconta l'aventure à Isabelle, la gamine eut un de ses plus rares sourires :

225

— C'était un bibliophile.

— Un bibliophile ? demanda le Chauve.

— Un type qui préfère les livres à la littérature, expliqua l'enfant.

Le Chauve flottait.

— Pour ces gens-là, il n'y a que le papier qui compte, dit Isabelle.

— Même s'il n'y a rien d'écrit dessus ?

— Même si ce sont des bêtises. Ils rangent les livres a l'abri de la lumière, ils ne les coupent pas, ils les caressent avec des gants fins, ils ne les lisent pas : il les *regardent*.

Puis la gamine fut prise de fou rire. Le Chauve avait longtemps pris les fous rires de la petite pour des crises d'asthme provoquées par le poussier des corons. Mais non, cette fuite d'air entre les joues d'Isabelle, c'était un rire qui n'en finissait pas. Le Chauve n'en comprenait jamais la raison. Cette fois-ci, la petite s'expliqua.

— Je viens d'avoir une idée très « Faubourg Saint-Honoré ».

Le Chauve attendit.

— Ce serait rigolo de faire des livres rares avec les tissus d'Hermès, de Jeanne Lafaurie, de Worth, d'O'Rossen...

Elle hoquetait le nom de tous les couturiers du coin.

— Le comble du « chic », non ?

L'idée d'Isabelle devint l'idée du Chauve. La gamine avait raison. Le Chauve venait de comprendre un truc : *les esthètes ne débandent jamais.* Quoi qu'il arrive au monde, la haute couture coudra toujours plus haut, la gastronomie nourrira toujours les princes, les amateurs de concerts accorderont toujours leurs violons, et, dans les pires convulsions planétaires, il se trouvera toujours un petit gros en tweed pour mourir à la place d'une édition originale.

Le Chauve démarcha les couturiers. Les couturiers trouvèrent l'idée « chic » en effet. Le Chauve récupéra leurs chutes. Isabelle fouillait les poubelles, triait les tissus, jetant la laine et les premiers synthétiques, conservant le lin, le coton, le chanvre et le fil. Le Chauve alimenta les moulins les plus réputés et les meilleurs imprimeurs sortirent bientôt Barrès en Balenciaga, Paul Bourget relié Hermès, Anouilh taillé Chanel ou *Le Fil de l'épée* du jeune de Gaulle en pur fil de chez Worth. Quelques exemplaires nominatifs par auteur, mais dont la cotation suffisait amplement à remplir les assiettes d'Isabelle.

Le Chauve aurait dû s'en contenter. Son « idée » était plus chrétienne que celle de sa femme, ses costumes étaient d'un blanc désormais irréprochable, et sa petite fille mangeait à sa faim, trouvant enfin le monde à son goût.

Hélas, le Chauve était un expansionniste. Il s'était fait une rente dans le livre rare, il voulut devenir le pape des bibliophiles, le dieu du papier chiffon qui fait les livres immortels. Les chutes de la haute couture ne lui suffirent plus. Il lui fallut tout le chiffon de la capitale, un monopole. Mais le Chauve était aussi un Polonais très chrétien. Il ne voulait pas traiter avec les Juifs du Sentier ou du Marais. Or, là était le tissu. Et les peaux, pour les reliures. Le Chauve engagea une armée de biffins qu'il lâcha sur les poubelles juives. Ses troupes revinrent cabossées, et les mains vides. Le Chauve en fut tout stupéfait. On s'opposait à lui. C'était la première fois. Il arma ses chiffonniers de crochets empoisonnés. Deux d'entre eux revinrent morts. Les survivants étaient à ce point terrorisés qu'ils n'arrivaient pas à expliquer. Non, ils ne savaient pas ce qui leur était arrivé, non, ils n'avaient rien vu. C'était comme si la nuit était devenue compacte, tout à coup, comme s'ils s'étaient fracassés contre le mur de la nuit. Ils avaient été mis en déroute par des poubelles hantées. Ces rues juives, ils ne voulaient plus y remettre les pieds. Les armées du Chauve se débandèrent, malgré ses promesses de fortunes faciles, malgré ses poings. Le Chauve en fit d'authentiques cauchemars. Isabelle l'entendait hurler dans son sommeil : « La nuit est juive ! » Sa terreur résonnait dans tout le Faubourg Saint-Honoré : « LA NUIT EST JUIVE ! » Des contes à ne plus jamais dormir lui remontaient de son enfance polonaise. Grand-mère Polska se penchait de nouveau sur le berceau du Chauve.

Grand-mère Polska lui faisait réciter ses prières. Grand-mère Polska racontait. Elle disait l'histoire d'un shtetel sur le bord de la Vistule où des sacrificateurs à papillotes passaient la nuit du vendredi à cisailler les petits garçons. Et, disait grand-mère Polska, les plaintes de ces martyrs remontent le fleuve, de Gdansk à Varsovie, sur le souffle glacé de la Baltique, pour tourmenter l'âme des petits chrétiens endormis : « Dors bien, mon chéri. » Le Chauve se réveillait à l'équerre : cette engeance était plus terrible que sa propre femme ! Ils ne faisaient pas d'anges, ils les découpaient tout vivants.

Vint la nuit où le Chauve décida de ne pas se coucher. Il revêtit son alpaga le plus immaculé, y noua une cravate blanche, y piqua un œillet blanc, prit la main d'Isabelle, et partit en pogrom. Il avait besoin de la petite pour flairer les tissus. Pour le reste, il n'avait besoin que de sa foi, de ses poings, et de son tracteur Latil avec ses trois remorques et ses quatre roues motrices.

Isabelle reniflait les meilleures chutes à distance. Le Chauve empoignait les poubelles et les vidait dans ses remorques. Il ne sentit le danger qu'à la cinquième poubelle. Personne, dans cette rue du Pont-aux-Choux, pourtant. Mais, disait grand-mère, « les Juifs croient aux fantômes au point de se rendre invisibles. Ils sont partout et on ne les voit nulle part ». Le Chauve lança son poing d'où venait l'attaque. Le poing rencontra un visage et le Chauve entendit un corps s'effondrer, très loin de l'impact. Il ne se soucia pas de ce qu'il venait d'abattre là, il vida la poubelle dans sa remorque et poursuivit sa route, comme un archange vendangeur.

*

— C'était mon grand frère qu'il venait de tuer, cet antisémite de merde.

A quelque cinquante années de là, Loussa, nègre de Casamance, hochait la tête au chevet de son ami Malaussène.

228

— Bien sûr, tu n'es pas d'humeur à compatir, mais tout de même, ça me fait quelque chose d'y repenser.

Malaussène était horizontal.

— Un seul coup de poing, et le visage de mon frère aussi aplati qu'une mouche sur le coin d'un buffet.

Malaussène pouvait tout entendre.

— Mais c'est cette même nuit que j'ai rencontré Isabelle pour la première fois.

La voix de Loussa avait fondu.

— Pendant que mes frangins chinaient, souvent je me planquais, moi. Je me trouvais un coin peinard, quelque chose de confortable, près d'un réverbère, et je sortais un bouquin de ma poche.

*

Quand, cette nuit-là, l'énorme visage de la petite s'était penché sur la poubelle de Loussa, Loussa avait d'abord cru à une éclipse de lune. Ou qu'on lui avait fauché son réverbère. Mais il avait entendu une voix :

— Qu'est-ce que tu lis ?

C'était une voix sans souffle, éraillée, de petite fille asthmatique. Loussa répondit :

— Dostoïevski. *Les Démons.*

Une main incroyablement potelée fit irruption dans sa poubelle.

— Prête-le-moi.

Loussa tenta de se défendre.

— T'y comprendras rien.

— Vite ! Je te le rendrai.

Deux prières dans cette voix : il fallait prêter, et il fallait faire vite. Isabelle fut la toute première femme à qui Loussa eût cédé. Et la seule qui ne le lui fit jamais regretter.

— Surtout, ne bouge pas.

Elle couvrit la poubelle d'une feuille de carton qui traînait là, elle fit non de la tête au Chauve qui s'approchait, et passa à la suivante.

Lorsque les frères de Loussa ramenèrent le corps de leur aîné à la maison, ils ne purent pas fournir à leur père plus d'explications que les biffins n'en avaient donné au Chauve.

— On a été attaqués par un fantôme.

— Un fantôme tout blanc sur un tracteur Latil.

— Les fantômes ne conduisent pas de tracteur, dit le père. Superstitions de nègres.

— On ne redescendra plus là-bas, répondirent les fils.

Quant au Chauve, il ne sut pas d'abord à qui il venait de déclarer la guerre. Il était rentré à la maison vainqueur de la nuit juive, voilà tout. Il y retournerait la nuit prochaine. Mais, quand il revint de cette seconde expédition, ses propres entrepôts étaient en flammes. Le feu avait été allumé par un colosse africain aussi crépu qu'il était chauve, aussi noir qu'il était blanc, et que ceux de sa race prenaient aussi pour un prince, un prince de la Casamance, roi de Zinguapor, venu nous faucher nos taxis, quand il n'avait été que le majordome d'un marchand d'arachides auquel il avait cassé la tête un jour que l'autre, une fois de trop, l'avait traité de babouin géant. Le prince de Casamance dédaignait les taxis. Il régnait sur les poubelles du Marais, mais c'était pour habiller son monde à lui, pas pour partager avec le Chauve.

*

— Bref, je te passe les détails, petit con, mais ces deux-là ne pouvaient pas s'éviter éternellement. Tous les ingrédients étaient rassemblés pour un duel mythique. Le duel eut lieu une nuit de pleine lune, et ce fut la fin de mon enfance. On les a retrouvés morts tous les deux, dans la pure tradition de la biffe, de la barbaque partout, dépiautés à coups de crochet.

230

La respiration de Malaussène était à ce point artificielle qu'il ne semblait pas tout à fait réel non plus.

— Et Isabelle, me diras-tu ?

C'était sans doute la question qu'aurait posée Malaussène, oui.

— Eh bien, pendant que les deux grands s envoyaient au ciel, Isabelle m'avait retrouvé dans ma poubelle favorite. Elle avait lu le Dostoïevski, elle me le rendait comme promis. « Tu y as compris quelque chose ? j'ai demandé. — Non, rien. — Tu vois... — Mais ce n'est pas parce que le livre est compliqué. — Ah bon ? — Non, c'est autre chose. » (Je te rappelle, petit con, qu'à deux rues de là nos papas s'étripaient.) « C'est quoi, alors ? — C'est Stavroguine », a répondu Isabelle. Elle avait la même tête que maintenant. Impossible de lui donner un âge. « Stavroguine ? — Oui, Stavroguine, le personnage principal, il cache quelque chose, il ne dit pas la vérité, c'est ça qui rend le livre si compliqué. — Comment tu t'appelles ? — Isabelle. — Moi, c'est Loussa. — Loussa ? — Loussa de Casamance. » (On entendait le souffle des papas-colosses, on entendait le cliquetis des crochets.) « Loussa, il faudra qu'on se revoie quand ce sera fini. — Oui, il faudra qu'on se revoie. — Il faut qu'on se revoie toujours. » C'est à ça qu'on comprenait que c'était une gamine. Mais, en y réfléchissant bien, « jamais » et « toujours » sont encore dans son vocabulaire d'aujourd'hui.

« Après les deux enterrements, on nous a flanqués en pension. Deux pensions différentes, bien sûr, mais on a vaillamment tenu le coup. On se voyait aussi souvent que possible. Les murs sont faits pour être sautés.

« Et maintenant, écoute bien, petit con. Le 9 juillet 1931, on a visité ensemble le Palais des colonies, Isabelle et moi. Les colonies, c'était un peu moi, si tu vois ce que je veux dire. Donc, on s'envoie le Palais des colonies, et voilà qu'on tombe sur le premier bibliobus. Deux mille cinq cents bouquins sur un moteur de dix chevaux. La culture à roulettes. Peut-être pour faire visiter la Casamance aux Trois Mousquetaires... Tu imagines notre enthousiasme !

« On s'est fait balader dans tout Paris avec une bande de mioches, des bouquins ouverts sur les genoux.

« Retiens bien cette date, le 9 juillet 1931, c'est la vraie date d'Isabelle. Elle a dégoté un tout petit bouquin dans les rayonnages, elle m'a dit : « Regarde. » C'était *La Confession de Stavroguine*, la dernière partie des *Démons* de Dosto, tirée à part chez Plon, je crois. Isabelle s'est mise à lire comme s'il s'agissait d'une lettre personnelle. Et tout de suite elle a pleuré. Attendrissement des bibliogirls, tu penses : « Comme c'est beau, une petite qui pleure sur un roman... » Elle a pleuré tout au long de sa lecture et ça n'avait rien de beau. Déshydratation complète. J'ai cru qu'elle allait se faner sur place, tomber morte-sèche. Le bus a dû nous cracher sur son parcours. Ils ne pouvaient pas se permettre une enfant noyée dans ses larmes le jour de l'inauguration. Debout sous le lion de Denfert, Isabelle m'a regardé :

« — Je sais pourquoi Stavroguine se conduisait comme un fou dans *Les Démons*.

« Ses yeux étaient secs comme des pierres à feu, maintenant. Je n'avais qu'une idée : la remplir de flotte pour qu'elle puisse pleurer encore une fois dans sa vie.

« — Il a violé une petite fille.

« Qu'est-ce que je pouvais répondre à ça ?

« — Et tu sais ce qu'a fait la petite fille, Loussa ?

« — Non.

« — Elle l'a menacé du bout du doigt.

« — C'est tout ?

« — Qu'est-ce qu'une petite fille peut faire de plus, d'après toi ?

« — Je ne sais pas.

« — Elle s'est pendue.

« Là, elle a encore lâché une rafale de sanglots secs. C'était terrible, parce qu'avec sa tête si molle déjà, et son corps comme un os, j'avais peur qu'elle s'empale sur elle-même.

« — Moi, quand je serai grande...

« Elle étouffait.

« — Quand je serai grande, je serai inviolable.

« Et brusquement, elle a lâché son rire de victoire, tu sais, son rire chuinté... Ses mains ont dessiné dans l'espace la silhouette de son énorme tête fichée sur le pieu de son corps, et elle a répété en rigolant :

« — Comme maintenant : inviolable !

*

Loussa avait déjà un pied dans le couloir de l'hôpital, la main sur la poignée de la porte, et le vague désir de se faire descendre en sortant. Il se retourna vers l'ami comateux :

— C'est ça qu'il faut lui expliquer à ta Julie, petit con, on ne tire pas sur une femme qui a une petite fille pendue dans la tête.

30

C'est vrai, Julie, nom de Dieu, arrête le massacre, cesse le feu, dépose les armes, laisse tomber ! Qu'est-ce que c'est que ces histoires de vengeance ? Tu fais comme tout le monde, maintenant, tu trouves des *responsables* ? Chabotte m'a fait descendre, Gauthier travaillait pour Chabotte, Calignac payait Gauthier, Zabo employait Calignac, Loussa aime Zabo... Tous responsables, alors ? Où vas-tu t'arrêter, Julie ? Où vas-tu tracer les frontières de l'innocence sur le vaste continent de la culpabilité ? Parce qu'il n'y a aucune raison pour que tu t'arrêtes quelque part, réfléchis deux secondes, bordel ! Bâillonne ton foutu cœur de femme ! Chabotte trônait au sommet de la montagne hiérarchie, est-ce que tu vas flinguer toute la hiérarchie de Chabotte ? Tu vas bousiller Coudrier, Caregga, Thian, le Quai des Orfèvres ? Et quand tu auras fini de nettoyer ce côté-là, il te restera encore des balles dans ton chargeur pour t'attaquer à tous les autres ? La vengeance est le territoire infini des à-côtés, Julie. Ton gouverneur de père ne te l'a pas assez expliqué ? Le traité de Versailles a fabriqué des Allemands brimés qui ont fabriqué des Juifs errants qui fabriquent des Palestiniens errants qui fabriquent des veuves errantes enceintes des vengeurs de demain... Est-ce que tu vas vraiment exécuter les employés du Talion jusqu'au dernier, Julie ? Et pourquoi pas la tribu Ben Tayeb, tant que tu y es, ou ma petite famille ? Clara, par exemple, qui a pris de si jolies photos de J.L.B., Jérémy et le Petit qui me faisaient si bien

réviser les interviouves de J.L.B., tous responsables, non ?
Pas au même *degré* ? Mais il n'y a pas de *degré* en terre de
vengeance, Julie ! Pays sans climat, ça ! Contrée mentale !
Pas la moindre variation atmosphérique ! Planète sans
humeur, macro-climat des certitudes ! Rien qui vienne
troubler la chaîne des réactions en chaîne : le responsable
abattu désigne le responsable d'à côté avant de s'écrouler, le
coupable passe la balle au coupable et dame Vengeance fait
son ménage, aveugle, comme toutes les moissonneuses.
Arrête, Julie ! Rengaine ! Tu vas te faire des ampoules aux
doigts que Thian ne t'a pas encore coupés, et quand tu auras
flingué tout ce qui bouge, c'est moi que tu viendras achever,
en bonne logique de vengeresse ! Tu te rappelles la scène que
tu m'as faite avant de me quitter ? Oui ? Non ? Responsable,
tu disais, coupable de ne pas être mézigue, le crime des
crimes, selon toi !

En vérité, Julie, je te le dis, les choses ne se passeront pas
autrement, tu finiras par venir débrancher en moi cet autre
qui t'a privée de moi. Ce sera par un soir d'hiver — une aube,
plutôt, les exécutions ont toujours lieu à l'aube, histoire de
nous faucher une vie plus un jour — une aube d'hiver, et je
serai là, allongé, ma peau en éveil, tous mes vibratiles
dehors, dans l'attente hérissée de Berthold, cet allumé qui
veut m'éteindre. Et voilà que mes papilles capteront la
vibration de ton pas, car l'air palpite, autour de nous, Julie,
tu le savais ? Et notre peau passe sa vie à décoder ces
battements-là, le savais-tu ? « Ce n'est pas Berthold, me dira
ma peau, détends-toi, Malaussène, c'est ta Julie », et ce sera
toi en effet, et je te reconnaîtrai aussi sûrement que je capte
les éclats de Jérémy, la voix paisible de ma Clara, le
battement double de son cœur d'enceinte, les brèves
décharges de Thérèse, les trilles du Petit qui parle encore la
langue ahurie des oiseaux, toute joyeuse du son des mots...
Je te reconnaîtrai, Julie, dès ton premier pas dans le couloir,
je ne t'entendrai pas, non, mais l'air que chasse devant toi
ton grand pas de baroudeuse viendra battre à ma peau, et je
te reconnaîtrai, car il n'y a pas deux démarches comme la

tienne en ce bas monde, si puissamment animée par la certitude d'aller quelque part.

*

Ainsi songeait Malaussène en son coma dépassé. S'il sortait un jour du tunnel que cette balle avait creusé en lui, il n'irait pas raconter aux caméras ces histoires radieuses des post-mortem qui en sont revenus (divines surprises aux couleurs boréales, repos de l'esprit, paix du cœur, orgasme de l'âme), non, il dirait seulement sa peur de Berthold le débrancheur, ses soucis d'ici qui ressemblaient fort à des soucis vivants. Il ne pensait pas sérieusement que Julie viendrait l'achever. C'était manière de ne pas penser à Berthold, petite ruse. Il évoquait Julie. Il taquinait leur amour. Il glissait vers elle, bras ouverts, le long de la ligne verte qui traversait l'écran. Il fuyait l'image de Berthold pour se réfugier dans l'image de Julie. Jérémy l'avait sauvé une fois, mais les salauds ne s'amendent que le temps de leur peur, et Berthold n'aurait pas peur indéfiniment du bistouri de Jérémy, Berthold n'avait peur que de Marty. Or voilà que Marty tournait au Japon, conférences, pour le bien de la santé nippone. Marty, Marty, pourquoi m'as-tu abandonné ? Quand la vie ne tient qu'à un fil, c'est fou le prix du fil ! Mais vivait-il seulement, Malaussène ? Coma dépassé... mort cérébrale... le vide... il n'était pas porté à contester les diagnostics... « Ce type est mort ! Cliniquement mort ! » Berthold plantait les pieux de la certitude... « Lésions irréversibles du système nerveux central ! »... « Trotski et Kennedy se portaient mieux que lui ! ». La voix-Marty répondait avec fermeté mais sans conviction : « Coma *prolongé*, Berthold, vivant à part entière ! » Ça sonnait faux, ça sonnait affectueux, désolé, mais pas scientifique, pour une fois. Marty répondait contre lui-même. Il fallait de la science, face à la science de Berthold. Alors, Thérèse avait dressé la sienne toute droite : « Absurde ! » Les points d'exclamation de Thérèse, c'était autre chose. Pas un bûcheron au monde n'aurait pu en venir à bout. « Benjamin mourra dans son lit à l'âge de quatre-vingt-treize ans ! » Tu parles d'une consolation... Toute cette durée à tirer au plumard... Les années immobiles, ça se fissure, ça suinte, ça dégouline par en dessous, et ça finit sur un matelas vibratoire comme dans un motel spécialisé... Malaussène avait aussi des visions de figues poisseuses grillant leur jus sur des claies en plein soleil... Quatre-vingt-treize ans... Merci, Thérèse ! « Utiliser nos lits pour cultiver des légumes, ça va se savoir, mon vieux, ça va se savoir ! »... Mais, bon Dieu, comment fais-je pour *entendre* ça — lui qui n'entendait plus, justement, au dire de l'Académie — et comment fais-je pour *penser* — lui dont le cerveau déroulait à perte de vue la pelote de ses idées en un seul fil sans but ni sursaut, encéphalogramme plat, cheveu d'ange mort —, comment suis-je renseigné, et *qui* renseigne-t-on en moi, d'ailleurs, puisque je n'y suis plus ?...

Pas douteux, pourtant, qu'il sût tout, comprît tout, retînt tout, depuis les tout premiers instants où cette balle l'avait aligné, tout, la cavalcade aux urgences, l'ouverture et la fermeture de sa boîte à songes par les toubibs ennemis, la visite continue de la famille à l'hôpital (ils venaient rarement en bande, ils se distribuaient les heures, de façon qu'il ne fût jamais seul ni jamais encombré, ils lui parlaient comme s'il était toujours à part entière, consigne pertinente de Thérèse — la seule d'ailleurs à ne pas lui adresser la parole)... D'où venait qu'il les reconnaissait, les siens, ses siens à lui, Jérémy braillant un 20 sur 20 en chimie (méfiance, il y a danger pour tout le monde quand ce môme se met à cartonner en chimie), Clara lui annonçant les performances de son Clarence portatif : « Il bouge, Ben, il donne des coups de pied » (ça promet...), les amours colossales de Julius le Chien narrées par le Petit, les leçons chinoises de Loussa, la trouille de Loussa pour Zabo, les lectures que lui faisait Loussa pendant ce qu'il supposait être une bonne partie de la nuit : « Voilà ce qu'on sort en librairie cette semaine, petit con, c'est tout de même mieux que du J.L.B., non ? » Etait-il donc vivant, pour que Loussa s'autorisât encore l'humour à ses dépens ? Ou bien était-ce cela, la mort, justement, planer délicieusement dans l'affection des siens, sans engagement de sa part, soulagé du droit de réponse en même temps que de la pesanteur, jouisseur à perpète de l'intimité des aimés, vive la mort, donc, si c'était cette vie-là !... Mais non... trop beau... ils finissaient par sortir de sa chambre, les aimés, tous, jusqu'à Loussa, venu le dernier, et la pensée-Malaussène ne les suivait pas, aucunement affranchie de l'attraction terrestre, écrasée là, au contraire, sur ce lit, par ce corps, et Malaussène restait seul, un hôpital autour de lui.

Alors revenait la peur de Berthold le débrancheur. Et avec elle, la preuve qu'il était bien vivant, puisque cloué ici par cette peur de mourir. C'était peut-être, cette peur, la seule cause de son mutisme encéphalographique. Son cerveau, bâillonné par la terreur, faisait le plat. Il filait une ligne résignée sous l'œil sécateur de Berthold. Inexpressif, comme on l'est devant les douze du peloton. Bien sûr, son cerveau n'aurait pas dû, bien sûr, il fallait se cabrer, tracer les pointes aiguës de la panique, saturer l'écran de sommets et de gouffres, mais qui a jamais vu un condamné réagir face aux fusils ? C'est un sac de patates qu'on fusille, toujours, anéanti avant la salve, à peine moins mort qu'après le coup de grâce. Ultime respect de l'autorité, cette docilité d'apprenti cadavre, dernier coup de chapeau à mère Compétence : « Puisqu'ils m'ont condamné... » Et c'était peut-être bien ce que se disait son cerveau, après tout : « Mort cérébrale ? Puisqu'ils le disent... »

Mais alors, qu'est-ce qui regimbait en lui, si scientifiquement mort ?... Qu'est-ce donc qui attendait la venue de Berthold ? D'où venait cette vigilance quand son cerveau lui-même s'était définitivement allongé ? Il y avait sécession dans son organisme, on ne pouvait se le cacher plus longtemps. Contre le cerveau qui acceptait sans résistance de jouer la troisième personne révolue (« il » est mort, « il » nous manquera beaucoup, « il » était formidable), se dressait une première personne tout à fait résolue : « *Je* » suis là, bien vivant ! « *Je* » t'emmerde, gros foireux, toi, tes deux hémisphères à la con et tes neuf milliards de cellules pyramidales ! « *Je* » ne laisserai pas Berthold me foutre en l'air en coupant ton fil ! « *J'existe aussi !* » et, qui plus est, « *je veux exister* » !

On eût dit une voix haranguant du haut d'une tribune le peuple innombrable de ses cellules non encéphaliques. Une protestation de vie qui prenait des proportions effarantes. Lui qui n'avait jamais milité nulle part se sentait le lieu d'une mobilisation sans précédent, l'amphithéâtre d'un rassemblement où ce qui s'exprimait en sa première personne parlait au nom de sa multitude cellulaire. Et, toutes ces cellules, il les sentait attentives jusqu'aux confins les moins avouables de son corps. C'était une de ces atmosphères de conscience infiniment partagée où explosent les paroles historiques, les formules magiques qui bouleversent l'ordre du monde, la phrase qui change l'homme, le mot qui fait date. Il sentait une vérité mûrir en lui. Elle grossissait. Elle allait éclore d'une seconde à l'autre. Toutes ses cellules, réceptives jusqu'à l'oubli d'elles-mêmes, faisaient une cathédrale de silence où cette vérité allait éclater, et s'inscrire pour l'éternité... au moins l'éternité !

Elle éclata enfin.

Elle explosa sous la forme d'un slogan instantanément mobilisateur : TOUTES LES CELLULES VIVENT PAR ELLES-MÊMES ! HALTE AU CÉRÉBROCENTRISME !

— HALTE AU CÉRÉBROCENTRISME ! reprirent ses cellules en un seul hurlement.

— HALTE AU CÉRÉBROCENTRISME ! gueulait son organisme unanime.

— HALTE AU CÉRÉBROCENTRISME ! criait muettement la forme allongée de Benjamin Malaussène dans la pénombre d'une chambre clignotante.

*

Verte et continue sur l'écran blafard, la ligne encéphalographique n'eut pas le moindre frémissement pour célébrer cette révolution. Et, quand Berthold glissa sa silhouette anguleuse dans la chambre, il n'eut pas même un regard pour ce qui était allongé là, sous le respirateur.

— Allons-y, dit-il à l'infirmière qui l'accompagnait, on a assez perdu de temps comme ça.

31

Ni Clara, ni Thérèse, ni Jérémy ne surent ce qui les avait réveillés d'abord cette même nuit, du hurlement du Petit ou de la longue, profonde et sanglotante plainte du Chien. Le premier réflexe du vieux Thian fut de se précipiter sur Verdun. Poings noués, yeux ouverts, l'enfant fixait la nuit. Son berceau tremblait autour d'elle, au bord de la dislocation. Une seconde de plus, Thian le savait, elle explosait.

Le Petit faisait son rêve.

Le Chien piquait sa crise.

Pendant que Thian plongeait dans le berceau de Verdun, Thérèse distribuait des ordres brefs, précis, comme un commandant propulsé sur la passerelle par un coup de tabac imprévisible.

— Jérémy, mets ses lunettes au petit ! Clara, la langue de Julius ! Empêche-le d'avaler sa langue !

— Où est-ce qu'il les a foutues, ses lunettes ?

— Sur la table de la salle à manger, à côté de son livre de lecture.

— Aide-moi, Thérèse, je n'arrive pas à lui ouvrir les mâchoires !

— Laisse-moi faire, appelle Louna, qu'elle envoie Laurent. Oncle Thian, comment va Verdun ?

— Elle se calme.

— Les lunettes ne sont pas sur la table, bordel de merde !

— Dans la poche de sa salopette, alors.

— Louna ? Allô, Louna ? C'est Clara. Julius fait une crise d'épilepsie.

A quoi s'ajoutait le réveil de l'immeuble, les premiers coups à pleuvoir sur le plafond de la quincaillerie, le rebond des injures dans la cour, injonctions au sommeil, protestations des lève-tôt, rappel des rythmes de production, honneur bafoué du Travail, scandale, menaces de plaintes au syndic, aux pompiers, à la police, aux asiles, énumération des griefs antérieurs, prévision des délits futurs, saturation ! saturation ! Une formidable masse sonore mais toute traversée par le cri du Petit, un chœur de haine universelle, mais chaviré par les lamentations de Julius le Chien qui s'orientait vers un hurlement de femme folle, façon début du siècle, quand l'hystérie valait encore son pesant de terreur.

Puis le silence soudain.

Silence du Petit, à qui Jérémy venait de mettre ses lunettes, ce qui le réveillait instantanément, depuis toujours.

Silence de Julius, dont Thérèse venait de récupérer la langue, là-bas, dans le gouffre à terreur de sa gorge.

Silence de l'immeuble, vaguement honteux de se retrouver seul à gueuler. Lumières qui s'éteignent une à une. Volets qu'on referme.

Puis, crescendo, les questions de Jérémy au petit :

— Tu rêvais, le Petit, à quoi rêvais-tu ?

— C'était un monsieur...

— Oui...

— C'était un monsieur.

— Un monsieur comment ? Il était comment ?

— Un monsieur blanc.

— Vas-y, essaie de te souvenir, pour une fois. Qu'est-ce qu'il faisait, le monsieur blanc ?

— C'était un monsieur blanc.

— D'accord, tu l'as déjà dit, qu'est-ce qu'il faisait, dans ton rêve ?

— Il était tout blanc, un manteau blanc, un chapeau blanc, un masque blanc.

242

— Il portait un masque ?

— Oui. Un masque sur son nez et sur sa bouche.

Jérémy à Thérèse :

— Tu entends, Thérèse ?

Thérèse entendait.

— Il était comment, son chapeau, dis-nous comment il était ?

— Il avait pas de bords. C'était comme un bonnet.

— Un bonnet blanc, Thérèse. Continue, le Petit, ne t'arrête pas...

— Il tenait une épée.

L'épée était encore dans la tête du Petit, et peut-être dans l'œil fou du chien qui gisait là, rêche et gonflé comme une charogne du désert, ses quatre pattes accusant le ciel.

— Et alors ?

— Il est entré dans la chambre de Benjamin.

Le Petit se recroquevillait.

— Il est entré dans la chambre, Thérèse, tu entends ? Berthold est entré dans la chambre de Benjamin !

*

— « Benjamin mourra dans son lit à l'âge de quatre-vingt-treize ans ! » Espèce de conne, c'est toi qui disais ça, non ? « Benjamin mourra dans son lit à l'âge de quatre-vingt-treize ans... » Tu parles ! Avec un type comme Berthold pour le border, peut-être ? Pourquoi vous m'avez empêché de dormir dans sa chambre, Clara et toi, de rester à l'hosto, de veiller sur lui ? Pourquoi, Thérèse ? Mais réponds-moi, putain de merde ! Parce que Thérèse sait tout ! Parce que Thérèse a toujours raison ! Parce que Thérèse, c'est ce con de Dieu en mieux ! Non ? Dis, non ? Ecoute, Thérèse, je vais me le faire ce salaud de Berthold, je vais le bistouriser jusqu'à la dernière goutte, comme ça tu auras un frère débranché et un frère éventreur, tu auras gagné le gros lot et Clara pourra prendre de jolies photos ! Vous êtes deux connes, vous êtes tous des cons, et quand ce sera fini je ferai cramer les

Editions du Talion, je partirai de la maison, j'irai rejoindre Julie et on fera tout sauter. C'est la seule, Julie, et c'est pour ça que Benjamin l'aimait ! Qu'est-ce que vous faites pendant qu'elle est en train de le venger, votre frère chéri, tu peux me le dire ? Vous le laissez entre les mains de Berthold ! Voilà, ce que vous faites ! Vous retournez à vos petites vies peinardes et vous le laissez à Berthold. La mère Clara autour de son ventre, et toi, Thérèse, dans tes étoiles à la con, celles qui te disent que Benjamin *mourra à l'âge de quatre-vingt-treize ans !* Qu'est-ce qu'il y a de plus con qu'une étoile, au monde ? Il y a Thérèse ! Plus conne que toutes les étoiles réunies ! C'est la seule chose qu'elles écrivent dans leur firmament, les étoiles : gloire à la connerie de Thérèse ! Trop heureuses, les étoiles, d'avoir trouvé plus conne qu'elles, depuis des millions d'années-lumière qu'elles cherchaient ! Et c'est sur la planète Terre qu'elles l'ont enfin dégotée, celle qui grouille de cons, celle qui chlingue le plus, la plus paumée des planètes, celle où poussent les Thérèse, les Berthold et les Chabotte ! T'as de la chance d'être ma sœur, Thérèse, je te le dis, parce que Berthold, Chabotte ou toi ça ferait pas beaucoup de différence sinon ! Tu m'écoutes ? Tu m'écoutes pas, hein ? Je parle pour les étoiles ! Eh bien demande-leur, aux étoiles, demande-leur officiellement ce que moi Jérémy, ton frère, j'ai l'intention de faire, demande-leur ce que j'ai dans la tête et dans la poche, et tant que tu y es, demande-leur combien il a de temps devant lui, le Berthold, ça pourrait lui être utile pour mettre en ordre ses petites affaires...

*

Cela dit (Jérémy) en fonçant vers l'hôpital dans la voiture de Thian, toute sirène dehors, cela dit (et davantage encore) en serrant dans sa poche un coupe-moquette à la lame brève, triangulaire (ils avaient décidé de retaper la quincaillerie pour le retour de Benjamin mais n'en étaient encore qu'au stade préliminaire des engueulades), cela dit dans les couloirs luisants qui menaient à la chambre de Benjamin, et s'ils n'avaient pas su où elle se trouvait, cette chambre, ils l'auraient dénichée les yeux fermés.

Mais ils étaient devant sa porte maintenant.

Après tant de mouvement, leur propre immobilité les surprit. Et leur silence.

Ils étaient devant cette porte. Il y avait une vérité derrière. Ça retient toujours.

Le double corps de Thian et de Verdun faisait écran entre la porte et Jérémy.

— Ouvre, oncle Thian.

C'était dit sans conviction. Il fallut la voix de Thérèse, tellement silencieuse jusque-là :

— Oncle Thian, ouvrez cette porte.

*

Non, Benjamin était là. Allongé parmi les clignotements de ses machines. Une sorte de Benjamin alternatif, comme une promesse de néon. Mais c'était bien lui. Scrupuleusement branché. Un peu plus immobile, peut-être, dans cette lueur intermittente. Et dans l'hôpital qui dormait. Et dans la ville, autour, tellement assoupie tout à coup. C'était à se demander ce qu'ils fichaient ici tous les quatre, seuls verticaux sur cette moitié de la planète. Thian, Jérémy et Verdun retenaient leur cœur. Juste Thérèse, posant sa main bien à plat sur la poitrine de Benjamin — respiration, oui —, soulevant les paupières de Benjamin — même œil, même iris, même vide —, prenant son pouls entre les bouts froids de ses doigts — ni plus ni moins lent —, interrogeant les machines de son œil farouchement inapte aux choses de la technique, mais détecteur de mensonge, ô combien! Les machines ne mentaient pas. Elles continuaient à entretenir Benjamin en sa vie intérieure avec tout le confort que cette fin de siècle mettait à sa disposition. Cela mangeait, cela respirait, cela éliminait pour lui. Benjamin se reposait. La

245

technique prenait le relais. La fin de siècle vivait à la place de Benjamin. Il en avait bien besoin, le pauvre, lui qui depuis si longtemps épuisait sa présence en ce monde. Il le méritait, ce repos. C'était l'opinion de Thérèse.

— Rentrons, dit-elle.

32

Comment ça, « rentrons » ?

Est-ce possible ? Des milliards de cellules non encéphaliques hurlent dans la nuit et les êtres qui leur sont le plus proches s'en retournent chez eux sans les entendre ! Un corps tout entier se vide en clameurs et ceux qui sont au pied du lit ne perçoivent rien ! Quel espoir, pourtant, quand ils sont entrés dans la chambre ! Comme on s'est passé la nouvelle ! Quel accueil ! « C'est Jérémy, c'est Thérèse, c'est le vieux Thian et c'est Verdun ! » Les corpuscules du tact jouant on ne peut mieux leur rôle de sentinelles dermiques, transmettant l'information à l'hypoderme, sermonnant les cellules graisseuses : « Secouez-vous, transmettez directement, ne passez pas par le cerveau, il a trahi ! » Et le corps tout entier prévenu par transmission latérale, toutes les cellules averties de la présence des aimés, tous les noyaux en fusion hurlant à la première personne : « Sauvez-moi ! Emmenez-moi ! Ne me laissez pas entre les griffes de Berthold ! Vous ne savez pas de quoi ce type est capable ! »

Mais voilà Thérèse qui palpe, poulse, pense...

Et dit :

— Rentrons.

VI

LA MORT
EST UN PROCESSUS RECTILIGNE

Où est-ce que j'ai bien pu lire ça ?

33

Le commissaire Coudrier n'en crut pas ses oreilles quand le labo lui annonça la nouvelle, ni ses yeux quand l'envoyé du labo déposa l'évidence devant lui. Le commissaire divisionnaire Coudrier n'en mourut pas de stupeur pour autant. Il changea tout simplement d'oreilles et chaussa ses yeux de flics. Gisant sur son maroquin, dans une irréprochable petite boîte de chirurgie, la vérité lui parut tout de même assez stupéfiante. Stupéfiante mais professionnellement acceptable, tout à coup. Ils s'étaient tous trompés, voilà tout, lui le premier. Auto-aveuglement.

— Elisabeth, soyez gentille, préparez-moi un bon café.

Une pareille négligence, après tant d'années de métier... Décidément on n'apprend rien. D'une légère pression du pied, le commissaire divisionnaire Coudrier baissa l'intensité de sa lampe à rhéostat.

— Et vous prierez l'inspecteur Van Thian de passer me voir... sans bébé sur le ventre, si possible.

*

Mais ce n'était pas possible. Quand l'inspecteur Van Thian s'assit en face de son supérieur, le regard de Verdun sauta sur le divisionnaire.

Silence.

Silence jusqu'à ce que l'inspecteur Van Thian consentît à orienter la tête de l'enfant vers le Napoléon de bronze.

— Merci.

Nouveau silence. Mais de ceux qui précèdent les questions fondamentales, cette fois.

— Dites-moi, Thian, pourquoi êtes-vous entré dans la police ?

« Pour cause de certificat d'études et d'après-guerre », aurait répondu l'inspecteur Van Thian si son chef avait réellement souhaité une réponse. Mais le divisionnaire poursuivait un monologue. Le divisionnaire était en voyage intérieur. Thian le pratiquait depuis longtemps.

— Et moi, savez-vous pourquoi je me suis fait flic ?

« Le genre de question que se posent les tout jeunes à l'orée de leur carrière et les très vieux, se dit l'inspecteur Van Thian, ou Coudrier, chaque fois qu'une couille tombe dans son potage. »

— Je suis entré dans la police pour aller au-devant des surprises, Thian, par horreur de l'imprévu.

« Tout comme Clara fait de la photographie », songea l'inspecteur Van Thian. Et, tant qu'il y était, l'inspecteur Van Thian s'offrit sa propre croisière intime. Certificat d'études, oui, après guerre, c'était vrai, mais il était aussi entré dans la police pour que sa pèlerine dessinât quelqu'un autour de lui, pour que sa bicyclette traçât les frontières de son territoire. Il souffrait d'une certaine indéfinition dans sa jeunesse, mi-blanc mi-jaune, un titi du Tonkin, Hô Chi Minh avec la voix de Gabin, Louise, sa mère parisienne, dans le pinard, et Thian de Monkaï, son père annamite, dans le pavot. Alors, lui, flic. Et, battant sous sa pèlerine, un cœur enfin hexagonal.

— J'aurais pu tout aussi bien me retrouver derrière un microscope à traquer les virus du futur, mon cher Thian, c'est d'ailleurs par là que j'ai commencé, la recherche médicale.

L'inspecteur Van Thian, lui, avait commencé par la vente des journaux à la criée, son tout premier boulot, marchand de surprises, justement : « Demandez *Ce soir* ! Ramadier exclut les communistes du gouvernement ! », « *L'Equipe*

épique ! Robic gagne le premier Tour de l'après-guerre »,
« Lisez *Combat* : l'Inde indépendante ! », « Chaud, *Le Figaro*
chaud ! L'avion de Leclerc s'écrase en Algérie ! ».

Un petit bonhomme tout jaune semant les confettis du
monde...

— Mais il y a pire que l'imprévu, Thian... ce sont les
certitudes !

Le divisionnaire Coudrier soliloquait au fond de sa verte
lumière. Thian en profita pour malausséner un brin.

Après ce coup de feu tiré sur Benjamin, il n'avait plus été
question de lire une seule ligne de J.L.B. aux enfants, bien
sûr. Grand désarroi dans la demeure. Que faire de la nuit
tombée ? Les gosses étaient en manque. Alors, Clara avait
fait une suggestion : « Et si vous nous racontiez votre vie,
oncle Thian ? » Ma vie ? Il en était resté tout nu. Comme si
on venait de lui apprendre qu'il avait vécu. « C'est une
bonne idée », avait lâché Thérèse. « Ouais, tes enquêtes... »
Jérémy s'était rué sur son plumard. « Et comme tu étais
quand tu étais petit !... » Ils avaient plongé dans leur
pyjama. Ma vie ? Ils l'avaient assis sur son tabouret de
conteur. Ils attendaient qu'il vive.

— Oui, monologuait le divisionnaire Coudrier, ce sont
nos certitudes qui nous ménagent les pires surprises !

C'est pourtant vrai qu'il n'y a pas de surprise sans
certitude, admit l'inspecteur Van Thian. Ma vie ? Il s'était
senti aussi cloué que si Thérèse lui avait demandé de prédire
l'avenir. « Votre premier amour... », avait murmuré Clara.
« Oui, raconte-nous ton premier amour, oncle Thian ! »
« Pre-miè-ra-mour ! pre-miè-ra-mour ! » Ça prenait des
cadences de plébiscite. Thian n'avait pas eu de premier
amour, Thian n'avait eu que Janine, depuis toujours, il était
passé direct des boxons de son adolescence à Janine la
géante qui vendait de l'amour, précisément, dans un bordel
toulonnais, Janine depuis toujours, en somme, et jusqu'à la
fin de Janine, comme si Thian s'était octroyé le monopole de
l'amour. Il en avait fait, des veufs, en enlevant Janine ! Tous
les marins de la rade. Mais peut-on raconter ça à des

enfants ? Il se posait encore la question alors qu'il leur racontait Janine depuis deux bonnes heures...

— Fichu métier, Thian...

Le divisionnaire Coudrier remontait lentement à la surface. Dans un moment sa lampe cracherait tout son ciel et l'inspecteur Van Thian saurait pourquoi son chef l'avait convoqué.

Thian avait raconté aux enfants le tintouin autour de l'enlèvement de Janine. Un scandale pire que s'il l'avait soufflée à un couvent. Une kyrielle de cousins corses lui étaient tombés sur le poil. Ils toléraient que leur cousine gagnât leur argent de poche (affaire de tradition) mais s'offusquaient qu'elle optât pour un amour jaune (affaire de principes). La poursuite infernale. Un vrai tour de France de la vindicte familiale. Des calibres en folie qui voulaient transformer leur amour en passoire. C'était pour porter Gervaise, la petite de Janine, que Thian avait mis au point ce baudrier de cuir dans lequel il trimballait Verdun aujourd'hui. Par temps d'embuscades, Thian faisait un rempart de son corps à Gervaise en l'envoyant derrière son dos. Les balles sifflaient aux boucles de Gervaise. Thian était le seul homme au monde qui eût appris à tirer par amour. Plutôt doué, d'ailleurs. La grande Janine ne se débrouillait pas mal non plus. Un certain nombre de cousins étaient restés sur le carreau. « Et avec ça, tu dis que t'as pas vécu ! » « Tais-toi, Jérémy, laisse oncle Thian raconter la suite. »

— Quels sont, selon vous, la première qualité et le pire défaut d'un flic, Thian ?

— Etre flic, monsieur le divisionnaire.

— Le doute, mon vieux, *le doute* !

Le divisionnaire Coudrier venait d'émerger. Il présentait à la pleine lumière un visage plus impérial que jamais, nimbé de fureur lucide.

— Dites-moi, Thian, sur quoi avez-vous tiré, exactement, l'autre jour, rue Saint-Honoré ?

*

COUDRIER : Dites-moi, Thian, sur quoi avez-tous tiré, exactement, l'autre jour, rue Saint-Honoré ?

VAN THIAN : Sur Julie Corrençon.

COUDRIER : Je ne vous demande pas sur *qui*, je vous demande sur quoi.

VAN THIAN : Sur l'éclat d'une lunette de visée, sur une chevelure de femme, et sur le volume d'une main refermée autour d'une carabine de précision.

COUDRIER : En priorité sur quoi ? La lunette, les cheveux, ou la main ?

VAN THIAN : Je ne sais pas. La main, je crois.

COUDRIER : La main ? Pourquoi pas les cheveux ?

VAN THIAN : ...

COUDRIER : Je vais vous le dire, Thian. Parce que vous ne vouliez pas vraiment tuer la Corrençon.

VAN THIAN : Je ne crois pas. De toute façon, à cette distance...

COUDRIER : Il n'y a pas de distance pour un tireur comme vous, vous nous l'avez prouvé plus d'une fois.

VAN THIAN : ...

COUDRIER : ...

VAN THIAN : ...

COUDRIER : La vérité est que, volontairement ou non, vous avez tiré avant vos camarades pour épargner la Corrençon.

VAN THIAN : Ce n'est pas le souvenir que j'en ai.

COUDRIER : De quelle couleur était cette chevelure ?

VAN THIAN : Rousse, je crois.

COUDRIER : Rousse-rousse, ou vaguement rousse ?

VAN THIAN : Rousse-rousse.

COUDRIER : Auburn, Thian... une perruque auburn. Alors vos souvenirs...

VAN THIAN : ...

COUDRIER : Mettons-nous bien d'accord, je ne mets pas votre bonne foi en doute, je ne me permettrais pas ce genre de fantaisie, nous nous connaissons depuis trop longtemps.

Mettons que vous ayez décidé d'abattre la Corrençon, ne serait-ce que pour lui éviter la suite des événements, ce serait assez dans votre genre. Mettons. Eh bien, quelque chose en vous a épargné cette fille. Le fait que ce soit la femme de Malaussène, peut-être...

VAN THIAN : ...

COUDRIER : ...

VAN THIAN : ...

COUDRIER : Ce sentiment vous honore, Thian...

VAN THIAN : ...

COUDRIER : Et nous a foutus dans une merde noire.

VAN THIAN : Pardon ?

COUDRIER : Jetez donc un coup d'œil là-dessus.

*

« Là-dessus » était une de ces boîtes chirurgicales dont la netteté métallique évoquait irrésistiblement pour Thian l'apparition de la pénicilline, cette brûlure épaisse qu'on injectait dans les fesses des tuberculeux, à partir des années 50, au lieu de les envoyer saupoudrer les alpages avec les restes de leurs poumons. Thian eut la vision brève de sa mère Louise et de la grande Janine, sa femme, la première le tenant plaqué au sol, la seconde visant son cul soudé par la terreur, le rire pénicilline de ses deux femmes préférées : « De nos jours, Thianou, les sanatoriums, on n'y va plus, on vous les inocule. » Au fond, il raconterait peut-être sa tuberculose aux enfants, ce soir, la seule vraie trouille de sa vie, la peur des piqûres...

— Remettez-vous, Thian, je ne vais pas vous piquer les fesses. Ouvrez cette boîte, je vous prie.

Ça glisse un peu entre les doigts, ça manque de prise.

— Donnez.

Et le divisionnaire Coudrier d'ouvrir ça sans problème, et de tendre la boîte ouverte à Thian, comme on offre un cigare. Sauf que, nichés dans le moelleux jauni du coton, ce ne sont pas des cigares qui s'offrent à la vue de Thian, mais deux doigts. Deux doigts coupés. Tout à fait irréels mais absolument là. Deux doigts. Un jaune mat qui fut une chair rosée.

— Votre carton, Thian.

Deux doigts reliés par un lambeau de chair et déployant à leur base une petite auréole de peau déchiquetée. Deux fantômes de doigts. Mais pouvait-il savoir, l'inspecteur Van Thian, pour quelle raison le commissaire divisionnaire Coudrier lui imposait la vision, comme ça, sans sommation, des deux doigts qu'il avait arrachés à Julie?

— Parce que ce ne sont pas les doigts de la Corrençon, Thian.

(Ah bon?)

— Non, ce sont des doigts d'homme.

(De pianiste, alors... de grand délicat...)

— C'est un étudiant en stage à la médico-légale qui en a fait l'observation par hasard. Nous étions tellement persuadés d'avoir affaire à la Corrençon que nous n'avons même pas pris la peine d'examiner ces doigts. Pas mal, non, pour des garçons de notre âge...

Puis, comme si les i avaient absolument besoin de points :

— C'est donc un homme qui nous tirait dessus, du haut de cette fenêtre.

Et, comme si les clous ne pouvaient se passer de marteau :

— C'est un homme que vous avez épargné, Thian.

Coup de grâce :

— Un tueur.

34

Dans ce genre de circonstances, Julie différait peu du reste de l'humanité. Mêmes instincts, mêmes réflexes. Quand l'autre s'était mis à tirer du haut de sa propre fenêtre, Julie avait plongé comme tout le monde, espérant être avalée par l'asphalte. Elle n'avait même pas eu le temps de voir exploser l'épaule de Calignac. Avant les coups de feu, les yeux de Julie couvaient la reine Zabo. Et ce petit Noir qui jouait les gardes du corps avec une détermination si touchante. Loussa de Casamance, sans doute, Benjamin lui en avait souvent parlé. L'ami Loussa gonflait sa maigre poitrine devant le squelette de son amie Zabo. (« Le comique de résolution », avait pensé Julie, citant une expression du gouverneur son père.) Loussa n'avait pas tort de couvrir sa reine. Julie savait que le tueur la voulait. Et l'aurait, si un seul regard de flic s'égarait. Julie s'était approchée de la Reine. Julie comptait sur ses réflexes pour tirer la première sur le tueur. Le revolver d'ordonnance du gouverneur son père gonflait ostensiblement le blouson de Julie. Julie était un flic parmi les flics à la recherche de Julie. Non pas un flic en uniforme — Julie n'avait aucun goût pour l'opérette — mais un flic d'aujourd'hui, blouson, gourmette, tennis, son jeune honneur de mâle attesté par le moule irréfutable des jeans. Julie était un jeune flic mal rasé, aux hanches un peu fortes, certes, mais à l'ostentation naturelle. Un des flics présents aux obsèques de Gauthier, et qui braquait son projecteur sur tout ce qui n'était pas flic. Il y avait là des

policiers d'arrondissement et des inspecteurs de la Crimi-
nelle ; Julie avait misé sur le mélange des genres, sur le fait
qu'ils ne se connaissaient pas entre eux, mais se reconnais-
saient, pourtant, comme membres du même corps. A
l'oreille d'un de ses voisins, ce même costaud à blouson
d'aviateur qui avait extrait Mo et Simon de leur camionnette friteuse, Julie avait même murmuré :

— Une femme qui venge son mec, il n'y a rien de plus
dangereux.

Un soupçon de rocaille dans sa voix naturellement
sablée, son « feulement des savanes », disait Benjamin, et
l'autre avait acquiescé. Julie était une évidence en quête
d'une énigme. Pas plus que ses collègues elle ne savait à quoi
pouvait bien ressembler le tueur embusqué.

Quand Julie entendit la première détonation, elle eut
juste le temps de voir Loussa plaquer sa reine au sol avant
de lécher elle-même le bitume. Coincé contre son sein
gauche, le revolver d'ordonnance du gouverneur son père ne
lui était d'aucune utilité. (En comprimant sa poitrine pour
se déguiser en garçon, Julie s'était ressouvenue d'une phrase
prononcée par la froide Thérèse, lors de leur première
rencontre : « Comment faites-vous pour dormir sur le ventre
avec de si gros seins ? » Privée de mère depuis toujours, la
tribu Malaussène faisait une fixation sur les seins. « Une
fixation, mes choses, ricanait Benjamin, remballe ta quin-
psycaillerie, Julie, et prête-moi tes mamelles. » Benjamin se
nourrissait exclusivement aux seins de Julie.) Il y eut un
second coup de feu, suivi d'une exclamation que Julie prit
pour elle :

— Elle vise bien, la salope !

Puis, un bref silence, et soudain, tout près de Julie, le feu
roulant d'une arme seule, une arme de poing, un gros
calibre.

Julie fut la première, debout à côté de Thian, à tirer sur
la même cible, sa propre fenêtre qui s'émiettait dans
l'espace. Puis les collègues se joignirent. Julie tirait avec une
colère qu'elle ne se connaissait pas, son corps arc-bouté

encaissant le recul formidable de sa pétoire. Julie était d'humeur à encaisser le recul d'un bazooka. Julie aurait décapité cet immeuble. Ses collègues aussi, pour effacer la trouille qui les avait plaqués au sol. Les raisons de Julie étaient plus sérieuses. Julie savait depuis le début qu'elle ne recommencerait à vivre qu'après avoir cloué ce type au bout de sa ligne de mire. Julie eut conscience de cette rage sur son visage, quand elle sentit, pesant sur elle, le regard du vieux Thian. Thian avait tiré sur cette fenêtre en balbutiant des mots inaudibles. Thian regardait Julie sans la reconnaître, les yeux luisants. Julie eut la certitude que Thian l'aurait abattue sur place, elle et quelques autres flics, s'il n'avait pas vidé son chargeur. Au lieu de quoi le vieux policier avait prestement rengainé son arme et quitté le champ de tir en trouant la foule avec le regard de Verdun.

*

— Elle n'est plus dans la piaule.
— Sans blague ?
— Elle est blessée, elle s'est tirée, elle a laissé deux doigts collés au mur.
— Quoi ?
— Le Viet lui a coupé deux doigts.
— S'est barrée avec deux doigts coupés ?
— Le Viet ne lui a pas coupé les jambes !
— Quand même...
— Sacrée nana, hein ?
— Vaut mieux l'avoir dans son plumard que dans le camp d'en face.
— Seule contre tous, Rambo femelle...
De glissements de conversation en glissement de foule, Julie s'était glissée hors du quartier, hermétiquement bouclé, chaque immeuble passé au peigne fin, renforts de police, concert de sirènes, tous les Japonais du coin regrettant d'avoir acquis cette portion Saint-Honoré-Pyramides-Saint-Roch qu'ils croyaient mieux à l'abri de la mort violente.

Julie s'était dirigée vers la rue de Rivoli, où était garée sa voiture, une carte de flic en évidence derrière le pare-brise fumé. Julie avait loué une auto de jeune flic, une 205 GTI, deux fois rayée de rouge, comme sa paire de tennis. Elle était d'humeur à s'offrir les boulevards périphériques, accélérateur au plancher, tourner jusqu'à comprendre. Tourner jusqu'à entrer dans la tête de ce type. A tout hasard, Julie avait conservé une balle dans son barillet. Pour cette tête, justement. Cette tête qu'elle ne connaissait pas. Pourtant elle en savait plus sur lui que toute la flicaille qui venait de faire son siège. Qu'est-ce que savait Julie ? Julie était en pleine énumération.

Premièrement, Julie savait que ce type avait exécuté Chabotte, après qu'elle l'eut interrogé — car elle s'était contentée d'interroger Chabotte.

Deuxièmement, Julie savait que ce type avait exécuté Gauthier, après qu'elle l'eut interrogé — car elle s'était contentée d'interroger Gauthier.

Troisièmement, Julie savait que ce type avait laissé sur le lieu de chacun de ses crimes un bel indice signé Julie : la B.M.W. qu'elle avait louée, abandonnée à l'orée du Bois où l'on avait retrouvé Chabotte, et l'Audi qu'elle avait louée, abandonnée au bord du parc Montsouris où l'on avait retrouvé le cadavre de Gauthier, rue Gazan.

Julie savait que ce type l'avait suivie pas à pas, roue dans la roue, lui fauchant pour chacun de ses crimes une des bagnoles qu'elle n'utilisait pas. Julie savait que ce type connaissait ses identités, toutes : l'italienne, la grecque, l'autrichienne, et sa toute récente vocation d'inspecteur en civil. Ce type connaissait ses planques, ses déguisements, ses ruses, ses itinéraires et ses voitures. Ce type la connaissait, elle, Julie, personnellement, il n'y avait pas à sortir de là. Il la connaissait et voulait lui faire porter le chapeau d'un massacre dont elle ne saisissait pas le sens. Voulait-il l'empêcher d'apprendre quelque chose en abattant ceux qu'elle interrogeait ? Absurde, puisque précisément il les abattait *après* qu'elle les avait interrogés.

261

Ainsi songeait Julie en se dirigeant vers sa voiture de jeune flic impétueux. Qui est-il ? Que veut-il ? Jusqu'où va-t-il aller ?

Etait-elle encore veuve, en cet instant précis, ou de nouveau une journaliste en chasse ? La question, pensait Julie, aurait passionné Benjamin. Pourquoi n'allait-elle pas trouver le premier flic venu, lui expliquer son affaire ? Elle avait la police nationale aux trousses pour des meurtres qu'elle n'avait pas commis. Il lui suffisait d'étaler la collection complète de ses dix doigts sur le maroquin du division-naire Coudrier et son innocence serait prouvée. Deux doigts irréfutables. Au lieu de quoi Julie préférait jouer les cibles vivantes dans une ville grouillant de types mandatés pour l'abattre. Pire, en s'acharnant à débusquer ce tueur, elle égarait les limiers de Coudrier. Le véritable assassin de Benjamin se la coulait douce, à l'abri de la fausse piste Corrençon.

Veuve, donc, ou journaliste ? Les battements de ce cœur, Julie, sanglots étouffés ou délicieuse excitation de la traque ? Lâche-moi, Benjamin, tu veux ? Laisse-moi faire mon bou-lot... Ton boulot ? Mon boulot, Benjamin : arriver la pre-mière ! « Les journalistes, arriver les premiers quelque part ? Tu rigoles ? Enquêtes personnelles ? Mon cul, ricanait Benjamin, tout ce que vous savez faire, aujourd'hui, vous autres journaleux, c'est aller secouer vos petits calepins sous les stylos des flics ! Les voilà vos informateurs ! On com-prend que vous teniez à les garder secrets ! Vous n'êtes plus que les auxiliaires de la police, Julie, vous crayonnez les brouillons des juges d'instruction au nom de la liberté d'information ! » Benjamin et Julie... leur unique source d'engueulade. Mais qui vomissait des torrents.

Julie était blanche de rage quand elle déboucha rue de Rivoli, tout entière dans sa querelle avec Benjamin. Elle savait, à présent, pourquoi elle courait après ce tueur. Une seule raison : prouver à Benjamin que si le journalisme avait encore un honneur, Julie était l'honneur du journalisme ! Avoir le dernier mot, une fois pour toutes. Une autre façon d'être veuve. Non, elle n'irait pas trouver Coudrier, non, elle n'était pas un auxiliaire de la police. Elle mettrait la main sur ce type, seule. Elle débusquerait la vérité, seule. Elle lui flanquerait sa dernière balle dans la tête. Seule.

*

Encore fallait-il qu'elle retrouve sa bagnole.
Mais, rue de Rivoli, plus de voiture.
La place était vacante.
D'accord, pensa Julie.
Compris.
D'autant que, gouttant du trottoir dans le caniveau, à l'exacte place où elle avait garé la 205, une flaque de sang s'évadait en rigole discrète.

35

COUDRIER : Conclusion, Thian ?

VAN THIAN : Si ce n'est pas Julie Corrençon, c'est quelqu'un d'autre.

COUDRIER : Thian, vous avez trop de métier pour vous contenter de ce genre de conclusion.

VAN THIAN : ...

COUDRIER : Que feriez-vous, si vous aviez toute la police française aux fesses et que vous déteniez les preuves de votre innocence ?

VAN THIAN : J'irais les déposer au commissariat du coin.

COUDRIER : A la bonne heure. Seulement Julie Corrençon ne s'est présentée nulle part.

VAN THIAN : ...

COUDRIER : ...

VAN THIAN : Peut-être morte ?

COUDRIER : Du Liban à l'Afghanistan, cette fille a couvert nos pires guerres, elle a fait tomber un ministre de l'Intérieur turc pour trafic de stupéfiants, elle est sortie vivante de prisons thaïlandaises décimées par le typhus, elle s'est opérée elle-même de l'appendicite sur un rafiot, en mer de Chine, on l'a jetée l'année dernière dans la Seine avec des bracelets de plomb aux chevilles... Vous savez tout ça aussi bien que moi, Thian. Cette fille est à peu près aussi mortelle qu'un héros de bande dessinée belge.

VAN THIAN : Belge ?

COUDRIER : Belge. Il paraît que c'est ce qui se fait de mieux dans le genre, d'après mes petits-fils.

VAN THIAN : ...

COUDRIER : ...

VAN THIAN : ...

COUDRIER : Comment se porte votre famille Malaussène ?

VAN THIAN : Le Petit a fait un cauchemar, le chien une crise d'épilepsie, Clara entame son huitième mois, Thérèse voudrait ouvrir un cabinet de voyante, Jérémy prépare une bombe incendiaire et Verdun pousse une molaire plutôt douloureuse.

COUDRIER : Une bombe incendiaire ?

VAN THIAN : Il est en train de mettre au point le système de mise à feu.

COUDRIER : Objectif ?

VAN THIAN : Les entrepôts du Talion, à Villejuif, d'après ce qu'il m'a dit.

COUDRIER : Il vous a dit ça ?

VAN THIAN : A condition que je ne le répète pas.

COUDRIER : ...

VAN THIAN : ...

COUDRIER : Les livres brûlent mal. Surtout en entrepôt. Trop compacts.

VAN THIAN : ...

COUDRIER : Et Malaussène ?

VAN THIAN : Des problèmes de reins. On l'a mis sous dialyse. Mais Thérèse est toujours persuadée qu'il s'en sortira

COUDRIER : ...

VAN THIAN : ...

COUDRIER : Pourquoi la Corrençon ne s'est-elle pas présentée chez nous avec ses dix doigts, bon Dieu ?

VAN THIAN : Elle ignore peut-être que j'ai coupé deux doigts à ce type.

COUDRIER : M'étonnerait.

VAN THIAN : Moi aussi.

265

COUDRIER : Extraordinaire comme vos déductions peuvent m'être inutiles, mon cher Thian.

VAN THIAN : Pastor nous manque à tous les deux. C'était lui, le grand déducteur.

COUDRIER : Pastor... vous avez de ses nouvelles ?

VAN THIAN : Aucune.

COUDRIER : Moi non plus.

VAN THIAN : ...

COUDRIER : ...

VAN THIAN : ...

COUDRIER : Il n'y a qu'une explication possible, Thian.

VAN THIAN : Oui ?

COUDRIER : Elle couvre quelqu'un.

VAN THIAN : Un complice ?

COUDRIER : Evidemment, un complice ! Qui voulez-vous qu'elle couvre ? Secouez-vous, bon Dieu !

VAN THIAN : Je suis parfaitement secoué, monsieur le Divisionnaire, mais un type qui vous colle trois meurtres sur le dos, ça ne me paraît pas l'idéal, en fait de complice.

COUDRIER : ...

VAN THIAN : ...

COUDRIER : ...

VAN THIAN : ...

COUDRIER : A moins qu'il n'aient cherché à nous balader. Nous lancer sur sa piste à elle pendant que lui opérait tranquillement.

VAN THIAN : Possible.

COUDRIER : Qui voyez-vous parmi les amis de Malaussène qui soit assez futé pour monter une embrouille pareille ?

VAN THIAN : Mo le Mossi et Simon le Kabyle sont en taule, Hadouch Ben Tayeb est plus surveillé que Belleville tout entier...

COUDRIER : Alors ?

VAN THIAN : A part moi, je ne vois pas.

COUDRIER : Moi, je vois.

VAN THIAN : ...

COUDRIER : Un tueur, Thian. Un vrai tueur. Parmi nos amis. Un tueur éthique.

VAN THIAN : ...

COUDRIER : ...

VAN THIAN : Pastor ?

COUDRIER : Pastor.

VAN THIAN : Pastor est à Venise. Il file le parfait amour avec la mère Malaussène.

COUDRIER : C'est ce que je vais vérifier, Thian. Et dans la seconde, encore.

(Buste du divisionnaire penché sur l'interphone.)

COUDRIER : Elisabeth ? Soyez assez aimable pour m'appeler l'hôtel Danieli, à Venise. Oui. Vous demanderez l'inspecteur Pastor.

*

Pastor... C'était à quoi Julie avait elle-même abouti. Pas d'autre hypothèse possible. Pastor aimait d'amour la mère de Benjamin, à Venise. D'une façon ou d'une autre Pastor avait appris la nouvelle. Pastor avait acquis un sens suffisant de la famille pour s'offrir l'assassin de Benjamin. Pastor était ici. Pastor faisait le ménage. A sa façon habituelle, qui ne s'embarrassait pas de scrupules. Pastor tuait les méchants. Pastor connaissait Julie. Pastor savait qu'elle était femme à venger son homme. Pastor l'avait suivie, avait profité de ses propres investigations, interrogé Chabotte et obtenu les aveux qu'elle n'avait pas su lui soutirer. Exit Chabotte. Puis Pastor avait interrogé Gauthier. Plus de Gautier. Pastor s'était abrité derrière elle, c'était vrai. Il ne fallait pas qu'on pût penser une seconde que ce fût lui. Un coup de téléphone à Venise était vite donné. Il fallait qu'il opérât incognito. Et maintenant, Pastor avait laissé deux doigts dans cette affaire. Pastor lui avait une fois de plus fauché sa voiture. Quelque part dans Paris, Pastor se vidait de son sang, attendant tranquillement la venue de Julie.

Julie sut où le trouver. Il ne pouvait qu'être chez elle, tout simplement, dans une des planques par où Julie était passée et qu'il avait repérées.

Pastor...

Plus question de balle dans la tête, évidemment.

Julie entreprit la tournée de ses chambres de bonne. Pas de Pastor rue de Maubeuge dans le dixième. Personne rue Georges-de-Porto-Riche dans le quatorzième. Mais rue du Four, au n° 49, dans les coursives du sixième étage, dernière porte à gauche au fond du couloir...

Julie avait suffisamment entendu respirer de blessés dans son existence baroudeuse pour savoir que le type qui se tenait là, dans sa chambre, n'était pas au meilleur de sa forme.

La porte n'était pas fermée à clef.

Elle l'ouvrit.

Bien que sa main droite fût emmitoufflée dans un chiffon sanglant, le grand garçon pâle et raide qui se tenait debout devant Julie, revolver au poing, n'était pas Jean-Baptiste Pastor. Julie ne l'avait jamais vu. Ce qui n'empêcha pas l'inconnu d'esquisser un sourire exsangue :

— Enfin, vous voilà.

Et de s'évanouir comme s'il la connaissait depuis toujours.

*

VAN THIAN : Inutile d'appeler Venise, monsieur le Divisionnaire. Il n'y a aucune chance pour que ce soit Pastor.

COUDRIER : Pourquoi ?

VAN THIAN : Pastor tirait comme un pied. En visant Calignac du haut de cette fenêtre, c'est vous qu'il aurait descendu, ou le Saint Sacrement.

36

— *Wǎnshàng hǎo*, petit con. (Bonsoir, petit con.)

Quoi qu'on en dise, pensait Loussa de Casamance, il n'y a rien de plus lassant que de rendre visite à un ami en état de coma dépassé.

— *Duìbùqi, wǒ lái wǎn le.* (Excuse-moi, je suis en retard.)

Ce n'est pas tant que l'autre ne vous réponde pas, c'est qu'on désespère de se faire entendre.

— *Wǒ lèile...* (Je suis fatigué...)

Loussa n'aurait jamais imaginé qu'une amitié pût à ce point tourner à la relation conjugale. Pris dans ses pensées, il mit quelques secondes à remarquer le nouvel engin qui semblait naître du corps de Malaussène.

— *Tā men gěi nǐ fàng de zhè gè xīn jī qì hěnpiào liàng!* C'est joli, cette nouvelle machine qu'ils t'ont mise là !)

C'était une sorte d'autoroute en suspension au-dessus du lit de Benjamin, toute de valves, d'échangeurs, de membranes délicates, de tubulures arachnéennes par où le sang de son ami dessinait d'énigmatiques arabesques.

— *Zhè shì shénme*, au juste ? (Qu'est-ce que c'est, au juste ?) Une nouvelle façon de t'extérioriser ?

Loussa interrogea à tout hasard l'encéphalographie. Non, Benjamin ne répondait toujours pas.

— Bon. Ça ne fait rien, j'ai une bonne nouvelle pour toi, petit con, une fois n'est pas coutume.

*

La bonne nouvelle tenait en peu de mots : Loussa venait de traduire en chinois un des romans de J.L.B. : *L'Enfant qui savait compter.* (*Hén hùi suàn de xiǎo haízì*, petit con.)

— Je sais bien que tu t'en fous, et que celui-là, tu n'as pas pris la peine de le lire, mais n'oublie pas que tu continues à palper un pour cent là-dessus (1 %), tout comateux que tu es. Or le Talion a tiré ce roman pour les Chinois d'ici, mais aussi pour les Chinois de chez eux, qui sont passablement nombreux, comme tu sais. Tu veux que je te raconte l'histoire ? Non ? En deux mots... Allez... C'est l'histoire d'une petite marchande de soupe de Hong Kong qui compte plus vite sur son boulier que tous les enfants du monde, plus vite aussi que les grands, plus vite même que son père dont elle est la fierté, qui l'a élevée comme un garçon et baptisée Xiǎo Bào (« Petit Trésor »). Tu devines la suite ? Non ? Eh bien, le père se fait assassiner dans les premières pages par des maffieux locaux qui prétendent au monopole de la soupe chinoise, la gamine fait fortune dans les cinq cents pages suivantes et venge son père dans les trente dernières après avoir pris le contrôle de toutes les multinationales installées à Hong Kong — et ce, sans jamais utiliser d'autre instrument de travail que le boulier de son enfance. Voilà. Du plus pur J.L.B., comme tu vois. Le *réalisme libéral* mis à la portée de la Chine qui s'éveille.

Malaussène circulait autour de lui-même. Impossible de savoir ce qu'il en pensait. Loussa de Casamance en profita pour prendre un air gourmand :

— Ça t'amuserait de voir comment j'ai traduit les... disons les cinquante premières pages ? Hein ?

Sans pour une fois attendre de réponse, Loussa de Casamance sortit un jeu d'épreuves de son manteau et se jeta à l'eau :

— *Sī wàng shì zhē xían de xīn chéng...*

Soupir.

— Je me suis vraiment fait chier pour traduire cette première phrase. C'est que Chabotte a commencé par la description de la mort du père, la gorge trouée par un carreau d'arbalète moïe, une de ces petites flèches empoisonnées que les Moïs utilisent pour la chasse au tigre, tu vois ? Et pour rendre à la fois l'idée de destin et la tension du tir, Chabotte a écrit : *La mort est un processus rectiligne.*

Loussa eut deux ou trois hochements de tête hautement dubitatifs.

— La mort est un processus rectiligne... oui... j'ai opté pour une traduction littérale : « *Sī wàng shì zhē xían de xīn chéng* »... oui... mais un Chinois aurait sans doute utilisé une formule plus contournée... D'un autre côté, c'est vraiment une phrase toute droite, non ? *La mort est un processus rectiligne.* Sauf qu'il y a de la lenteur dans le mot « processus », une lenteur fatale, le destin quoi, le fait qu'on va tous y passer, même ceux qui courent le plus vite, mais cette lenteur est corrigée par l'adjectif « rectiligne » qui donne sa rapidité à la phrase... lenteur rapide... c'est bien une idée chinoise, ça... Je me demande si j'ai bien fait de traduire littéralement... Qu'est-ce que tu en penses ?

37

J'en pense, Loussa, j'en pense que si tu m'avais lu cette phrase il y a quelques mois, je ne serais jamais entré dans la peau de J.L.B., que cette foutue balle 22 à forte pénétration aurait été se nicher dans une autre tête, j'en pense, Loussa, j'en pense que si tu m'avais lu cette phrase, le jour, par exemple, où ce géant préhistorique détruisait mon bureau, tu te rappelles ? eh bien, Chabotte serait toujours vivant, Gauthier aussi, Calignac toujours entier, et ma Julie dans mon lit. O Loussa, Loussa, pourquoi faut-il que les pires coups nous soient portés par les amis les plus chers ? Pourquoi me lire ça aujourd'hui, précisément ce soir, au moment où j'ai, presque sereinement, décidé de lâcher toutes mes cellules et de plier bagage ? Si tu étais venu me trouver au tout début du début avec tes scrupules de traducteur, qui sont parfaitement honorables, je ne discuterai pas sur ce point, si tu t'étais assis à mon bureau et m'avais demandé : « *La mort est un processus rectiligne*, petit con, comment traduire ça en chinois, littéralement ou en m'offrant quelques détours ? » et si tu m'avais sorti le titre du bouquin, *L'Enfant qui savait compter*, le pseudonyme de l'auteur, J.L.B., et le nom de Chabotte caché sous ce pseudonyme, je t'aurais répondu : « Range tes pinceaux, Loussa, remise tes idéogrammes dans les chinois alvéoles de ta cervelle et ne traduis pas ce bouquin. » Piqué au vif, comme on dit dans les livres, tu m'aurais alors demandé : « Et pourquoi, petit con ? » A quoi je t'aurais répondu :

« Parce qu'en traduisant ce roman, tu te rendrais complice de l'arnaque littéraire la plus dégueulasse qu'on puisse imaginer. — Ah bon ? » C'est ainsi que tu aurais réagi, en poussant un de tes petits « ah bon ? », ton œil vert s'allumant dans les rides de l'amusement. (T'ai-je déjà dit que tu avais des yeux admirables, vert sur noir, le regard le plus expressif de cette planète multicolore ?) « Ah bon ? » Oui, Loussa, la sale arnaque, bien propre justement, à dimensions mondaines, si tu vois ce que je veux dire, hautement préméditée, bien pensée dans les recoins, scrupules soigneusement époussetés, garanties juridiques à tous les étages, l'arnaque blindée, le coup du siècle, et dans laquelle nous avons tous trempé bien au-dessus de notre col, dans laquelle nous nous sommes mouillés à ne plus jamais nous sécher, noyés en toute innocence, Zabo, Calignac, toi, moi, le Talion...

Calme tu serais resté, calme tu m'aurais emmené chez Amar, calme tu nous aurais assis derrière nos canons de sidi-brahim, et là, au cœur de nous-mêmes, tu m'aurais calmement demandé :

— Foin de circonlocutions, petit con, qu'est-ce que c'est que cette histoire d'arnaque ?

Et je t'aurais répondu la vérité vraie :

— Chabotte n'est pas J.L.B.

— Non ?

— Non.

Ici, tu aurais marqué le silence d'usage, forcément.

— Chabotte n'est pas J.L.B. ?

Tu te serais offert un petit moment de réflexion à voix haute.

— Tu veux dire que Chabotte n'est pas l'auteur de *L'Enfant qui savait compter* ?

— Tout juste, Loussa, ni celui du *Seigneur des monnaies*, de *Dernier baiser à Wall Street, Pactole, Dollar, La Fille du yen, Avoir*...

— Chabotte n'a pas écrit un seul de ces bouquins ?

— Pas une ligne.

— Il a un nègre ?

273

— Non.

Alors, l'éclosion de la vérité aurait dessiné un paysage tout neuf sur ta bouille, Loussa, comme un soleil qui se lève en terre inconnue.

— Il a fauché tous ces bouquins à quelqu'un ?

— Oui.

— Un mort ?

— Non, tout ce qu'il y a de vivant.

Et je t'aurais finalement entendu poser la question inévitable :

— Tu connais ce type, petit con ?

— Oui.

— Qui est-ce ?

*

C'est le type qui m'a logé une balle entre les deux yeux, Loussa. Un grand type blond, d'une beauté rare, d'un âge indéfinissable, une sorte de Dorian Gray assez semblable à ces héros de J.L.B. que leur précocité semble conserver en éternelle jeunesse. Ils font leur âge jusqu'à dix ans ; à trente, ils sont au sommet de leur gloire et en paraissent quinze ; à soixante, ils passent pour l'amant de leur fille, et leur beauté d'octogénaires est de celles qui sont toujours prêtes au combat. Un héros de J.L.B., je te dis. Un combattant éternellement jeune, éternellement beau, du *réalisme libéral.* Voilà à quoi ressemble le type qui m'a assassiné. Non sans raison, le pauvre, puisqu'il était l'auteur des bouquins que je prétendais avoir écrits en me donnant des allures de coq ventripotent. Oui, Loussa, il m'a descendu à la place de Chabotte, *Chabotte qui m'avait créé spécialement pour ça.* Il a cru que c'était moi qui lui avais fauché son œuvre, il a centré ma tête dans sa lunette de visée, il a appuyé sur la détente. Voilà. J'avais servi.

Quant à savoir, maintenant, pourquoi cette phrase : « La mort est un processus rectiligne » a déterré en moi le pot aux roses, quant à savoir pourquoi j'ai revu instantanément la tête de son auteur quand tu me l'as lue — moi qui la cherchais vainement le jour où le géant émiettait mon bureau —, tu m'excuseras, Loussa, mais ce serait trop long à t'expliquer, trop fatigant.

C'est que, vois-tu, cette fois, je suis bel et bien occupé à mourir. Je sais, dit comme ça, à la première personne du singulier, c'est à n'y pas croire, et pourtant, à y bien réfléchir, c'est toujours à la première personne du singulier qu'on meurt pour de bon. Et c'est assez inacceptable, il faut bien le reconnaître. Les jeunes gens qui partent sans peur en croisades guerrières n'envoient que leur troisième personne sur les champs de bataille. A Berlin ! Nach Paris ! Allah Akhbar ! C'est leur enthousiasme qu'ils envoient mourir à leur place, un tiers bourré d'une barbaque et d'un sang dont ils ignorent qu'ils sont les leurs. Ils meurent dans l'ignorance d'eux-mêmes, leur première personne confisquée par des idées tordues à face de Chabotte.

Je meurs, Loussa, je te le dis en toute simplicité, je meurs. Cette machine sur laquelle tu t'extasiais est tout bonnement une dialyse dernier cri, une nouveauté que j'expérimente, en quelque sorte, qui me tient lieu de reins, mes deux reins que m'a fauchés Berthold. (Un accident de moto, à ce qu'il paraît, un jeune homme et une jeune fille, le dos du garçon a heurté le tranchant du trottoir, ses reins ont explosé. Urgence. Il lui fallait deux reins, Berthold a pris les miens.) Je meurs comme beaucoup d'autres pour être tombé sur un bienfaiteur de l'humanité : Berthold ! Et s'il ne m'avait fauché que mes reins, encore... Loussa, tu n'as pas idée de ce qu'on peut soustraire à un corps au fil des semaines sans que personne s'en aperçoive ! Tes proches continuent à te rendre visite, des proches extralucides, des Thérèse, des Petit, et ils n'y voient que du feu. Ils sont devant un sac qu'on vide sous leurs yeux, mais ce sac continue d'être leur frère. « Benjamin vivra jusqu'à l'âge de quatre-vingt-treize ans... » Au rythme où Berthold me pille, je me demande ce qui restera de moi, à quatre-vingt-treize ans. Un ongle, peut-être ? Alors, Clara, Thérèse, Jérémy et Louna,

Verdun et le Petit continueront de visiter l'ongle. Je ne plaisante pas, tu verras ce que je te dis, toi-même Loussa, tu visiteras l'ongle, tu t'obstineras à lui apprendre le chinois, tu lui parleras de ton Isabelle, tu lui feras de belles lectures, parce que tous autant que vous êtes, ma famille et toi, ce n'est plus le frère, désormais, que vous venez voir ici, c'est la fraternité, ce n'est plus l'ami que tu visites (l'ami, *péngyou* en chinois) c'est l'amitié (*yǒuyí*), ce n'est plus une personne physique qui vous attire dans cet hôpital, c'est la célébration d'un sentiment ; alors, forcément, la vigilance tombe, on ne se pose plus de questions médicales, on gobe les explications des toubibs (« oui, il nous a fait un petit accident rénal, nous avons dû le placer sous dialyse péritonéale »), et l'ami de s'extasier sur le bel engin : « Mais dis donc, c'est joli, cette nouvelle machine qu'ils t'ont mise là ! » Et les hurlements de mes reins quand Berthold me les a arrachés, c'était joli nom de Dieu ?

Ça y est, Loussa, je m'étais promis de mourir en toute sérénité, ravi d'être éparpillé au profit de mon espèce, et voilà que je m'énerve, mais merde, quoi, tu trouves normal, toi, qu'on me pique mes deux reins pour qu'un connard de fils de famille qui a voulu épater sa copine en faisant vrombir son gros cube puisse continuer à pisser tranquille ? Tu trouves ça *juste*, moi qui n'ai jamais voulu passer mon permis de conduire, moi qui hais les motards, ces monomaniaques à roulettes, suicidaires tous, et qui menacent la vie de mes petits, tu trouves normal qu'on découpe mes poumons, oui, mes poumons, les prochains sur la liste de Berthold ! pour les greffer à un boursicoteur initié qui s'est collé le roi des cancers à force de griller sèche sur sèche pour mieux entuber son monde ? Moi qui ne fume pas ! Moi qui n'entube que moi-même !... Si au moins on transférait ma queue sur un amant idéal qui aurait perdu la sienne dans une mâchoire trop amoureuse, je ne dis pas, ou la peau de mes fesses pour restaurer un Botticelli, à la rigueur, mais, Loussa, le hasard fait que je suis pillé au profit des pillards... Je suis pillé, Loussa, je suis pillé tout vivant, morceau par morceau, transformé en machines qui se font passer pour moi, qu'on visite à ma place, je meurs, Loussa, parce que chacune de mes cellules a beau avoir quelques milliards d'années d'évolution derrière elle, elle meurt, elle aussi, elle cesse d'y croire et elle meurt, et c'est chaque fois une petite mort singulière, une première personne qui s'éteint, un morceau de poésie qui s'en va...

38

« Je ne crois pas les femmes qui se taisent. » C'est ce que se disait l'inspecteur Van Thian, assis depuis une bonne heure devant une femme qui se taisait.

— Madame ne parle plus depuis seize ans, monsieur. Madame n'entend plus et ne parle plus depuis seize ans.

— Je ne crois pas les femmes qui se taisent, avait répondu l'inspecteur Van Thian au très discret Antoine, maître d'hôtel de feu le ministre Chabotte.

— Je viens voir Mme Nazaré Quissapaolo Chabotte.

— Madame ne reçoit pas, monsieur, Madame ne parle plus, Madame n'entend plus et ne parle plus depuis seize ans.

— Qui vous dit que je suis venu l'écouter ?

L'inspecteur Van Thian s'était tenu un raisonnement simple. Si ce n'est pas Julie qui a exécuté Chabotte, c'est quelqu'un d'autre. Si c'est quelqu'un d'autre, il faut reprendre l'enquête à zéro. Or le zéro, en matière d'enquête, c'est l'entourage de la victime. L'entourage familial d'abord : le point de départ et la ligne d'arrivée, presque toujours. Quatre-vingts pour cent des crimes de sang sont des cadeaux de famille. Eh oui ! la famille tue quatre fois plus que la pègre, c'est comme ça.

— Qui vous dit que je suis venu lui parler ?

Or, toute la famille vivante de feu le ministre Chabotte se réduisait à une nonagénaire muette, sa mère, Mme Nazaré

Quissapaolo Chabotte, que plus personne en effet n'avait vue dans le monde depuis une vingtaine d'années.

— Je suis venu la voir.

*

Pour la voir, il la voyait ! Elle lui était apparue d'abord comme un gros tas de poussière accumulé depuis des lustres dans le coin d'une chambre monumentale. Pénombre propre, lumière agonisante, et dans ce coin, là-bas, à côté de la fenêtre, ce tas de poussière qui était une femme. Elle se serait éparpillée si Thian avait claqué la porte. Il avait traversé la chambre sur les pointes. De plus près, ce n'était plus un tas de poussière, c'était un amas de couvertures, de celles, les plus élimées, qui protègent les laques subtiles, les meubles de famille. L'impression dominante restait la même : quelque chose qu'on aurait oublié là par temps de déménagement. D'autant que la pièce était vide, quasi. Un lit à baldaquin, une chaise frêle au pied du lit, et ce tas de couvertures, près de la fenêtre.

Thian saisit la chaise — dossier noir feuilleté d'or — et la déposa sans le moindre bruit entre la fenêtre et ce qui restait de Mme Nazaré Quissapaolo Chabotte. Thian reçut le regard de la vieille femme comme la confirmation de ses statistiques les plus pessimistes en matière de criminalité familiale. Il y avait suffisamment de haine accumulée dans ces yeux-là pour exterminer la plus prolifique des familles. Un regard à transpercer une parturiente, à griller l'arrière-petit-fils dans l'œuf. Thian sut qu'il ne s'était pas déplacé pour rien. Le regard fossile le quitta brusquement pour croiser le fer avec celui de la petite Verdun. Et Thian qui n'avait jamais rien caché aux yeux de l'enfant, qui chaque matin se rasait nu devant elle, qui la promenait quotidiennement dans la statuaire du Père-Lachaise (doigts de marbre jaillissant des tombes, demi-visages engloutis par le granit...), Thian qui avait exposé l'enfant aux balles d'un tueur, Thian connut son premier scrupule d'éducateur. Il esquissa le geste de se relever, mais il sentit Verdun se raidir contre lui, il l'entendit pousser un cri bref : « Non ! » et se retrouva assis comme s'il n'avait jamais eu l'intention de s'en aller. Tout juste s'il prit le temps de célébrer l'éclosion du langage dans la bouche de l'enfant. « Non... » : le premier mot de Verdun... (Rien d'étonnant à cela au demeurant.) Non ? Bon. Thian s'installa dans la patience. Un bivouac qui pourrait bien durer une éternité. Cela dépendait de ces deux femmes, désormais : la très antique, qui voulait carboniser la toute neuve, et la toute neuve, qui mesurait le privilège d'être orpheline. Une heure.

— Vous avez de la chance, monsieur.

Sur le coup, Thian crut que ces paroles s'étaient prononcées en lui. Quel genre de chance, bon Dieu ? Il s'apprêtait à en débattre avec lui-même.

— Etre aimé à ce point...

Ce n'était pas lui qui parlait. C'était le tas de couvertures, en face, là, dans le fauteuil. Une parole craquante sortait du tas de couvertures.

— ... mais ça ne durera pas.

Une parole craquante et mauvaise. Les deux yeux étaient de nouveau dans les siens.

— Ça ne dure jamais.

De quoi parlait-elle, cette femme qui ne parlait plus ?

— Je parle de cette petite, là, que vous portez sur votre ventre.

Des lèvres comme le plâtre gercé des tombes.

— C'est ainsi que je portais le mien.

Le sien ? Chabotte ? Elle portait le ministre Chabotte sur le ventre ?

— Jusqu'au jour où je l'ai posé à terre.

Chaque mot rouvrant une fissure.

— Vous les posez à terre, et quand ils reviennent, ils vous mentent !

Chaque fissure s'élargissait en crevasse.

— Il n'y a pas d'exception.

Jusqu'au sang.

— Excusez-moi, j'ai perdu l'habitude de parler.

Une langue de tortue lécha cette goutte de sang.

*

Elle s'était tue de nouveau. Mais Thian était installé. « Je ne crois pas les femmes qui se taisent. » La phrase n'était pas de Thian. Elle était de Pastor. L'inspecteur Pastor adorait interroger les sourds, les muets, les endormis. « La vérité vient rarement des réponses que tu reçois, Thian, la vérité naît de l'enchaînement logique des questions que tu poses. » Thian éprouvait une sorte de jubilation triste : « Je viens d'améliorer ta méthode, Pastor. Moi, je m'amène, je pose ma chaise devant une vieille peau muette comme un cauchemar, je ferme ma gueule, et la muette parle. »

*

Elle parla, en effet. Elle lui dit tout ce qu'il y avait à savoir sur la vie du ministre Chabotte, et sur sa mort. Vie et mort d'un mensonge.

Qu'elle eût accouché d'un petit Chabotte à ce point menteur ne l'avait pas troublée d'abord. Elle avait mis cette disposition d'esprit sur le compte d'une hérédité dont elle n'avait pas à rougir. Elle s'appelait Nazaré Quissapaolo, son nom de jeune fille, native d'une terre inventive, le Brésil, et fille de Paolo Pereira Quissapaolo, l'écrivain le plus authentiquement brésilien de cette terre. Les mensonges de son enfant étaient à porter au crédit des qualités les plus honorables de sa race. Petit-fils de conteur, son enfant-Chabotte n'était pas un menteur, il était un conte vivant. C'était ce qu'elle expliquait avec hauteur aux professeurs qui la convoquaient, aux directeurs qui lui rendaient l'enfant, à ceux auprès desquels elle l'inscrivait de nouveau. Au demeurant, l'enfant-Chabotte faisait d'excellentes études. Doué d'une mémoire insatiable, d'une virtuosité synthétique époustouflante, il brûlait les étapes. Il était sa fierté. Si brefs que fussent ses passages dans les établissements qui le renvoyaient, il y décrochait les meilleurs résultats toujours, et quittait la place en laissant les professeurs ébahis. Qu'il allumât la guerre partout où il passait, elle ne s'en préoccupait pas. Un enfant dont le génie incompris se vengeait sur la médiocrité du monde, voilà tout. Elle exulta quand il fut simultanément admis à Normale et à l'X, roi de sa promotion dans les deux cas, elle tempêta quand on le renvoya de l'X trois mois seulement après son intégration. Mais la guerre qui venait d'éclater eut raison de cette accumulation d'injustices. Intime du Maréchal, le jeune homme-Chabotte fut le premier informateur du Général. Directeur de cabinet à Vichy, héros à Londres, il sortit de la guerre en ayant réussi l'impossible : maintenir les institutions de la République sans faillir à l'honneur de la France. La quadrature d'un cercle où s'étaient noyés la plupart de ses détracteurs. Dès quarante-cinq, Chabotte fut de tous les gouvernements. La politique, pourtant, n'était pas sa vocation. Disait-il. Juste un tribut que son intelligence payait au privilège de vivre en démocratie. Disait-il. Sa vocation était ailleurs. Sa vocation plongeait dans les racines de sa mère. « Dans tes racines, maman. » Disait-il. Il était né conteur. Il allait écrire. Mais écrire, disait-il, écrire n'est pas une manière de faire. « Ecrire est une manière d'être. » Il disait cela. Et qu'il sentait venu, enfin, le temps d'être. Voilà ce qu'il disait. Elle l'avait cru.

*

On vous raconte une vie et le jour tombe. Dehors les lumières s'allument, Thian ne voyait plus le visage de la femme, ni même l'éclat de ses yeux. Il n'y avait plus que sa voix. Elle n'était plus un tas de couvertures, elle était une souche laissée là par un fleuve très ancien. Seize années de silence se déversaient en eau lisse, aux profondeurs tumultueuses. Ne pas l'interrompre, pensait Thian, ne pas y mettre le pied, ou je serai emporté.

— Un demi-siècle de mensonge !

Elle reprenait son souffle. Le récit grondait sous elle. Les mots la pressaient.

— Pendant près de cinquante ans, j'ai été la dupe d'un menteur. Moi ! Sous le seul prétexte qu'il était mon fils.

Thian se demanda fugitivement si le silence des seize années suivantes avait été autre chose que l'expression muette d'une énorme surprise.

— Si je n'avais pas été veuve, les choses auraient sans doute tourné autrement.

Mais son mari, Chabotte, le jeune ambassadeur de France au Brésil qui l'avait enlevée à l'affection de son père, avait eu l'idée de mourir quand elle était enceinte. Mort sotte. Une mauvaise grippe.

— Il m'aurait ouvert les yeux s'il avait vécu. La vérité est une affaire d'homme. La vérité est une affaire de menteur. Policiers, avocats, juges, huissiers de justice, métiers d'hommes. Et qu'est-ce qu'un procès gagné, si ce n'est une vérité travestie ? Et un procès perdu, sinon le triomphe du mensonge ?

« Pas de digression, madame, pas de digression », suppliait Thian intérieurement.

*

Elle serait bien retournée au Brésil, si cette même année — l'année de sa grossesse, l'année de la mort de son mari — ne lui avait aussi coûté la vie de son père.

— Acculé au suicide par une intelligentsia de menteurs. Je vous expliquerai.

Elle avait rompu avec le Brésil. Elle s'était consacrée à l'éducation de son fils-Chabotte. Ici. Et voilà qu'un soir, il y a seize ans de cela, le fils en question faisait irruption dans cette même pièce, avec sa démarche si sautillante, tellement gaie, cette élasticité infatigable, une boule de vie qui avait traversé la moitié d'un siècle en bondissant de diplômes en honneurs, de députations en ministères, comme s'il s'était agi de jouer à chat perché, ni plus ni moins, quelle insou-

ciance ! Quel enfant délicieux il avait su rester ! Il était entré
ici, avait saisi la chaise entre deux doigts — la chaise sur
laquelle Thian était présentement assis —, l'avait placée
devant elle tout comme Thian venait de le faire — c'était
l'heure de la soirée où il lui faisait ses confidences, l'heure
tant attendue où il lui narrait ses exploits du jour, l'heure où
depuis cinquante ans il lui mentait ponctuellement, mais
elle ne le savait pas encore. Il s'était donc assis devant elle,
un énorme manuscrit posé sur ses genoux, et l'avait regar-
dée sans rien dire, l'œil radieux, attendant qu'elle comprît.
Elle-même retenait la joie qui montait en elle. Elle ne
souhaitait pas comprendre trop tôt. Elle avait laissé les
secondes passer. Comme on prendrait le temps de voir
éclore un œuf. N'y tenant plus, elle murmura :
    « Tu as écrit un livre ?
    — J'ai fait mieux que ça, maman.
    — Que peut-on faire de mieux qu'écrire un livre ?
    — J'ai inventé un genre ! »
    Il avait crié cela : « J'ai inventé un genre ! » Puis il s'était
lancé dans une démonstration étourdissante sur l'extraordinaire nouveauté de ce qu'il appelait son *réalisme libéral* ; il
avait été le premier à donner au Commerce son droit de cité
dans le royaume du roman, le premier à hisser le commer-
çant à la dignité de héros fondateur, le premier à magnifier
sans faux-fuyants l'épopée commerciale... Elle l'avait interrompu, elle avait dit :
    « Lis-moi. »
    Il avait ouvert le manuscrit. Il avait lu le titre. Cela
s'appelait *Dernier baiser à Wall Street*. Ce n'était pas un titre
d'une distinction folle, mais si elle en croyait la théorie du
réalisme libéral, les ambitions de son fils le plaçaient au-delà
des préjugés esthétiques. Quand il s'agit de donner à lire à la
moitié de la planète, on ne fait pas dans le titre arachnéen.
    « Lis-moi. »
    Elle tremblait d'impatience.
    Elle attendait cet instant depuis ce lointain hiver où un
télégramme venu du Brésil apprenait à une jeune veuve

enceinte le suicide de son père, Paolo Pereira Quissapaolo.

— Il faut que je vous explique qui était mon père.

(« Non madame, pensait Thian, je vous en prie, au fait ! au fait ! »)

— Il était le fondateur de l' « identitarisme », ça vous dit quelque chose ?

Rien du tout. Ça ne disait rien du tout à l'inspecteur Van Thian.

— Evidemment.

Elle expliqua tout de même. Une histoire prodigieusement confuse. Chamaillerie d'écrivains dans les années 1923-1928 au Brésil.

— Pas un seul écrivain, à l'époque, qui fût authentiquement brésilien, hormis mon père, Paolo Pereira Quissapaolo !

(« Oui, mais c'est votre fils qui m'intéresse, Chabotte, le ministre... »)

— Littérature brésilienne, quelle sinistre plaisanterie ! Romantisme, symbolisme, parnassianisme, décadentisme, impressionnisme, surréalisme, les écrivains de chez nous s'acharnaient à fabriquer un exotique musée Grévin de la littérature française ! Peuple de singes ! Peuple de cire ! Les écrivains brésiliens n'avaient rien en propre qu'ils n'eussent volé ! Et pétrifié !

(« Cha-botte ! Cha-botte ! » scandait intérieurement l'inspecteur Van Thian.)

— Mon père, seul, se dressa contre cette francomanie.

(« La digression... », pensait l'inspecteur Van Thian...)

— Il déclara une guerre totale à cette aliénation culturelle dans laquelle il voyait son pays si furieusement avide de perdre son âme.

(« La digression, c'est le lierre de l'interrogatoire, son inflation, son eczéma, pas moyen de lutter contre... »)

— Et puisqu'il n'y avait alors de vie littéraire sans école, mon père fonda la sienne, l'*identitarisme*.

(« L'identitarisme... », pensa l'inspecteur Van Thian.)

— Ecole dont il était le seul membre, non reproduc-

tible, non transplantable, non transmissible, inimitable !
(« D'accord... »)
— Sa poésie ne disait que lui, et son identité... son
identité, c'était le Brésil !
(« Un cinglé, quoi. Un doux dingue. Un poète fou. Bon. »)
— Trois vers résumaient son art poétique, trois vers
seulement.
Elle les récita tout de même.

> — *Era da hera a errar*
> *Cobra cobrando a obra...*
> *Mondemos este mundo !*

(« Ce qui veut dire ? »)

> — Ere de lierre en errance
> Serpent recouvrant toute œuvre...
> Emondons ce monde !

(« Ce qui veut dire ? » insista muettement l'inspecteur
Van Thian.)

*

Bref...
La nuit est bien avancée, maintenant. Le froid pince.
Paris est un halo. Thian marche, la petite Verdun sur son
arme et son arme sur son cœur.
Bref..., résume l'inspecteur Van Thian, ce type, le poète
brésilien, grand-père maternel de feu Chabotte, n'a jamais
été publié. Pas le moindre mot. Ni de son vivant, ni après sa
mort. Il a dépensé sa fortune en productions à compte
d'auteur dont il inondait gratuitement tous ceux qui
savaient lire dans son pays. Un cinglé. Illisible. La risée de
son milieu et de son temps. Même sa fille se marrait. Et voilà
qu'elle épouse l'ambassadeur de France à Rio ! Le parti le
moins présentable qu'elle puisse lui présenter.

Et c'est l'exil. Et c'est la grossesse. Et c'est le veuvage. Et c'est le remords. Elle veut rentrer au pays. Trop tard. Le poète maudit s'est fait sauter la caisse. Elle accouche d'un fils : Chabotte. Elle relit l'œuvre paternelle : géniale ! Elle trouve ça génial. « Unique. » « L'authenticité a toujours un siècle d'avance. » Elle jure de venger son père. Elle retournera au pays. Oui, mais à cheval sur l'œuvre de son fils !

Vieille histoire...

La route est longue de la rue de la Pompe aux collines de Belleville, mais le temps paraît court quand on vient de passer des heures à écouter s'écouler une vie. Verdun s'est endormie. Thian marche dans les rues de Paris.

Vieille histoire...

La mère Chabotte a toujours pensé que Chabotte son fils se mettrait un jour à écrire. Elle ne l'a jamais influencé, non (« je ne suis pas ce genre de mères... »), mais elle l'a tellement voulu écrivain que, quand il se regardait dans les yeux maternels, le pauvre Chabotte devait y voir un mec en costard d'académicien. Quelque chose comme ça...

Et voilà qu'un soir, le fils Chabotte pénètre une fois de trop dans le mausolée qui sert de chambre à sa vieille maman. Il lui lit les premières lignes de son bouquin, son « œuvre », tant attendue ! et la mère dit :

— Arrête !

Et le fils Chabotte demande :

— Tu n'aimes pas ?

Et la mère dit :

— Va-t'en !

Et le fils ouvre la bouche, mais la mère l'interrompt :

— Ne reviens plus jamais !

Elle précise, en portugais :

— *Nunca mais !* Jamais plus !

Et Chabotte s'en va.

C'est qu'elle a immédiatement pigé que le roman n'était pas de lui. Thian qui n'a jamais lu deux livres en dehors de ses manuels scolaires et de ses cours d'école de police (il compte pour du beurre ses lectures à voix haute de J.L.B.) se demande comment ces choses-là sont possibles. Apparemment, elles le sont. « Il a fait pire que tous les ennemis de mon père réunis, monsieur : *il a volé une œuvre qui n'était pas la sienne!* Mon fils était un voleur d'identité ! »

Le plus beau, tout de même, c'est la suite.

Thian réchauffe ses mains dans les cheveux de Verdun endormie. Oui, il lui est poussé des cheveux en pagaille, ces temps derniers, à la petite Verdun.

La suite...

Chabotte n'a tenu aucun compte de l'interdiction maternelle. Il continuait de venir s'asseoir devant elle, tous les soirs à la même heure, sur la chaise. Il continuait à lui faire ses confidences quotidiennes. Mais il ne lui mentait plus. Il ne la tutoyait plus non plus. « Le voussoiement me semble plus approprié aux sentiments arctiques que vous m'avez toujours inspirés. » Il rigolait : « Pas mal, non, *sentiments arctiques*, est-ce assez " écrivain " pour vous, maman, assez *identitariste*? » Petites tortures. Mais elle avait choisi son arme : le silence. Seize années de silence ! Chabotte en était devenu aussi cinglé que son poète fou de grand-père. Comme tous les fous, il faisait dans l'aveu total, la vérité absolue : « Vous souvenez-vous de ce jeune directeur de prison que vous trouviez si attachant, si distingué, si *authentique*, Clarence de Saint-Hiver ? Eh bien, c'est un de ses pensionnaires qui écrit mon œuvre. Condamné à perpétuité. Et prolifique en diable, avec ça ! Une immense fortune en perspective, chère maman. Nous y trouvons tous notre compte, Saint-Hiver, moi et quelques intermédiaires de seconde main. Le prisonnier n'en sait rien, bien entendu, il travaille pour l'amour de l'art, lui, le petit-fils que Paolo Quissapaolo mon grand-père eût mérité que vous lui fissiez... »

Un jour, Chabotte avait fait irruption dans la chambre de sa mère avec un de ces « intermédiaires de seconde main », un certain Benjamin Malaussène, un petit bonhomme à l'estomac pointu, en costume trois pièces, « un faux obèse calamistré comme un représentant en cosmétiques ». Cha-

288

botte avait montré sa mère du doigt à ce Malaussène en s'écriant :

— Ma mère ! Mme Nazaré Quissapaolo Chabotte !

Et avait ajouté :

— Elle m'a toujours empêché d'écrire !

Le soir même, à califourchon sur la petite chaise, il avait expliqué à la vieille femme :

— Ce Malaussène va jouer mon rôle sous les projecteurs. Si les choses tournent mal, il sera le seul à payer. C'est que, voyez-vous, Saint-Hiver s'est fait assassiner, le pauvre, mon auteur s'est évadé, la mort rôde, chère maman, est-ce assez palpitant ?

On avait tué Malaussène d'abord. Son fils ensuite. Voilà.

— Et on a bien fait.

*

Thian n'a posé qu'une seule question. Cinq bonnes minutes après qu'elle eut prononcé son dernier mot.

— Pourquoi m'avoir parlé à moi ?

Il a d'abord cru qu'elle ne lui répondrait pas. Elle n'était même plus une souche au bord d'un fleuve. Elle n'était qu'un rocher dans la nuit noire. Le fleuve avait dû passer par là. Autrefois.

Finalement, il l'entendit murmurer :

— Parce que vous allez tuer l'assassin de mon fils.

*

— Et puis quoi, encore ?

Le flic à l'enfant marchait dans la nuit.

— « Vous allez tuer l'assassin de mon fils... »

Le flic à l'enfant soliloquait dans la nuit parisienne.

— L'image que les gens se font de la police...

Tueur à gages, quoi... Cette vieille toupie rendue folle par les mots du père et du fils prenait Thian pour un Saint-Esprit à gages.

— Vous allez tuer l'assassin de mon fils...

C'est pas l'envie qui manque, notez... Ce type a collé une balle dans la tête de Benjamin... je me le ferais volontiers... mais la vengeance est un plat interdit au fonctionnaire de police, chère madame... Ne pas y goûter... jamais... ne pas même y songer... sans quoi il n'y aurait plus de justice, chère madame... A chacun son truc, vous c'est l'honneur des Lettres, moi c'est l'éthique de la matraque... On fait avec ce qu'on a...

Le flic à deux têtes parlait tout seul dans la nuit. A moins qu'il ne s'adressât à cette deuxième tête, justement, qui nichait au creux de son épaule, tout endormie.

— Alors il paraît que si je te pose à terre les carottes sont cuites ?... Tu me quitterais, dis ?... Tu crois que c'est vrai, ça ?... Tu m'abandonnerais ? Toi aussi ?

Les mots, comme les armes, partent parfois tout seuls. Le flic à l'enfant prit ceux-là dans l'estomac. Tout à fait inattendu. Il jouait avec et le coup était parti. Il s'arrêta pile. Il vit très nettement la petite fille cavaler sur le trottoir, devant lui. Souffle coupé. Visions proliférantes. La grande Janine sur son lit de mort. Gervaise, la fille de Janine, quasi la sienne, dans son habit de novice, le plaquant pour le bon Dieu : « Tu préférerais que je fasse pute, Thianou, comme maman ? » Et pourquoi non ? Non ! Voilà pourquoi. « Dieu est une maladie révélée, Thianou, incurable. » Disparition de Gervaise en Dieu. Plus de Pastor non plus, la dernière affection du vieux flic. Raide amoureux de la mère Malaussène. « Une femme silencieuse, Thian, une apparition... » Pastor à Venise, cuisinant amoureusement le silence de cette apparition-là.

Et Thian ici.

Sur ce trottoir.

— Cette vieille cinglée m'a foutu le bourdon.

Changement d'itinéraire.

— Tu sais quoi ? On va passer par la Maison. On va faire

290

notre rapport au patron. Il y a des choses qu'il ne faut pas garder trop longtemps sur la patate. D'accord ?

Nouveau départ. Nouvelles images. La tête de Coudrier quand il va découvrir le rôle de Malaussène dans cette affaire ! Incroyable, quand on y pense... Coudrier convoque Benjamin, il l'envoie planter ses choux le plus loin possible de l'affaire Saint-Hiver, et l'autre se trouve précipité en plein dans le chaudron.

Malaussène...

Le boomerang du divisionnaire Coudrier...

Benjamin...

— Encore heureux qu'il soit dans le cirage, ton grand frère, si tu veux mon avis...

Inouï !

— Parce que s'il savait le rôle qu'on lui a refilé dans cette merde, il nous ferait une maladie bien pire...

39

Curieux, tout de même, la réputation du coma dépassé...
même chez les esprits les plus ouverts... le confort, quoi,
le confort moral au moins... le bon côté de la conscience...
côté rêve... détachement... pied volant au noir velours de
l'oubli... ce genre d'images... sous prétexte que la cervelle
s'est tue... préjugés... cérébrocentrisme... comme si les
soixante mille milliards de cellules restantes comptaient
pour du beurre... soixante mille milliards de petites usines
moléculaires, oui... constituées en un seul corps... super
Babel... Babel superbe... et on voudrait que cela meure en se
taisant... d'un seul coup d'un seul... mais cela meurt lentement, soixante mille milliards de cellules... un sablier qui
vous laisse le temps de dresser le bilan du monde... avant
de devenir un tas de cellules mortes... de cellules mortes
en tas, comme une vieille oubliée au coin d'une fenêtre...
c'est l'image qui flottait dans la nuit de Benjamin, à
présent, cette terrible vieille, avec ce terrible regard, vissé
à son sommet... Mais Benjamin revoyait la prison de
Saint-Hiver, aussi, et plus particulièrement une cellule
dans cette si jolie prison, une cellule haute de plafond,
profonde comme le savoir d'un moine, toute capitonnée
de livres... oh! rien de glorieux dans cette bibliothèque-là,
que de l'utilitaire : dictionnaires, encyclopédies, collection
complète des « Que sais-je ? », du *National Geographic*,
Larousse, Britannica, Bottin mondain, Robert, Littré,
Alpha, *Quid*, pas un seul roman, pas un seul journal,

manuels élémentaires d'économie, de sociologie, d'étholo-
gie, de biologie, histoire des religions, des sciences et
techniques, pas un seul rêve, rien que le matériau du rêve...
et, tout au fond de ce puits de science, le rêveur en personne,
jeune et sans âge, beauté préservée, le sourire hésitant sous
l'objectif de Clara-photographe, pressé de se remettre à son
travail, de plonger à nouveau dans ses feuilles, de s'abandonner à cette petite écriture appliquée, si rassurante,
tellement serrée, comme s'il s'agissait moins de remplir ces
pages que de les couvrir de mots (recto verso, pas de marges,
ratures tirées à la règle)... et la voix de Saint-Hiver resté
dans l'entrebâillement de la porte : « Clara, allons, laisse
donc Alexandre travailler »... et les derniers clichés de Clara
pour la corbeille à papier de l'écrivain, débordant de feuilles
non froissées... et sur un des agrandissements de Clara, la
phrase tant cherchée, si fuyante : « *La mort est un processus
rectiligne* »... toute seule parmi les phrases concurrentes,
soigneusement rayées, la phrase élue : « *La mort est un
processus rectiligne* »... pendue dans le labo photo de Clara.
     Alors, Alexandre, c'était de toi cette fameuse phrase ?
     Et on te l'a fauchée ?
     Et toutes les autres aussi ?
     Et on m'a déguisé avec ?
     Et tu m'as effacé d'une balle bien droite, tirée à la
règle ?
     C'est ça ?
     C'était cela, déposé en Benjamin par la marée des
souvenirs... Première visite à la prison modèle de Champ-
prond, premier regard de Clara et de Clarence... « je ne veux
pas que Clara se marie »... Clarence à table, parlant de ses
taulards : « j'essaie juste de les rendre supportables à eux-
mêmes, et cela, au moins, je pense le réussir »... Clarence...
la mèche blanche de Clarence... si convaincante... tu as tué
Clarence, Alexandre ?... c'était toi, le massacre de Saint-
Hiver ?... et Chabotte... et Gauthier... et blessé Calignac...
parce qu'ils t'avaient piqué ta prose... je comprends ça...

« ils tuent, disait Saint-Hiver, ils tuent non pas, comme la plupart des criminels, pour se détruire eux-mêmes, mais au contraire pour *prouver leur existence,* un peu comme on abattrait un mur »... ouais... ou comme on écrirait un livre... « *la plupart d'entre eux sont dotés de ce qu'il est convenu d'appeler un tempérament créatif* »... « ce qu'il est convenu d'appeler un tempérament créatif »... alors, forcément, si on leur vole un mot... une ligne... une œuvre... qu'aurait fait Dostoïevski s'il avait trouvé *L'Idiot* sous une couverture de Tourgueniev ?... Flaubert si sa copine Collet lui avait fauché Emma ?... ils étaient de taille à massacrer leur monde ceux-là... ils écrivaient comme des assassins...

Ainsi filaient les cellules de Benjamin... petites opinions contestables s'effritant à ne plus être contestées... images en poudre... avec de brusques arrêts... quelque chose qui ne passe pas... comme un caillot de consience... cette phrase de Clara par exemple : « J'ai fait une cachoterie à Clarence... — Une cachoterie, ma Clarinette ?... — Mon premier secret... j'ai prêté un roman à Alexandre... — Alexandre ?... — Tu sais, celui qui écrit tout le temps... je lui ai apporté un roman de J.L.B... » Quoi ?... quoi ?... *QUOI* ?... Clara ?... c'est par la faute de Clara que tout est arrivé ?... cette balle dans ma tête... cette avalanche de morts ?... nom de Dieu de nom de Dieu... et la voix de Clarence encore : « *La seule manifestation du monde extérieur qu'ils tolèrent, c'est la présence de Clara dans nos murs...* » Clara dans nos murs... Clara déposant en toute ingénuité un roman de J.L.B. sous les yeux du *vrai* J.L.B... « Tu crois que j'ai eu tort, Benjamin ?... » Les loups sont ingénus... ce n'est pas la faim, ce n'est pas la ruse, ce n'est pas le meurtre qui introduisent les loups au cœur le plus tendre des bergeries, c'est leur ingénuité... Clara dans la bergerie...

Ainsi filaient les cellules de Benjamain Malaussène... par à-coups... un tel choc, ici, que la ligne encéphalographique elle-même s'offrit un éclair sur l'écran livide... mais un éclair sous les yeux de personne ne sera jamais un éclair pour personne... et la mort reprend son droit fil... pitié pour les écrivains, disent les cellules de Benjamin dans leur murmure de sable... pitié pour les écrivains... ne leur tendez pas de miroir... ne les changez pas en image... ne leur donnez pas de nom... ça les rend fous...

40

— Krämer.
— Krämer ?
— Krämer. Il s'appelle Alexandre Krämer.
Silence de l'inspecteur Van Thian. Chuchotements du divisionnaire Coudrier. Ne pas réveiller Verdun. Ne pas rouvrir ces yeux-là.
— Il n'y a pas que les vieilles muettes qui se mettent à parler, Thian, les doigts coupés aussi.
— Il restait suffisamment de peau pour reconstituer ses empreintes ?
— Affirmatif.
— Et d'où vient-il, ce Krämer ?
— Vos camarades vont vous le dire.
Le divisionnaire Coudrier passe la parole aux trois autres inspecteurs présents. Trois arrestations de Krämer, trois dossiers, trois flics. Le premier, un vieux collègue à bouffarde, prend la parole, un œil prudent sur le sommeil de Verdun.
— Rien du tout, la première fois, Thian. Une petite arnaque au poil de cul. Krämer s'était barré de chez lui. Il avait dix-huit ans. Il s'était inscrit ici, au cours Blanchet, un cours d'art dramatique, le genre d'études pour les gosses qui ne veulent pas faire d'études, tu vois ? Bon. Mauvais comédien, d'après ses profs... jolie gueule mais pas de présence. Seulement, il s'accroche. Il veut faire ses preuves et les apporter toutes fumantes à Blanchet, le dirlo du cours. Il

profite du mois de juillet que Blanchet et sa famille passent ailleurs, il s'introduit dans leur appartement, passe une annonce dans *Le Particulier*, et vend l'apparte à un dentiste, comme je te le dis, Thian, vente dûment enregistrée, le notaire n'a vu que du feu à la falsification des titres de propriété. Quand le dirlo revient, il trouve le dentiste installé dans ses murs. Sa gueule, tu imagines... Et Krämer de se pointer comme une fleur : « Alors, monsieur le directeur, mauvais comédien, vraiment ? » Moi, je trouvais ça plutôt marrant, j'ai essayé d'écraser le coup, le dentiste a retiré sa plainte, mais le dirlo était une peau de salaud, il a maintenu la sienne. Le notaire aussi. Total : six mois ferme pour le petit Krämer, majeur depuis un mois au moment des faits.

— Et la famille ?

— Des négociants en vin de Bernheim, en Alsace, qui trafiquent honnêtement leur sylvaner au gros plant nantais. Ils ont déshérité Krämer au profit de leurs deux aînés. Sauf la part réservatrice, bien sûr, qu'ils lui ont donnée sous la forme d'une bicoque en ruine. De braves gens...

— Ton opinion, sur Krämer ?

— Attachant. Franchement, à l'époque, un gosse attachant. Dieu sait si j'en ai vu passer depuis, mais tu vois, je m'en souviens encore, c'est dire ! Un gosse un peu timide qui parlait comme un livre, subjonctifs et tout... Il m'a dit qu'il ne s'était senti lui-même pour la première fois de sa vie qu'au moment de l'arnaque.

— Autant dire qu'il était prêt à y replonger dès sa sortie de cabane.

— Oui et non, parce qu'il y avait Caroline.

— Caroline ?

— Une petite copine qu'il s'était faite à son cours d'art dramatique et qui est venue le pêcher le jour de sa libération. Une gamine à bonne influence, tu vois. Il l'a présentée à sa famille, il l'a épousée, ils ont même retapé le cabanon en ruine.

Ce qui n'empêche que le jeune Krämer avait ça dans le

sang, l'arnaque, le grand vertige du dédoublement. Une passion qui faisait toute l'épaisseur du deuxième dossier. Arnaque à l'assurance-vie, contrôle fiscal bidon, arnaque à l'expertise pinardière, nouvelles ventes frauduleuses de biens immobiliers... cinq ans ferme, cette fois-ci. Quand le président lui a demandé de justifier ses actes, « difficilement explicables pour un enfant qui n'a manqué de rien », Krämer a répondu, très poli :

« Précisément, monsieur le Président, c'est une affaire d'éducation, je suis d'un milieu irréprochable, on ne peut donc pas me reprocher d'en appliquer l'enseignement. »

Silence.

Il y a une douceur étrange à entendre les cinq policiers débattre du cas lointain d'Alexandre Krämer, au milieu de cette nuit, la voix tamisée par le souci de ne pas réveiller le bébé endormi sur le ventre du collègue vietnamien. La vie passerait presque pour un murmure...

Seulement, il y a le troisième dossier. Dossier ventru. L'éternel parpaing que les récidivistes finissent tous par s'attacher au cou pour noyer leur vie.

— En sortant de prison, Krämer est rentré directement chez lui où il a tué sa Caroline et ses deux frères : Bernard et Wolfgang Krämer.

— Ses deux frères ?

— Des jumeaux. Elle avait refait sa vie avec la paire. Krämer les a descendus tous les trois, a mis le feu à la maison et s'est constitué prisonnier. Ça lui a pris le temps d'un aller-retour.

Voilà.

Le souffle nocturne de la ville sous ces hommes qui chuchotent...

Voilà.

— Et c'est en taule qu'il a été remarqué par Saint-Hiver ?

Oui. Krämer s'était mis à écrire. Des biographies imaginaires de surdoués de la finance. Transféré à la prison de Champrond, il y a passé quinze années modèles. Jusqu'à l'assassinat de Saint-Hiver.

298

— Pourquoi n'a-t-il pas fait un scandale quand il s'est aperçu qu'on lui fauchait ses bouquins? Au lieu de buter Saint-Hiver...

Quelqu'un a posé cette question.

A quoi tout le monde réfléchit.

Réponse de l'inspecteur Van Thian :

— Auprès de qui, ce scandale?

Développement :

— Mettez-vous à la place de ce type... Premier séjour en cabane, ses parents lui piquent son héritage... Deuxième séjour, ses frères lui fauchent sa femme... Troisième séjour, c'est la totalité de son travail littéraire qui y passe. Un travail de quinze ans! Volé par son bienfaiteur... A qui un type comme ça peut-il se plaindre, d'après vous? Sur qui peut-il miser, au juste?

Silence.

— Un type comme ça ne pense plus qu'à flinguer tout ce qui bouge. La vengeance... C'est d'ailleurs pour ça qu'il purgeait sa perpète, non?

— A propos de flinguer, mon cher Thian, ce Krämer a un point commun avec vous...

Le commissaire divisionnaire Coudrier fronçant le sourcil, feuilletant le troisième dossier...

— Excellent tireur, comme vous. Son beau-père, le père de Caroline, était armurier, rue Réaumur. Il voulait présenter Krämer aux championnats de France. Attendez, j'ai lu quelque chose d'intéressant à ce propos...

Mais renonçant à trouver la bonne page dans le fatras des expertises psychiatriques...

— Bref, un des psychiatres qui s'est penché sur Krämer a émis une théorie curieuse sur les tireurs d'élite... comme quoi les meilleurs d'entre eux opéreraient une sorte de dédoublement, au moment du tir, ils seraient à la fois le tireur et la cible, ici et là-bas, d'où leur extrême précision, que ne peut expliquer la seule acuité du regard... Qu'en pensez-vous, Thian?

(« C'est la même chose pour les mauvais tireurs, pense l'inspecteur Van Thian, sauf qu'eux, ils se ratent. »)

— Il y a de ça.

La conclusion appartient au divisionnaire :

— Dès lors, vous savez qui vous avez en face de vous, messieurs, un tireur de la qualité de Thian, mais qui a pris l'habitude de tuer, sept assassinats en tout, si on compte le codétenu qu'il a égorgé avant de s'évader.

Fin de la réunion.

Tout le monde se lève, l'inspecteur Van Thian en maintenant contre sa poitrine la tête de l'enfant endormie.

— Thian, vous êtes arrivé après la nouvelle, mais tout porte à croire que nous avons un huitième cadavre sur les bras.

— Julie Corrençon ?

— Non, la directrice du Talion.

— La reine Zabo ?

— Comme vous dites, la reine Zabo. Disparue depuis trois jours.

41

— Trois jours et trois nuits, petit con.

(...)

— Je ne t'en ai pas parlé plus tôt pour ne pas t'inquiéter...

(...)

— Avec ces machines qui te poussent partout, tu dois avoir suffisamment de soucis comme ça.

(...)

— Mais ce soir, je craque. Insomnie complète. Excuse-moi.

(...)

— Ta Julie a encore frappé.

(*Búshi Julie, Loussa!* Ce n'est pas Julie, Loussa!)

— Elle a enlevé mon Isabelle.

(*Búshi Julie,* bon Dieu!)

— Mercredi, Isabelle me convoque dans son bureau, et, entre deux questions d'ordre professionnel, elle m'annonce que les flics se trompent pour ce qui est de ta Julie.

(*Tā shuō de duì!* Elle a raison!)

— Qu'elle l'a eue au téléphone et qu'elle a pris rendez-vous avec elle.

(*Nǎr? Wèishénme?* Où? Pourquoi?)

— Elle n'a voulu me dire ni où ni pourquoi.

(*Māde!* Merde!)

— Elle n'a pas voulu non plus que je l'accompagne.

(...)

— En fait, elle était excitée comme une puce. Elle m'a juré ses grands dieux qu'elle ne courait aucun risque, si ce n'est celui d'être suivie par les deux inspecteurs chargés de sa protection. « Mais je les sèmerai, Loussa, tu me connais ! » Elle pétillait de l'œil, comme si les temps de la clandestinité étaient revenus.

(*Hòulái !* Ensuite !)

— Est-ce que je t'ai déjà dit qu'elle a été formidable pendant la Résistance ?

(*Hòulái ! Hòulái !*)

— Moulins clandestins, imprimeries clandestines, réseaux de distribution clandestins, librairies clandestines, romans, journaux, elle a imprimé tout ce que les frisés interdisaient.

(...)

— Le 25 août 44, le soir même de la libération de Paris, le Grand Charles en personne lui a dit : « Madame, vous êtes l'honneur de l'Edition française »...

(...)

— Et tu sais ce qu'elle lui a répondu ?

(...)

— Elle lui a répondu : « Qu'est-ce que vous lisez, en ce moment ? »

(...)

— ...

(...)

— ...

(...)

— Je vais te dire une bonne chose : Isabelle... Isabelle, c'est l'air du temps changé en livres... transmutation magique... la pierre philosophale...

(...)

— C'est ça, un éditeur, petit con, un vrai ! Isabelle, c'est l'Editeur.

(...)

— ...

(...)

302

— Alors, forcément, je ne voudrais pas que ta Julie me l'esquinte.

(*BÚSHI JULIE*, PUTAIN DE MERDE ! Sur quel ton il faut te le dire, Loussa ! C'est pas Julie ! C'est un grand type blond qui était prisonnier chez Saint-Hiver, c'est le vrai J.L.B., *KĚKÀODE J.L.B.*, BORDEL DE DIEU ! Un fou de la plume qui noircissait ses pages sans laisser la moindre marge, un tueur dément qui fait porter le chapeau à Julie ! Qu'est-ce que tu attends pour prévenir les flics au lieu de rester ici à commémorer ? La police, Loussa : *Jĭngchájú ! JĬNGCHÁJÚ !* LA POLICE !)

VII

LA REINE ET LE ROSSIGNOL

> *La Reine est de taille à border un assassin.*

42

Tous les nuages du Vercors se sont rassemblés sur le toit de la ferme. Ciel noir dans la nuit noire. Mais l'orage les a précédés dans la voix de la Reine. Le doigt boudiné de la Reine scande sa colère en pointant le manuscrit qu'elle vient de jeter sur la table, devant Krämer

— C'est de *vous* qu'il s'agit, Krämer, de votre autobiographie, pas d'un de vos personnages habituels, pas d'une existence en papier! Vous allez me faire le plaisir de reprendre tout ça à la première personne du singulier. Vous n'êtes pas ici pour écrire du J.L.B.!

— Je n'ai jamais écrit à la première personne.

— Et alors? S'il fallait avoir peur de tout ce qu'on n'a jamais fait...

— Je ne saurai pas.

— Ça ne veut rien dire, « je ne saurai pas »! Il y a des machines qui font ça très bien aujourd'hui, on remplace *il* par *je*, on flanque en mémoire, on appuie sur un bouton et le tour est joué. Vous n'allez pas me dire que vous êtes plus con qu'une machine, Krämer, il y a des limites à tout!

Les éclats de cette voix volent jusqu'à Julie. La Reine a la voix aigre, le mot rouillé. La Reine est telle que Benjamin la décrivait. La Reine n'a peur de rien. Retranchée dans la chambre du gouverneur son père, Julie suit mot à mot le travail de cette femme qui met un assassin à la question, en bas, dans la cuisine.

— Et qu'est-ce que c'est que ces accents d'héroïsme pour

décrire vos meurtres, Krämer ? Ça vous rend si fier que ça d'avoir collé une balle dans la tête du petit Gauthier ?

Les mots montent jusqu'à Julie par la grande hotte dont le conduit suffisait à chauffer la chambre du gouverneur, en hiver.

— Krämer, pourquoi avez-vous tué Gauthier ?

Krämer se tait. Tout autour, c'est le grincement de la forêt sous le vent.

— Si j'en crois ce que je viens de lire, votre personnage, lui, sait très bien pourquoi il a tué Gauthier. Un croisé qui part en guerre contre les ruffians de l'édition, voilà le genre de type que vous avez campé. Et vous appelez ça une confession ? Dans la réalité, il n'y a pas de croisés, Krämer, il n'y a que des tueurs. Et vous en êtes un. Pourquoi avez-vous tué Gauthier ?

Le revolver d'ordonnance veille sous l'oreiller de Julie.

— Parce que vous le soupçonniez de tremper dans la combine Chabotte ?

— Non.

— Non ?

— Non, ça n'avait plus d'importance.

— Comment ça, plus d'importance ? Vous ne l'avez pas tué parce que vous le soupçonniez d'avoir volé vos livres ?

— Non. Et Chabotte non plus.

La voix de Krämer est celle d'un écolier pris au piège, mensonges... silences... et brusques sursauts de vérité. Le ciel craque. La pluie tombe soudain. De très haut.

— D'accord, Krämer, écoutez-moi bien : j'ai fait un long voyage et j'ai horreur de bouger, alors de deux choses l'une, ou vous vous creusez la cervelle et vous écrivez noir sur blanc la véritable raison de ces meurtres, ou je prends mes cliques et mes claques et je retourne à Paris. Maintenant ! Sous l'orage !

— Je voulais...

(Mais, disait Benjamin, la reine Zabo connaît aussi la musique envoûtante des accoucheuses.)

— Entendons-nous bien, Alexandre, vous êtes un excellent romancier. Si les malins vous disent un jour le contraire, ne tuez pas les malins, laissez-les moquer vos stéréotypes, faites-leur ce pauvre plaisir de l'intelligence, et continuez tranquillement à écrire. Vous êtes de ces romanciers qui mettent le monde en ordre comme on range une chambre. Le réalisme n'est pas votre truc, voilà tout. Une chambre bien rangée, voilà ce que vos romans proposent à la rêverie de vos lecteurs. Qui en ont grand besoin, si j'en juge par votre succès.

La voix de la Reine, maintenant, c'est l'apaisement du ciel, le murmure des gouttières. Benjamin avait raison, la Reine a parfois la voix de Yasmina. La Reine pourrait baigner Krämer, savonner ce qu'il y a à savonner, le bouchonner dans une serviette chaude. La Reine est de taille à border un assassin.

— Seulement, les circonstances vous ont sorti de votre chambre, Alexandre. Le monde est là, maintenant. Il faut regarder cette pagaille en face et me dire pourquoi vous avez tué Chabotte. Et Gauthier.

Le grand tueur blond et pâle, un peu raide — quel âge peut-il avoir ? —, finit par dire :

— Je voulais venger Saint-Hiver.

La Reine répond, avec une sorte de prudence persuasive :

— Venger Saint-Hiver ? Mais c'est *vous* qui avez tué Saint-Hiver, Alexandre...

Il se tait.

Puis il dit :

— C'est compliqué.

43

Il s'était mis à écrire seize ans plus tôt, après le triple meurtre de Caroline et des jumeaux. Rien d'autobiographique. *Il* — le personnage qui lui était venu le plus naturellement sous la plume, ce perpétuel gagnant du western financier international — était aux antipodes de lui-même : un étranger, tout neuf, à explorer, un parfait compagnon de cellule.

Alexandre était condamné à perpétuité.

Il écrivait avec une sorte de distraction concentrée, comme on crayonne sur le bloc du téléphone : on écoute de moins en moins et c'est le dessin qui s'impose. Ainsi écrivait Alexandre, se réfugiant dans les pleins et les déliés de cette écriture sage, de ce crayonnement appliqué.

Saint-Hiver fut séduit par tant d'application.

Par les pages qui s'accumulaient.

Saint-Hiver lui offrit l'hospitalité, à la prison de Champrond.

Là ou ailleurs... Alexandre écrivait.

A la vérité, ces silhouettes de golden boys qui s'épanouissaient sous sa plume n'étaient pas le pur produit de son imagination, mais le sujet de conversation favori de Krämer-père. Les enfants précoces... Krämer-père avait toujours rêvé des enfants des autres. La précocité des enfants des autres... « Le fils Lhermitier n'avait pas trente ans quand il a pris la direction des Charbonnages de France. » « Müller envoie son cadet se faire les dents à Harvard. A peine dix-sept ans, c'est fort, non ? » « Vous vous souvenez du jeune Metressié ? Eh bien, c'est lui qui est derrière l'O.P.A. sur la S.L.V... ça le fait majoritaire du premier groupe mondial de la levure... Vingt-trois ans ! » Pas un dîner où Krämer-père ne passât en revue la légion des fils exemplaires. Comparaisons prudemment implicites, à une table où les jumeaux s'essoufflaient derrière une Capacité en Droit quand Alexandre venait de jeter l'éponge à la sortie de la troisième. Krämer-père s'en consolait à sa façon : « Mais ça ne veut pas dire grand-chose ; le jeune Perrin qui n'a rien fichu en classe ne s'en sort pas mal non plus, ses roulements à billes, ça marche du feu de Dieu, il vient de s'implanter au Japon... »

Alexandre écrivait.

Alexandre reproduisait au calque les motifs imprimés sur le tapis volant de son père. Ce n'était pas à proprement parler des souvenirs. Des réminiscences désincarnées, plutôt, d'où s'envolait une imagination méthodique et sans ironie. Alexandre imaginait avec sagesse. Il ne se révoltait pas contre l'ordre des choses, il décrivait les choses dans l'ordre où elles s'imposaient. Cet ordonnancement d'un monde où tout réussissait à son héros apaisait Alexandre. S'il barrait une phrase — il la barrait toujours à la règle —, c'était moins souvent pour en modifier le contenu que pour en améliorer la calligraphie. Les pages s'accumulaient en parallélépipèdes rectangles, qu'il tassait longuement, le soir venu, jusqu'à ce que les arêtes en fussent irréprochables.

Alexandre fut un des tout premiers pionniers de l'expérience Saint-Hiver.

— Sans vous, lui disait Saint-Hiver, Champrond n'aurait pas été possible.

— Vous pouvez vous considérer comme membre fondateur de votre prison.

Cette remarque était de Chabotte, un sautillant directeur de cabinet à l'esprit vif et au jugement sûr, dont l'inspection avait été décisive pour débloquer les fonds nécessaires au fonctionnement de Champrond.

Alexandre écrivait.

Sa cellule était une pièce circulaire dont il avait fait obturer la fenêtre au profit d'une lucarne qui lui donnait l'aspect d'un puits de lumière capitonné de livres.

Seize années de bonheur.

Jusqu'à ce matin où la toute jeune fiancée de Saint-Hiver déposa ingénument un roman de J.L.B. sur la table d'Alexandre.

Il se passa une bonne quinzaine de jours avant que Krämer n'ouvrît le livre. Sans le rappel du mariage de Saint-Hiver qui devait avoir lieu le lendemain, il ne l'aurait probablement jamais ouvert. Alexandre ne lisait pas de romans. Alexandre ne lisait que la documentation de ses propres romans. Des « Que sais-je ? », des encyclopédies, les aliments de ses rêves.

Il ne se reconnut pas dans les premières lignes de ce J.L.B. Il ne reconnut pas son travail. La netteté des caractères d'imprimerie, le rythme des paragraphes, la blancheur des marges, la matérialité même du livre, le contact glacé de la couverture l'égarèrent. Le titre *Dernier baiser à Wall Street* ne lui disait rien. (Lui-même écrivait sans souci de point final et ne titrait jamais. C'était l'équilibre du tout qui décrétait la fin d'un volume, une familiarité secrète tenant lieu de titre. Alors, il passait sans transition au commencement d'un autre récit.) Il se lisait donc sans se reconnaître, ne s'étant d'ailleurs jamais relu lui-même. On avait changé le nom de ses personnages et certains noms de lieu. On avait découpé les chapitres sans souci de sa respiration.

Finalement, il se reconnut.

Un Alexandre Krämer dans un costume incongru.

Il ne fut ni anéanti par la surprise, ni embrasé par la rage.

Cette nuit-là, quand il sortit de sa cellule pour se diriger vers les appartements de Saint-Hiver, il n'avait rien d'autre en tête qu'une liste de questions. Très précises. De quoi satisfaire sa curiosité, pas davantage. Etait-ce bien lui,

Saint-Hiver, qui lui avait volé ce roman ? Les autres aussi ? Mais pourquoi ? Se pouvait-il qu'on gagnât de l'argent en publiant de pareils enfantillages ? Car Alexandre n'était pas dupe, ses épopées enfantines n'avaient pas plus de valeur marchande à ses yeux qu'une fresque sur un mur d'école maternelle. Expression rêveuse de son bonheur carcéral, rien de plus. Pas une seconde il ne s'était imaginé dans la peau d'un romancier en exil. Mais plutôt dans le fauteuil d'une brodeuse revenant avec délice sur le même motif. Ce genre de bonheur. Et que partageaient les autres détenus de Saint-Hiver. Tous, peintres, sculpteurs, musiciens, vivaient ici la même éternité qu'Alexandre. Il se trouvait même un Yougoslave, un certain Stojilkovicz, qui, occupé à traduire Virgile en serbo-croate, songeait à faire appel pour qu'on doublât sa peine. A quoi Saint-Hiver répondait en riant : « Ne vous souciez pas de ce détail, Stojil, nous vous garderons comme membre d'honneur après votre libération. »

Non, ce n'était pas un assassin qui marchait, cette nuit-là, vers les appartements de Saint-Hiver.

*

— D'ailleurs, on ne comprend pas très bien pourquoi vous avez tué Saint-Hiver, dit la Reine dans la maison secouée par la colère du Vercors. Vous vous dirigez vers son bureau sans la moindre intention de meurtre, vous vous métamorphosez en cours de route, et c'est un Rimbaud-Rambo qui frappe à la porte de Saint-Hiver. Comme si le *il* de vos autres livres venait réclamer ses droits. On n'y croit pas une seconde, Alexandre, que s'est-il passé *vraiment* ?

*

Vraiment ? Comme à son habitude, Alexandre avait ouvert sans frapper. Il tenait le livre à la main. Saint-Hiver, en pantalon noir et chemise blanche, essayait devant une glace son costume de marié. Il hochait la tête. C'était un homme mince, une silhouette libre, habituée au vieux tweed et aux pantalons de velours. Dans ce smoking, il ne se ressemblait pas. Un pingouin dubitatif planté sur la banquise d'un gâteau de mariage. Quand il se retourna et vit le livre dans les mains de Krämer, il devint encore autre chose. Un salopard endimanché pris la main dans le sac.

— Qu'est-ce que vous faites ici, Krämer ?

Une réaction, des mots, une pâleur qui ne ressemblaient absolument pas à Saint-Hiver. Quelque chose comme le sursaut d'un directeur de prison, en effet, qui se serait trouvé coincé en pleine nuit dans son bureau, en effet, par un détenu armé. Et Krämer eut la révélation qu'il n'avait jamais été autre chose que ce détenu. Pillé ici comme il avait été pillé dehors. Et il s'était passé la même chose, exactement, que cette autre nuit lorsqu'il avait surpris Caroline et les jumeaux dans le même lit. Le pied de la lampe qui avait atteint Saint-Hiver à la tempe l'avait tué net.

Puis Krämer l'avait massacré.

Méthodiquement.

Pour faire croire à un crime collectif.

A quoi la police avait cru.

Le lendemain, debout dans la cour de la prison, Krämer avait pleuré la mort de Saint-Hiver avec les autres. Pendant des semaines, il avait subi avec eux les interrogatoires d'une enquête impuissante. Puis la vie avait repris. Nouvelle direction. Mêmes directives. Ne rien changer aux statuts de la prison.

Alexandre s'était remis au travail. Il avait retrouvé le plaisir de sa calligraphie, le refuge de ses pages sans mystère, noircies toutes de haut en bas, recto verso, qu'il ne numérotait jamais. Cette fois-ci, il avait décidé de raconter sa vie, le cours d'une existence qui ne semblait avoir été conçue que pour être pillée. Du meurtre de ses deux frères à l'assassinat de Saint-Hiver en passant par le sacrifice de Caroline, il s'était contenté d'exécuter des pillards. Il résolut d'écrire sa confession (mais la Reine avait raison, « confession » n'était pas le mot juste, puisqu'il l'avait écrite dans la sérénité de la troisième personne).

Il avait commencé par le récit de l'opération.

Cette barbarie chirurgicale, oui, ç'avait été le commencement et la fin de tout.

Jusqu'au jour de l'opération, Alexandre avait été un enfant rieur, parfait compagnon de jeu des jumeaux, mais victime parfois de crises d'étouffement, à la fois atroces et délicieuses, où la raréfaction de l'air dans ses poumons lui faisait battre des bras comme un noyé, mais lui procurait une ivresse lucide, une vision si nette des êtres et des choses qu'il aurait volontiers passé le reste de son existence à brasser l'air comme un moulin fou. Krämer-père et la chirurgie en décidèrent autrement. Un jour qu'un de ses fous rires avait dégénéré en râles d'agonie, on transporta le petit Alexandre dans une clinique où une série de radiographies décelèrent une présence étrangère dans la poitrine de l'enfant. La boule de chair et de poils que les chirurgiens lui ôtèrent était l'embryon nécrosé d'un jumeau qui s'était lové autour de son cœur. Ces cas d'anthropophagie embryonnaire n'étaient pas exceptionnels, mais suffisamment spectaculaires pour qu'une bande d'internes et d'étudiants s'en émerveillent dans la chambre du garçon :

— Classique, dit une voix, il a bouffé son petit frère, le chenapan.

Dans le bocal qu'on emportait, Alexandre crut percevoir l'éclat d'une dent, comme le dernier appel d'un rire en perdition.

Alexandre revint à la maison avec une cicatrice brutale de crabe qu'on aurait ouvert au sécateur.

C'était un enfant de dix ans.

Amputé de la moitié de lui-même.

44

La Reine mange peu. Selon ses propres dires, la Reine entretient sa maigreur comme un bonzaï. Les bouchées minuscules qu'elle insinue entre ses énormes joues ont pour mission de la maintenir en vie. Pas plus. Lorsque la Reine laisse aller une bouchée de trop, elle monte sans façon se faire vomir dans les toilettes. Julie cuisine trop bien. Julie se sent responsable de la bouchée supplémentaire. Elle se promet d'y remédier. Pas de tarte demain soir. Tarte ou pas, le lendemain soir, comme elle change le pansement de Krämer, Julie entend la Reine tailler les branches de son bonzaï intime. La blessure de Krämer est cicatrisée. Les deux doigts absents évoquent eux aussi des branches émondées. La main bourgeonne autour de la blessure. Un cal de vieil arbre. Seule la main de Krämer révèle son âge d'homme mûr. Pour le reste, une sorte d'adolescent inusable.

— On arrête les antibiotiques, dit Julie.

La Reine redescend prudemment les escaliers, sa main inexplicablement potelée crispée à la rampe de bois.

— A propos, dit-elle, Jérémy Malaussène, le frère de votre Benjamin, a décidé de foutre le feu à nos entrepôts.

Elle s'assied.

— Je boirais volontiers un tilleul.

Julie fait des tisanes.

— Je vais vous dire ce que c'est, une maison d'édition, Krämer, comment ça marche. La mienne, en tout cas... Après tout, je suis votre éditeur...

Ils se lèvent tôt. Quand le temps le permet, ils commencent par une promenade. Aucune rencontre à craindre, en cette saison du Vercors. La Reine marche devant, appuyée au bras de Krämer. Julie suit, le poids du revolver dans l'imperméable du gouverneur. Le jour se lève sur la vallée de Loscence.

— Pourquoi ne vous êtes-vous pas évadé tout de suite, Alexandre ?

— Je voulais écrire ma confession en paix.

— Alors, pourquoi vous êtes-vous évadé ensuite ?

— Ils avaient envoyé quelqu'un pour me tuer.

*

Un pianiste. Le pianiste avait gagné toutes les sympathies de Champrond. Le pianiste donnait des concerts. Il jouait sans partition, en marmonnant gaiement, à la Glenn Gould. Les prisonniers aimaient ça. Mais Krämer s'était juré de se méfier de tout nouvel arrivant. La nuit où le pianiste avait entrepris de l'étrangler, Krämer lui avait enfoncé vingt centimètres d'acier dans la gorge. Puis s'était évadé en emportant le plus d'argent possible et les pages déjà écrites de sa confession à la troisième personne.

Ce n'était pas exactement un problème de s'évader d'une prison dont aucun détenu n'avait jamais voulu sortir.

C'en était un, en revanche, de vivre dehors.

Les villes se reproduisent par parthénogénèse. En seize ans, Paris avait engendré une ville que Krämer n'avait pas vu naître. Les vêtements, les voitures, les immeubles avaient changé de forme. L'air ne faisait pas le même bruit. Les tickets de métro étaient restés les mêmes, mais il fallait les introduire dans des fentes dont Krämer n'avait pas le secret. Les compagnies aériennes, les organismes de voyage proposaient à bas prix l'évasion intercontinentale, mais les regards ne montaient plus jusqu'aux affiches. Krämer se surprit à imaginer l'histoire d'un jeune publicitaire qui aurait eu l'idée de laisser les murs à la concurrence pour s'approprier le sol, tout le sol, quais, trottoirs, pistes d'atterrissage couverts de pub, le rêve à portée de semelles dans le monde entier. Il écrirait cela, oui, quand il aurait fini de raconter sa propre histoire. Or, les murs de Paris racontaient, en partie, l'histoire de Krämer. Il levait la tête, lui, il regardait les affiches. La plupart vantaient les mérites d'objets dont il n'aurait pas su se servir. Mais quelques-unes lui parlaient de lui. J.L.B. OU LE RÉALISME LIBÉRAL — UN HOMME, UNE CERTITUDE, UNE ŒUVRE! — 225 MILLIONS D'EXEMPLAIRES VENDUS. Et la tête du type. Sa propre tête, en somme. Ainsi donc, Saint-Hiver n'avait été qu'un intermédiaire... Les affiches se multipliaient, autour de Krämer. Paris ne lui parlait plus que de ça. On ne pouvait pas dire que Krämer fût un homme seul dans la ville. Son double lui faisait de l'œil au coin de chaque rue. Il retrouva le sentiment de stupeur presque amusée qu'avait éveillé en lui la découverte du livre offert par Clara. Il aurait dû exploser de rage, se métamorphoser sur-le-champ en fauve assoiffé de vengeance. Cela ne vint qu'après. Son premier mouvement fut de curiosité. Cette histoire l'*intéressait*. Il interrogea les libraires : « Comment, vous ne connaissez pas J.L.B. ? » La surprise fut unanime. D'où sortait ce type qui ne connaissait pas J.L.B. ? 225 millions d'exemplaires vendus à travers le monde depuis quinze ans ! Avait-il la moindre idée de ce que représentaient 225 millions d'exemplaires ? Pas la moindre, non. On alla jusqu'à lui calculer ses droits. On y ajouta une estimation grossière de l'argent amassé par l'exploitation cinématographique. J.L.B. était un empire. Qui l'éditait ? Toute l'astuce était là, justement : pas de nom, pas de visage, pas d'éditeur. Des bouquins tombés du siècle. Ou qui auraient pu être pondus par n'importe lequel de leurs lecteurs. Il y avait un peu de ça, d'ailleurs, dans les « motivations d'achat ». Les clients disaient souvent : « Il écrit bien, et c'est tout à fait comme je pense. » Oui, un fameux coup de marketing ! Cela dit, les ventes stagnaient un peu, d'où la décision de dévoiler le personnage de J.L.B.

Le lancement public de son dernier roman, *Le Seigneur des monnaies*, serait une sacrée fiesta !

Dans un couloir de métro, un gosse avait collé un chewing-gum aux commissures de J.L.B. Krämer qui passait distraitement en fut gelé sur place. C'était l'éclair de la dent emportée avec la boule de chair et de poils par les chirurgiens de son enfance. Krämer dut s'adosser au mur d'en face. Quand son cœur eut retrouvé son rythme, il gratta le chewing-gum avec soin.

Il se mit à regarder ce visage. Il restait assis des heures, sur un banc, en face d'un panneau d'affichage. C'était une tête d'homme aux joues rebondies, au regard rasant sous des arcades énergiques, à la bouche ironique et sensuelle, au menton charnu, aux cheveux plaqués à partir d'une pointe frontale qui donnait à l'ensemble un air vaguement faustien de créateur vendu à son temps. Mais, à d'autres moments de la journée, sous d'autres éclairages, Krämer percevait comme un amusement innocent au fond de ces yeux qui ne le lâchaient pas. Il ne se laissait plus surprendre par les affiches. Il anticipait leur apparition. C'était devenu un jeu entre son double et lui. « Je t'ai eu, ce coup-ci », murmurait-il en le surprenant derrière une colonne Morice. « Bien joué ! » s'exclamait-il au passage d'un bus où l'image du double s'éloignait en souriant. Ils se faisaient des farces.

Le soir, dans sa chambre d'hôtel — il s'y faisait appeler Krusmayer, négociant allemand parlant un français très approximatif —, il notait à la hâte les impressions de la journée qui, le moment venu, trouveraient leur emploi à la juste place de sa confession. Avant de s'endormir, il relisait quelques pages de son œuvre. Telle qu'on la trouvait en librairie. De vrais livres. Couvertures glacées, titres énormes, les initiales de l'auteur en haut : J.L.B., majuscules énigmatiques et conquérantes, et les mêmes initiales en bas : *j.l.b.*, italiques minuscules et modestes, discrétion d'éditeur, comme un sculpteur qui apposerait ses initiales au socle de son propre génie. C'est ainsi qu'il se découvrit écrivain. Il trouva de la puissance à ce qu'il lisait. Une force simple, élémentaire, tellurique, qui produisait des livres comme autant de blocs incontestables. Où 225 millions de lecteurs avaient trouvé leurs racines, le sens exact de leur vie. Rien de surprenant à cela, d'ailleurs, son nom, *Krämer*, en allemand, signifiait « boutiquier », et il portait un prénom de conquérant : Alexandre ! Alexandre Krämer ! Et qu'avait-il écrit d'autre, sinon l'épopée du commerce conquérant ? Autant dire l'histoire humaine de ce siècle. Il se demanda comment il avait pu, pendant toutes ses années de prison, prendre son travail pour un enfantillage. La réponse lui vint d'elle-même : c'était Saint-Hiver qui l'avait maintenu en état d'enfance. Lui et tous ses camarades de Champrond. Ses *camarades*... il en parlait encore comme un écolier, un vulgaire pensionnaire.

Il revint sur les pages de sa confession concernant le meurtre de Saint-Hiver. Il en écrivit une seconde version. La métamorphose avait lieu dans le couloir, Krämer devenait adulte en quelques mètres, et c'était Faust qui assassinait Saint-Hiver. Faust réglait son compte au diable.

Il tuerait aussi ce J.L.B. qui, en lui volant son œuvre, avait ouvert sa poitrine de crabe une fois de trop.

Il ne regardait plus les affiches.

Il prépara son exécution.

Il la voulait publique.

Il tuerait ce J.L.B. le soir de son apparition au Palais Omnisport de Bercy. D'ailleurs, J.L.B. lui donnait rendez-vous par l'entremise de cette campagne de publicité qui lui fournissait le jour, l'heure et le lieu du sacrifice. L'interview accordée par J.L.B. à *Playboy* le conforta dans son projet. La morgue imbécile de ses réponses appelait à elle seule une punition exemplaire.

Il se procura son arme chez son beau-père d'armurier, rue Réaumur. Il connaissait la maison. Impossible de pénétrer dans le magasin comme un client ordinaire. Mais l'appartement du propriétaire communiquait avec l'armurerie. Il opéra un de ces dimanches ensoleillés où Paris se répand dans ses campagnes. Il choisit une Swinley 22 dotée d'une lunette de visée, et deux armes de poing, au cas où la suite des événements l'amènerait à se défendre. L'argent liquide, qu'il trouva dans l'appartement (la mère de Caroline, rétive aux abstractions bancaires, cachait entre ses draps des liquidités où Caroline adolescente prélevait sa dîme hebdomadaire), l'argent liquide tombait à pic, il ne lui restait plus grand-chose de ce qu'il avait emporté de Champrond.

Alors commença le travail de repérage.

Au Palais Omnisport, il choisit, pour faire son nid de tueur, une passerelle métallique située entre deux projecteurs dont l'intensité éblouirait ceux qui seraient tentés de regarder dans sa direction.

Le soir de l'exécution, il se tenait donc là, couché sur la passerelle, entre les deux projecteurs, sa carabine posée devant lui. Il avait glissé un Smith et Wesson dans la ceinture de son pantalon. Le deuxième revolver, emmitouflé dans un sac de plastique, était enterré dans le jardin du Luxembourg, cachette publique infiniment plus sûre que sa chambre d'hôtel.

Le Palais Omnisport se remplissait sous lui.

C'est alors qu'il vit la belle femme pour la première fois.

45

Il eut un choc quand la belle femme apparut dans sa lunette de visée. Il vit qu'elle était belle et que les hommes l'entouraient. Aucun d'entre eux, toutefois, n'osait pénétrer à l'intérieur de ce cercle suscité par leur admiration. Il y reconnut le paradoxe de la beauté : régner seule sur un empire verrouillé par la convoitise. Il avait éprouvé cela dans son enfance. Trop beau pour se faire des amis. Les très beaux étaient une race à part. La belle femme faisait partie de cette race. Il l'avait décrite tant de fois dans ses romans ! Et voilà qu'elle se tenait là, maintenant, debout dans le cercle des hommes, debout dans sa lunette de visée !

Quand il eut abattu J.L.B. et que la belle femme se fut vidée au milieu de la foule, il accueillit l'explosion de ce corps comme la plus magnifique des déclarations d'amour. Elle le croyait mort. Elle lui offrait le somptueux hommage d'un deuil volcanique. Elle ignorait qu'il ne s'agissait pas de lui, sur la scène, mais d'une caricature dérisoire de lui-même. Elle s'imaginait avoir perdu son auteur préféré, quand son auteur, tout au contraire, venait de la découvrir !

Ce furent les phrases qu'il jeta, mot pour mot, ce soir-là, sur son carnet.

Il laissa le Palais Omnisport se vider, et sortit à quelques pas de la belle femme. Il monta dans le même wagon de métro. Il l'accompagna jusqu'à son immeuble, repéra son étage, la porte de son appartement. Il changea d'hôtel et loua une chambre proche de ses fenêtres à elle. Et, cette nuit-là, il écrivit, comme toutes les autres nuits. Il en était à décrire le pianiste, le meurtre du pianiste. *Il*, son personnage, savait parfaitement ce qu'il faisait. « Il » allait récupérer son identité, découvrir l'éditeur, le forcer à se dévoiler, rentrer dans ses droits. Alors seulement il se présenterait à la belle femme. Et c'était bien, aussi, l'intention de Krämer.

Mais il voulut la voir une fois encore avant de se mettre en chasse. Il la reconnut, en dépit de la perruque. Il la reconnut à sa démarche : une détermination extraordinaire. Il n'eut pas la force de la quitter. Il voulait comprendre aussi la raison de cette perruque, savoir où la mènerait cette détermination. Il assista à la location des voitures, la suivit jusqu'à la porte de ses différentes chambres de bonnes, se familiarisa avec sa collection de perruques. Lui-même roulait dans une petite Renault louée au nom de Krusmayer. Il assista au dispositif qu'elle mit en place autour de l'hôtel particulier, rue de la Pompe. Les trois voitures de location formaient un triangle autour de la cible. Elle passait de l'une à l'autre et d'une apparence à l'autre, montant ainsi une garde constante devant cet hôtel particulier. Elle laissait ses clefs de contact au tableau de bord, sans doute pour se replier plus vite en cas de nécessité. Il ignorait le but de cet encerclement. Il comprit, lorsqu'il reconnut le ministre Chabotte. Lorsqu'il la vit pointer un revolver contre le ventre du ministre Chabotte et s'engouffrer avec lui dans la Mercedes qu'elle venait de percuter. Cela se passa si vite qu'il fut pris de court, debout sur le trottoir. Il courut jusqu'à la B.M.W. qu'elle avait garée au croisement voisin et eut toutes les peines du monde à rejoindre la Mercedes. La Mercedes, heureusement, roulait à un train de sénateur. Quand elle s'immobilisa à l'orée du bois de Boulogne, il se gara non loin d'elle, se glissa dans le sous-bois et s'approcha. C'était bien Chabotte, oui, le sémillant directeur de cabinet qui s'était extasié sur son travail, dix-sept années plus tôt. Chabotte était de ces tempéraments secs que la vie n'empâte pas. Parfaitement reconnaissable. Mais comment la belle femme connaissait-elle Chabotte ? C'était une question qu'il poserait au ministre, si elle ne le tuait pas. Elle ne le tua pas. Elle l'obligea à sortir dans la nuit tombée, et la Mercedes s'éloigna. Krämer plaqua Chabotte au sol, dans les fourrés, le nez dans la mousse, et lui colla son revolver sur la nuque.

— Deux fois en cinq minutes, c'est au moins une fois de trop, protesta tranquillement le ministre.

Krämer le retourna.

— C'est vous, Krämer ? Et c'était vous aussi, à Bercy ? Félicitations... Vous êtes plus coopératif dans le rôle de tueur que dans celui de la victime.

Pas la moindre peur.

Et cartes sur table, immédiatement.

Oui, Chabotte lui avait volé son œuvre, oui, il l'avouait, maintenant qu'il ne pouvait faire autrement. Une partie de ses intentions étaient louables, cependant : un pourcentage non négligeable des bénéfices avait permis le fonctionnement de la prison de Champrond.

— Vous avez eu tort de massacrer Saint-Hiver, soit dit en passant. Il n'y était pour rien le pauvre vieux, pas touché un rond pour son compte personnel, un saint authentique. Mais nous vivons dans un monde où même les saints doivent se montrer réalistes : c'était ça, ou une prison comme les autres pour ses pensionnaires.

Chabotte se méprit sur le silence de Krämer.

— Ça vous étonne, Krämer ? Quoi, vous vous imaginiez que la prison de Champrond fonctionnait sur les deniers publics ? Vous voyez un Etat ouvrir ses caisses pour que des tueurs puissent jouer les artistes ? Et l'Etat français, de surcroît ?

Krämer lui demanda qui était la belle femme.

— Pas la moindre idée. Elle voulait savoir pourquoi j'avais fait abattre le zigoto qui jouait votre rôle sur la scène. Un comble, non ? Bon, Krämer, passons aux choses sérieuses, maintenant. Voilà ce que je vous propose...

Il retourna Chabotte contre le sol et le tua.

*

— Pour venger Saint-Hiver?

Krämer fait oui de la tête, assis à côté d'une Reine désolée.

— Mon pauvre Krämer, le nombre de raisons que vous vous donnez pour tuer les gens...

Ils parlent à mi-voix. Une longue couleuvre ocre et brune louvoie entre les pieds des roses trémières vers la soucoupe de lait que Julie a placée pour elle sous l'abri d'une pierre plate.

— Et Gauthier?

— Je voulais exécuter tout le personnel de la maison d'édition.

— Pourquoi?

— Peut-être parce qu'avec la mort de Saint-Hiver j'étais devenu un vrai tueur...

— Qu'est-ce que c'est que ça, un *vrai* tueur? Vous trouvez que vous ne faisiez pas assez *vrai* comme ça?

La couleuvre avance lentement, mais chacun de ses anneaux glisse sur lui-même à une vitesse de fouet. C'est une force contenue. Comme une décision imminente.

— Il y avait une couleuvre pareille à celle-ci qui nichait au même endroit, du temps de mon père, leur a dit Julie.

*

Il avait tué Gauthier parce qu'il figurait sur une photo de *Playboy* en qualité de secrétaire de J.L.B. Lorsque la belle femme (perruque brune cette fois) avait abandonné Gauthier rue Gazan, au bord du parc Montsouris, il l'avait tué très vite, sans même lui poser de question. Il exécuterait ainsi tous ceux qui, en lui volant son œuvre, avaient détruit celle de Saint-Hiver. C'était sa nouvelle décision. Il ne se vengeait plus, il vengeait Saint-Hiver. Or, pour une raison qu'il ne s'expliquait pas, la belle femme le conduisait à ses cibles, lui désignait les coupables. Ils faisaient équipe. Tout à parier qu'elle le mènerait bientôt près de ce géant bâti comme un rugbyman qui se tenait, hilare, à côté de J.L.B. sur une autre photo de *Playboy*. La belle femme était son poisson pilote. Elle menait sa propre enquête qui recoupait la sienne. Elle avait épargné Chabotte et Gauthier qui l'avaient sans doute dirigée vers le cerveau de l'affaire. Elle remontait vers une source par un chemin où lui, Krämer, n'épargnerait personne.

Une idée magnifique lui était venue dans l'excitation où l'avait plongé l'exécution de Chabotte : compromettre la belle femme ! Lancer les enquêteurs sur ses traces. Deux raisons à cela. Qu'il numérota : 1° garder les coudées franches pour ses exécutions, 2° la sauver quand elle se ferait prendre. Il ne vivait que dans l'attente de ce moment. Le moment où il irait se dénoncer à sa place. Le moment où, se livrant lui-même, il l'innocenterait. Cette perspective le maintenait éveillé dans un débordement de joie lucide qui faisait de lui une sorte de tueur gai, extraordinairement instinctif, invulnérable. La réalité se présentait à lui avec cette même clarté qui nimbait les êtres et les choses durant ses crises de suffocation, jadis. Il savait ce qu'il dirait à la belle femme en la sauvant. Peut-être ne se croiseraient-ils que le temps d'une brève confrontation, mais il aurait le temps de le lui dire. Il la désignerait du doigt en souriant, et il lui dirait :

— Vous... vous, je vous aime *exactement*.

Il ne concevait pas de plus belle déclaration d'amour.

— Je vous aime *exactement*.

Peut-être laisserait-il un temps entre le verbe et son adverbe :

— Je vous aime... *exactement*.

Peut-être pas.

*

— C'est d'ailleurs la première chose qu'il m'a dite en se réveillant, après son évanouissement.

— Quoi donc ?

— Ça : « Je vous aime exactement. »
— Sans blague ?
— Mot pour mot.

La Reine et Julie parlent à voix basse. Krämer dort dans la chambre attenant à la cuisine. La Reine a bel et bien bordé l'assassin. C'est qu'ils doivent se lever à l'aurore. Une tâche énorme les attend : reprendre toute la confession de Krämer, lui rendre sa première personne du singulier, récrire tous les passages où sa plume s'est égarée dans les mirages de l'épique. « Vous êtes toujours d'accord, Alexandre ? » Il a fait oui de la tête. « Bon, alors dormez, maintenant. » La Reine a posé sa main potelée sur le front de l'assassin. Le dernier homme qu'elle ait ainsi touché c'est Malaussène, quelques minutes avant que l'assassin ne l'abatte. Krämer s'est endormi sous la main potelée de la Reine.

— C'est tout de même étrange, comme situation, dit la Reine à Julie devant son tilleul du soir. Deux femmes, perdues au fin fond du Vercors, s'occupant à préparer la réinsertion d'un tueur... sa réinsertion carcérale.

C'est ce qu'elles ont décidé : mettre au point la confession de Krämer, la confier au commissaire divisionnaire Coudrier pour qu'il désarme sa flicaille sentinelle. Faute de quoi, Krämer se fera abattre, son premier pied posé dans Paris. La Reine et la journaliste travaillent à la réinsertion d'un rossignol. Qu'il retrouve le territoire paisible de sa cage, qu'il s'enroule de nouveau dans le nid de son écriture. La Reine s'intéresse à toutes les écritures.

— Alors, c'est ici que vous avez passé votre enfance, avec votre gouverneur de père ?

— C'est ma maison natale, oui, répond Julie, je suis née dans cette cuisine.

— Fameux personnage...

La Reine parle à petites gorgées brûlantes.

— Le gouverneur colonial qui décolonise...

Julie en convient. Elle a trouvé son père assez « fameux », oui.

— Vous n'avez jamais été tentée d'écrire un livre sur lui ?

— Il n'en est pas question.

— Nous en reparlerons.

Les deux femmes se taisent. On entend les mulots mener à petites pattes leur sarabande nocturne, dans le fouillis néocolonial du grenier.

— Et qu'est-ce que vous lui avez répondu ?

— Pardon ?

— A Krämer, quand il vous a fait sa déclaration d'amour...

*

Il s'était évanoui à l'apparition de la belle femme. La quantité de sang perdu, certes, mais l'émotion, surtout. Il s'était évanoui comme on s'abandonne. Il avait entraîné une petite commode dans sa chute. Les pages de sa confession à la troisième personne s'étaient répandues autour de lui.

Quand il s'était réveillé, il était nu, allongé dans le lit de la chambre de bonne, bandé, relié à un goutte-à-goutte. Assise dans un fauteuil de bureau dont le skaï éventré laissait aller des tumeurs moussues, la belle femme était occupée à lire sa confession.

— Vous..., dit-il.

Elle leva les yeux.

— Vous... Je vous aime *exactement*.

Elle fut aussitôt à genoux près de lui. Elle pressait le canon d'un revolver d'ordonnance contre sa tempe.

— Un mot de plus et je fais sauter ta tête de con.

Il ne douta pas une seconde qu'elle mettrait sa menace à exécution. Il se tut. Il ne reçut pas cette réaction comme l'onde de chagrin qui, en toute logique amoureuse, aurait dû l'achever. Une fois de plus, la curiosité l'emporta. Pour quelle raison une femme qui venait de vous sauver la vie pouvait-elle projeter de vous tirer une balle dans la tête ? La question l'*intéressait*. Il la lui posa un peu plus tard, quand elle se fut calmée et qu'elle lui eut fait raconter le reste de son histoire.

— A Bercy, vous avez abattu l'homme que j'aimais.

Ce type endimanché, sur la scène du Palais Omnisport, l'homme qu'elle aimait ? D'une certaine façon, la réponse de la belle femme ne faisait qu'ajouter au mystère. Krämer chercha à savoir quel genre d'homme ce pouvait être quand il ne jouait pas le rôle d'un autre dans le clinquant ridicule d'une kermesse pseudo-littéraire. La belle femme se montra laconique :

— Le genre que j'aime.

Elle ajouta tout de même :

— Unique en son genre.

Et, quand il lui demanda pourquoi un homme si aimable avait accepté ce rôle indigne — entrer dans la peau d'un écrivain qu'il n'était pas —, elle répondit d'un trait :

— Pour consoler sa sœur, pour constituer une dot à l'enfant de sa sœur, pour distraire sa famille et s'amuser lui-même, parce que c'est un tempérament tragique qui joue à s'amuser, ne s'amuse jamais vraiment mais se marre bien quand même... un connard qui a fini par se faire tuer à force de ne pas être un tueur !

— Il m'a volé mon œuvre.

— Il ne vous a rien volé du tout. Il pensait sincèrement que Chabotte était J.L.B.

« Une image, pensa Krämer avec détachement, cette nuit-là, j'ai tiré sur une image... »

— Et tous les employés du Talion le pensaient aussi, y compris Gauthier !

Elle vibrait de rage. Krämer s'attendait à ce qu'elle saisît de nouveau le revolver d'ordonnance. Au lieu de quoi, il l'entendit gronder :

— Maintenant, fermez-la, il faut que je change votre pansement.

Elle travaillait avec une dextérité brutale de chirurgien.

Ils quittèrent Paris dès qu'il put se tenir debout. Ils partirent de nuit. Elle avait collé un gyrophare bleu sur une

329

Renault blanche, et l'avait obligé à enfiler une blouse d'infirmier.

— Ils cherchent un blessé, ils ne soupçonneront pas un infirmier.

Ils arrivèrent à l'aube dans une ferme du Vercors. Nuages, sapins, falaises et roses trémières.

— Vous dormirez là.

Elle lui désigna un canapé pliant dans une pièce lambrissée de sapin crème. Une lanterne chinoise pendait du plafond.

— Vous pourrez écrire sur cette table, près de la fenêtre.

La fenêtre ouvrait sur un bois de jeunes chênes.

— J'appellerai la directrice du Talion quand vous serez suffisamment avancé.

C'était son projet : qu'il mît sa confession à jour. A ce point farcies de circonstances atténuantes, ces pages ne pouvaient que plaider en sa faveur. On ne retournerait pas à Paris avant que le divisionnaire Coudrier les ait lues.

— Pourquoi faites-vous ça ?

Au fait, pourquoi ? Il avait abattu son homme, après tout...

— Je ne suis pas un tueur, moi, répondit-elle, je ne résous pas les problèmes en les supprimant.

Il voulut savoir aussi pourquoi elle tenait tant à ce que sa confession fût publiée, diffusée en librairie.

— Vérité publique. On ne pourra pas vous jeter aux oubliettes ni envoyer quelqu'un vous tuer en prison. Peut-être même sauvera-t-on la prison de Champrond.

De tout ce temps passé en sa compagnie, Krämer n'éprouva plus la moindre émotion pour la belle femme. Sa précision l'anesthésiait. Il la laissait décider de son destin dans la stricte mesure où son destin l'indifférait. Il était curieux, comme toujours, de ce qui allait advenir, mais indifférent aux conséquences. Qu'on sauvât Champrond ou non ne lui importait plus. Il était au spectacle. La belle femme constituait ce spectacle. Elle n'avait pas plus de réalité pour lui que les personnages qui naissaient d'eux-mêmes sous sa plume. De quelle imagination sans mystère sortait cette femme à qui tout réussissait ? Elle savait tout faire, maquiller une voiture, manier le revolver, se déguiser en n'importe quoi, soigner une main amputée de deux doigts... Elle pouvait tout, administrer des antibiotiques sans ordonnance, se procurer trois litres de sang pour une transfusion clandestine, changer de voiture à volonté, dégoter une maison perdue dans le Vercors... Elle était belle, certes, mais d'une beauté à ce point *évidente*... La belle femme était un stéréotype. Mais un stéréotype de son temps, persuadé d'être unique en son genre.

— Et vous, que pensez-vous de mes romans ? lui demanda Krämer entre deux éternités de silence.

— Un ramassis de conneries.

En revanche, il s'attacha à la Reine dès les premiers instants. La Reine le rudoyait, mais elle parlait la langue vraie des livres. Il travailla avec ferveur sous l'autorité absolue de la Reine. Il tordit le cou à la troisième personne du singulier pour exhumer un *je* qui écrivît en son nom. Ainsi découvrit-il qu'il n'était pas le vengeur idéaliste qu'il croyait (et dont il avait décrit les états d'âme avec complaisance) mais un tueur impulsif, assujetti au seul présent de l'indicatif.

— Alexandre, pensez-vous encore quelquefois à Saint-Hiver ? Réfléchissez avant de répondre. Pensez-vous encore à Saint-Hiver de temps en temps ?

— Non.

— Et à votre vie, dans la prison de Champrond ?

— Non, je n'y pense jamais vraiment, non.

— Pourtant, vous étiez heureux à Champrond ?

— Je crois, oui.

— Le sort de vos camarades vous préoccupe-t-il ?

— Pas vraiment.

— Comment expliquez-vous cela ?

— Je ne sais pas. Je suis ici, maintenant. Je suis avec vous.

— Pensez-vous parfois à Caroline ?

— Caroline ?

— Votre femme, Caroline...

— Non.

— Alexandre, pourquoi avez-vous tué Saint-Hiver, vraiment ?

— Je ne sais pas. Je me suis vu prisonnier, je crois, tout à coup, et lui, je l'ai vu en directeur de prison.

— Et Chabotte ?

— Pour venger Saint-Hiver.

— Le directeur de prison ?

— Non, l'autre Saint-Hiver, le fondateur de Champrond.

— Mais, puisque vous n'y pensiez pas...

— Chabotte m'en a parlé, il s'est moqué de lui, c'était pénible.

— *Pénible* ?

— C'était pénible, oui, brutal. Je n'ai pas supporté cette brutalité.

— Gauthier ?

— J'avais à venger un homme et j'avais à venger un rêve.

— Ça, c'est ce que vous avez écrit à la troisième personne, mais ce n'est pas de vous, c'est une formule à la J.L.B. Pourquoi avez-vous tué Gauthier ?

— Il m'a semblé que j'étais là pour ça.

— Insuffisant.

— ...

— ...

— Je voulais...

— ...

— Je voulais compromettre Julie.

— Pour vous donner le rôle du sauveur en vous livrant après son arrestation ?

— Oui.

— Ecrivez-le. Et reprenons tout ça au présent de l'indicatif, si vous le voulez bien.

La Reine l'avait aidé à mener à bien sa confession. Au présent de l'indicatif, qui était le temps de ses meurtres, et à la première personne du singulier qui était celle de l'assassin. Une centaine de pages, pas plus, mais les premières qui

332

fussent de lui, qui fussent lui. La Reine ne vidait pas les crabes, elle les remplissait de leur propre chair, elle effaçait les cicatrices.

*

Vint le matin où la Reine et la belle femme retournèrent à Paris, plaider sa cause auprès de la police. Il resta seul dans la maison du Vercors.

— Ne bougez pas jusqu'à ce qu'on vienne vous chercher.

— Ecrivez, en attendant, Alexandre. Commencez donc l'histoire de ce publicitaire qui s'approprie le sol, c'est une bonne idée de départ.

Mais le Vercors lui avait inspiré un autre projet : l'histoire d'un petit bûcheron de dix ans qui, ayant assisté, le 21 juillet 44, au massacre de toute sa famille par les commandos S.S. lâchés sur le plateau de Vassieux, se jure de les retrouver tous et de les châtier un à un. Ce faisant, le petit bûcheron sauvera les forêts amazoniennes tombées entre les mains de ces mêmes bourreaux, deviendra le premier producteur de pâte à papier du monde, l'ami des éditeurs et des écrivains, celui par qui le livre prend son vol.

A la reine Zabo, sur qui il refermait la portière de la voiture, il demanda :

— Quand vous viendrez me chercher, soyez gentille, apportez-moi une documentation complète sur l'imprimerie et sur le marché du papier.

Et, comme la voiture s'éloignait, il s'écria :

— Celui-ci, je vais l'écrire à la première personne et au présent de l'indicatif !

VIII

C'EST UN ANGE

— On l'appellera « C'Est Un Ange ».

46

— Ne tournez pas autour du pot, Berthold, vous m'avez vidé Malaussène comme une huître !

Le professeur Marty était revenu du Japon et les couloirs de l'hôpital en savaient quelque chose.

— Tout ce que vous vouliez, Marty, c'était qu'on ne le débranche pas !

Sur ses jambes interminables, Berthold avait de la peine à suivre la fureur de Marty.

— Je vais vous mener une vie, Berthold... à vous faire envier celle de Malaussène !

Berthold n'en doutait pas.

— Mais qu'est-ce que vous me reprochez, merde, je ne l'ai pas débranché !

Les couloirs se figeaient au passage du petit furieux et du grand lamentable.

— Je vous reproche d'être incurable, Berthold.

Ils fonçaient vers la chambre-Malaussène.

— Quoi, bon Dieu, je lui ai juste prélevé un petit morceau de foie !

— Je sais, pour le greffer à un cirrhotique hépato-carcinome qui en est mort le lendemain.

— Greffe expérimentale, Marty, ça aurait pu marcher.

— C'était cuit d'avance et vous le saviez ; il y a des *expériences* qui ne se tentent pas.

— Pour sauver un malade ! Des expériences qui ne se tentent pas ? C'est ça, votre conception de la médecine ?

337

— Parfaitement. Vous constituez à vous seul une expérience que je n'aurais jamais tentée, Berthold !

— Faites attention à ce que vous dites !

— Quand vous ferez attention à ce que vous faites.

— Et la double greffe de reins, et la greffe cœur-poumons, elles n'ont pas réussi, peut-être ?

— Avec l'accord de la famille ?

— La famille ? La famille Malaussène ? Parlons-en un peu de la famille ! Une tribu d'emmerdeurs à moitié arabes qui sont dans nos pattes du matin au soir, elle est jolie, la famille Malaussène ! Tiens, et puisque nous en parlons, regardez-la, la famille ! Admirez, Marty, admirez !

Berthold avait ouvert la porte du malade en un geste de démonstration victorieuse.

*

Ils étaient tous dans la chambre de Benjamin. Il y avait là Thérèse, Clara, Jérémy, le petit, Thian et Verdun, Louna son mari et les jumelles, Amar, Hadouch et Yasmina, il y avait là Nourdine et Leila, Mo le Mossi et Simon le Kabyle en permission exceptionnelle, il y avait le chien Julius et il y avait Julie, il y avait Loussa de Casamance et il y avait la reine Zabo, il se trouvait même un flic en blouson d'aviateur à col fourré et le commissaire divisionnaire Coudrier, son supérieur hiérarchique.

Vingt-trois visiteurs.

Ving-quatre avec Marty.

La famille Malaussène.

La Tribu du Sujet.

Dont on fêtait l'anniversaire.

— Restez dehors, Berthold, ordonna le docteur Marty, cette petite fête ne vous concerne pas.

Il y avait un gâteau à bougies et du champagne pour tous. Il y avait même une flopée de cadeaux sous forme de bonnes nouvelles que Jérémy déballait une à une à l'oreille de Benjamin.

— Julius est guéri, Ben, c'est bon signe, le Petit ne fait plus de cauchemar, Marty est de retour, Julie a mis la main sur le tueur, j'ai pas foutu le feu aux Editions du Talion, ça baigne, Ben, c'est le bout du tunnel, t'as confiance en moi, dis ? Crois-moi, tu seras bientôt debout !

*

J'ai confiance, Jérémy, c'est un bon anniversaire, merci, cadeaux tout ce qu'il y a de chouettes, merci, retour de Julie et de Marty, merci, pour ce qui est de me ressusciter, tu repasseras, mais merci quand même, c'est l'intention qui fait plaisir, et puis l'essentiel n'est pas là, Jérémy, le plus joli cadeau s'annonce ailleurs, comment se fait-il que vous autres, debout sur vos pattes d'hommes, vos zoreilles et vos zyeux grand zouverts, et tellement vivants, et à ce point sensibles, comment se fait-il que vous passiez à côté de l'essentiel, toujours, en ce beau siècle de lucidité, pourquoi faut-il que ce soit moi qui pige tout tout de suite, moi qui ne suis plus que l'enveloppe de moi-même, le téléfax impuissant du monde, tu n'entends pas le double cœur de Clara, Jérémy ?

Clara va accoucher !

Julie, Hadouch, Yasmina, Clara va accoucher !

Marty ! docteur ! Ma sœur Clara est sur le point d'accoucher !

Et son petit locataire a une de ces trouilles, si vous entendiez son cœur comme je l'entends ! Nourri, logé, baladé, choyé pendant neuf mois et largué tout soudain, sans sommation ni parachute, dans un champ de mines ! C'est comme de voir une balle 22 à forte pénétration entrer dans vos trente centimètres de lecteur ; Bergson avait raison sur ce point : en matière d'existence l'arrivant et l'éjecté entendent sonner les trompettes de l'irrémédiable et ça leur flanque la même pétoche, exactement la même, mourir ou naître, c'est du kif pour qui n'y est jamais passé, un changement d'habitudes radical, l'homme est un animal qui s'attache — à l'ombre des sécateurs, le con.

Marty, docteur, je sais que ma famille est quelque peu encombrante, mais si vous pouviez prendre sur votre temps pour accueillir le petit scouataire de ma Clara, vous m'obligeriez, vraiment, il me semble qu'il aurait moins peur, garanti de ne pas naître avec trois pieds et six oreilles, et puis c'est un être humain qui lui déroulerait le tapis, une bonne chose pour un moral de débutant, il n'en rencontrera pas tant que ça de l'autre côté de la porte, des humains-zhumains...

*

Cela s'annonça par l'évanouissement discret de la mère. Un blanc monté en neige qui tombe sur lui-même. Un souffle.

— Clara !

Mais Clara se trouvait déjà dans les bras d'un flic à blouson d'aviateur, et « par ici » disait le docteur, et la tribu des vingt-trois de suivre le Marty dans les couloirs de l'hôpital (vingt-deux pour être exact, Julie restant auprès de Benjamin), et les couloirs de défiler en cadence, jusqu'à la table sur laquelle tout commence, où Clara se réveille, où, manches retroussées, le docteur est parti à la pêche au vivant, et la tribu se referme comme la mêlée sur le ballon, un fameux pack poussant et soufflant au rythme de Clara, c'est qu'ils se sont entraînés avec elle, tous, pendant ces derniers mois, aspirant, retenant, poussant et soufflant, les arrières eux-mêmes se mêlant de la partie, les pas prévenus, les extérieurs, les dubitatifs de la vie, les pas vraiment concernés, se surprenant à aspirer tout l'air du monde, la reine Zabo (« mais qu'est-ce que je fabrique ? je suis complètement idiote... »), et poussant à s'en faire sauter sa tête de champagne, comme si c'était un livre qui allait surgir entre ces cuisses-là, aspirant, le Mossi, retenant, le Kabyle, et poussant, le divisionnaire en personne (« après tout, la quiétude est peut-être pour demain... »), Leila, Nourdine,

Jérémy et le Petit tournant autour de la mêlée sans souci du hors-jeu, cherchant par où le ballon va sortir, être le premier sur le ballon, tout est là...

Mais le ballon sort très au-dessus de leurs têtes...

Brandi par les mains victorieuses de Marty.

Et la mêlée d'éclore, têtes renversées, prenant ses distances comme sur une rentrée de touche, pour mieux voir ce que le docteur va introduire dans le grand jeu.

C'est tout pareil à un nouveau-né habituel et, comme d'habitude, ça n'a rien à voir avec.

Pour commencer, ça ne crie pas.

Et ça regarde. On se sent même vaguement gêné, vu qu'on était là pour voir.

Et ça ne manifeste pas la moindre trouille.

Pensif, plutôt. L'air de se demander ce que tous ces sportifs fichent ici.

Puis se décidant à leur sourire.

Ce qui est très rare, un sourire de nouveau-né. En général il faut attendre un peu pour le sourire, le temps que se forment les premières illusions. Tandis que là, non, un sourire, d'entrée de jeu. Et qui colle parfaitement avec le reste. Le reste, c'est Clara Malaussène et c'est Clarence de Saint-Hiver. C'est l'ovale de Clara sous la mèche de Clarence, c'est la blanche blondeur Saint-Hiver sur la Méditerranée Malaussène, c'est mat et c'est lumineux, ça vient à peine de naître et c'est déjà scrupuleux, tout soucieux de ne vexer personne, de n'oublier ni le père ni la mère dans la distribution des ressemblances... Mais ce qui conjugue le mieux l'attention rêveuse de Clara et l'enthousiasme pensif de Clarence, c'est ce sourire justement, avec un rien de personnel, tout de même, une babine un peu plus troussée que l'autre, une petite pointe de gaieté dans un trop-plein de sérieux, l'air de trouver qu'après tout, les gars, c'est pas si grave que ça... on s'en remettra... vous verrez...

— C'est un ange, dit Jérémy.

Qui ajoute, après un temps de réflexion :

— On l'appellera comme ça.

— Ange ? Tu veux l'appeler Ange ?

Jérémy a toujours baptisé.

Thérèse a toujours contesté.

— Non, dit Jérémy, on l'appellera « C'Est Un Ange ».

— En un seul mot ? C'Estunange ?

— Avec tous ses mots, et des majuscules partout.

— « C'Est Un Ange » ?

— C'Est Un Ange.

*

Ce qui se passa ensuite (quand, Clara s'étant endormie, le docteur Marty déposa C'Est Un Ange dans son berceau) devait transformer la vie de l'inspecteur Van Thian en destin. Comme pour étrenner le prénom qui ne le lâcherait plus, C'Est Un Ange eut un gracieux mouvement de mèche, à la Saint-Hiver, et s'endormit à son tour, tout à fait comme un ange replie ses ailes. « Les anges s'endorment dès qu'ils se posent », fit observer Jérémy. La phrase tomba dans un silence immobile. Cela tenait de l'émerveillement catatonique ou de la commémoration inspirée. Il ne serait venu à l'idée de personne de bouger le petit doigt. Ce fut l'instant que Verdun choisit pour gigoter dans son harnais de cuir. Le vieux Thian pensa que la petite commençait à trouver le temps long et voulut la calmer d'une caresse. Mais Verdun repoussa sèchement la main de l'inspecteur, et, s'agrippant fermement aux rebords du harnais, poussa sur ses deux coudes jusqu'à en extraire son corps tout entier. Thian eut juste le temps de la rattraper avant qu'elle ne tombât sur le sol. Mais, d'une torsion de son maigre buste, la petite lui échappa et se dirigea d'un pas résolu, à peine chancelant, vers le berceau de C'Est Un Ange. Quand elle eut atteint le petit lit, posé un long regard sur le bébé endormi, et qu'elle se fut retournée vers l'assemblée, il fut clair pour chacun qu'aucune force au monde ne pourrait arracher Verdun à son poste de sentinelle. « Verdun sait marcher, pensa Jérémy, ne pas oublier d'annoncer à Benjamin que Verdun sait marcher. » Cependant, l'inspecteur Van Thian s'était reculé sans bruit. Trois pas de retraite qui l'avaient porté dans le couloir de l'hôpital.

Il marchait maintenant vers la sortie. Le discret accouchement de l'inspecteur Van Thian avait été sans commune douleur.

47

Le présent de l'indicatif ne valait rien à Krämer. Il ne lui fallut pas une nuit pour s'en convaincre, dans la maison du Vercors. Après le départ des femmes, il s'était assis à sa table de travail et les mots ne lui étaient pas venus. Pire, l'envie même de les trouver l'avait quitté. Il restait vide devant la fameuse feuille blanche. Cela ne lui était jamais arrivé.

Cet état de vacance ne lui déplut pas, d'abord. Il s'y intéressa, comme à tout ce qui le surprenait. « Au fond, le présent de l'indicatif ne me vaut rien. » Mais l'envie d'écrire au passé semblait, elle, révolue. « Le passé non plus. » Assis à sa table, il laissa glisser le jour jusqu'à la nuit noire. Quand le petit bois de chênes ne fut plus qu'un mur opaque devant sa fenêtre, il se coucha. Il lui sembla que le lit se dérobait sous lui. « Quant au futur, ce n'est pas la peine d'y songer. » L'idée qu'on pût lui attribuer un futur le secoua d'un fou rire qui accentua le tangage du lit. Il jeta ses bras en avant pour freiner sa chute, mais la sensation de glissade persista. Le traversin où s'étaient plantés ses doigts n'était pas plus stable que le reste. Il prit le parti de se laisser rouler sur le plancher de la chambre. « Quitter ce rafiot au plus vite. » Mauvaise initiative. Le sol fuyait aussi. « Ces histoires de temps, un perpétuel glissement de terrain... » Il eut la vision très nette d'un tapis roulant qu'il arpentait à contre-courant sans avancer d'un pas. Se raccrochant tant bien que mal au lit mouvant, au coin fuyant de la table, au très incertain dossier de la chaise, il finit par se redresser, un genou au sol, debout enfin. Stable. « Sur mes pieds. » « La terre a besoin de perpendiculaires. »

Il se drapa dans l'édredon et sortit s'asseoir sur le banc qu'on avait aménagé à la porte de la cuisine. Une planche d'orme blanchie par les intempéries, posée sur quelques pierres plates. « Soit. A peu près stable. » Adossé au mur inégal de la ferme, il pensa fugitivement à cette reine Zabo qui lui avait mis le temps en tête. En le vidant de tout le reste. Réduit à l'instant. « Pas au présent, à l'*instant*, ce n'est pas tout à fait la même chose. » Une demi-lune très blanche nimbait l'encerclement des roses trémières. Il eut envie d'en savoir plus sur le paysage nocturne, derrière. Il laissa glisser l'édredon, et, s'armant de la faux qui pendait au bâti de la remise à bois, il entreprit d'abattre ce rempart. Il y avait, au-dessus du lit de la belle femme, la photo d'un homme en uniforme blanc, pris dans cette profusion sauvage. Nu sous la lune, Krämer libérait enfin le gouverneur. La belle femme semblait aimer beaucoup le gouverneur. Tout en fauchant avec méthode, Krämer se découvrit sensible à cet amour, si peu méthodique, que la belle femme semblait porter aux hommes de sa vie. Elle laissait les herbes folles étouffer ses amours. (La reine l'avait dit : il poussait des lianes tortueuses autour du lit de Malaussène... végétation médicale.) Derrière le rempart des roses trémières se dressait la muraille des orties. Krämer faucha jusqu'au matin. Le soleil le surprit, nu, « très debout », abattant les dernières plantes d'une torsion régulière de son buste, ses pieds et ses mollets insensibles à leur agonie brûlante.

Il s'habilla. Il emplit de lait frais la soucoupe de la couleuvre. Il y ajouta la touche rouge de quelques grains empoisonnés qu'on destinait aux mulots du grenier. La solitude est un supplice qu'il faut épargner aux animaux apprivoisés.

Il se coula dans le bois de jeunes chênes jusqu'aux limites de la ferme voisine. Lorsque le facteur pénétra dans le bâtiment pour livrer son courrier, il se glissa derrière le volant de sa camionnette jaune.

A Grenoble, il prit le T.G.V. pour Paris.

A Paris, il prit le métro pour le jardin du Luxembourg.

*

L'homme aux trois doigts creusait un trou dans le jardin du Luxembourg.

— Tu cherches un trésor?

L'homme aux trois doigts se retourna. Deux enfants, de quatre à sept ans — il ne connaissait rien à l'âge des enfants —, l'observaient, perplexes.

— Je cherche un œuf de Pâques.

Le garçon hocha la tête et sa sœur fit de même.

— Pâques, c'étaient les vacances d'avant, dit le garçon.

— Et les cloches lâchent leurs œufs dans les jardins des gens, dit la petite fille, pas au Luco.

— Les cloches lâchent leurs œufs n'importe où, dit l'homme aux trois doigts, c'est pour ça qu'on trouve des œufs partout, à toutes les saisons.

— Tu veux qu'on t'aide? dit la petite fille qui était armée d'une pelle et d'un seau.

— Je veux bien, dit l'homme aux trois doigts.

Il avisa un socle de statue à une dizaine de mètres de là et un marronnier dans la direction opposée.

— Toi, dit-il à la petite fille, tu creuseras sous cet arbre, et toi au pied de la statue.

Les enfants creusèrent avec application mais ne trouvèrent pas d'œuf. « C'est bien ce que je pensais », se dirent-ils dans leur tête commune. Quand ils voulurent l'aviser de son erreur, l'homme aux trois doigts avait disparu. Il y avait un trou, à sa place. Et un sac de plastique au fond du trou.

— Il en a trouvé un, dit la petite fille.

*

Dans le taxi qui le conduisait à l'hôpital Saint-Louis, Krämer examina le revolver, en prenant garde qu'il ne fût

346

pas dans le champ du rétroviseur. Il était en parfait état de marche. Il luisait. C'était une belle arme, comme les aimait le père de Caroline. Un Smith et Wesson chromé. Le barillet rendait un cliquetis velouté. Cela faisait penser aux portières des belles voitures, quand on les referme sans hâte. Si mince qu'il fût, le sac de plastique l'avait parfaitement protégé. « Savez-vous que le plastique est une invention française ? » Krämer-père adorait cette histoire. Il la leur racontait souvent, à table. « C'est un jeune Français qui en a découvert le principe : Henri Préaux, un gars du Nord, il n'avait pas trente ans. Seulement, il était associé à une canaille qui l'a vendu en sous-main aux Américains. Et Préaux a perdu la bataille des brevets. » « *Il n'avait pas trente ans.* » Le fils idéal de Krämer-père était toujours au-dessous d'un âge. Krämer se demanda quel pouvait être l'âge de Malaussène — le deuxième amour de la belle femme — quand il l'avait abattu au Palais Omnisport. Quoi qu'il en soit, depuis ce soir-là, Malaussène n'avait plus d'âge. Prisonnier de l'*instant* où cette balle s'était logée dans sa tête. Coma. La Reine en avait fait une description attristée. « Maintenant, je vais pouvoir le voir », avait répondu la belle femme. Et Krämer ne doutait pas qu'il l'y trouverait aussi. Elle faisait tout mieux que les autres. Elle était femme à passer le restant de sa vie au chevet de cet instant-là. Mais Krämer libérerait Malaussène et la belle femme, tout comme il avait libéré le gouverneur et la couleuvre. Puis il sortirait lui-même de cet instant perpétuel qui avait vu s'éloigner la petite boule de chair et de poil, mourir Caroline, les jumeaux, Saint-Hiver, le pianiste, Chabotte et Gauthier, c'était tout de même inouï de ne pas arriver à dissoudre ce petit cube de sucre au fond d'une tasse si brûlante, pourtant !

— Vous êtes docteur ? demanda le chauffeur de taxi.

— Je suis infirmier, répondit Krämer pour expliquer la blouse blanche.

— Ah bon...

— Vous savez, dit Krämer quand le chauffeur eut immobilisé la voiture et annoncé le prix de la course, vous savez j'ai vendu 225 millions d'exemplaires !

— Ah bon ? fit le chauffeur.

— J'ai commencé très jeune, expliqua Krämer en tendant un billet de deux cents francs.

Il ajouta :

— Soyez gentil, gardez la monnaie.

*

Il ne s'était pas trompé. La belle femme était bien là, accroupie au chevet de Malaussène, tenant dans sa main la main de Malaussène, laissant aller sa tête sur la poitrine de Malaussène, sa belle tête dont les cheveux avaient repoussé, mais prise à son tour dans l'entrelacs des tentacules médicaux qui plongeaient dans le corps de Malaussène. Elle n'entendit pas Krämer pénétrer dans la chambre. Elle était comme endormie, les jambes repliées sous elle, la courbe gracieuse de son dos la portant tout entière vers Malaussène.

Il ne voulut pas la réveiller.

Il arma le revolver dans un profond souci de silence.

48

— Krämer !

Instinctivement, Thian chassa le baudrier de la petite Verdun pour dégainer son arme de service. Vide d'enfant, le baudrier n'offrit pas la résistance habituelle. Fraction de surprise qui permit à Krämer de se retourner et de faire feu. Les deux revolvers crachèrent en même temps.

L'inspecteur Van Thian vécut cet éclat d'éternité avec un sentiment composite d'exaspération professionnelle (un bon flic ne doit pas se laisser piéger par une manie), d'admiration incrédule (pas de doute, la prédiction de la vieille Chabotte se réalisait au quart de poil : Verdun l'avait quitté et il était en train de tuer l'assassin de son fils), de reconnaissance à l'égard de Krämer (qui, en lui rendant la monnaie de sa balle, lui épargnait l'interminable agonie d'une retraite), de soulagement immense (il n'aurait pas à porter le deuil de sa petite Verdun) et d'espérance lumineuse (si Gervaise ne s'était pas gourée en prenant le voile, Thian allait à coup sûr se réveiller dans les bras de la grande Janine, là-haut, sur le canapé du bon Dieu). A quoi s'ajoutait la satisfaction, tout de même, d'être passé devant la chambre de Benjamin au bon moment, et la certitude que Benjamin vivrait bel et bien jusqu'à l'âge de quatre-vingt-treize ans, à condition que lui, Thian, eût le temps de tirer une seconde balle dans la tête de Krämer qui en avait le plus urgent besoin.

Trois coups de feu rapprochés se répercutèrent dans les

couloirs du grand hôpital jusqu'aux oreilles de la tribu Malaussène dont la tête innombrable surgit bientôt à la porte de la chambre.

Le corps de Krämer gisait, presque entièrement enfoui sous le lit de Benjamin, et celui de Thian, projeté dans le couloir, avait glissé le long du mur, pour finir accroupi sur ses talons, la plante de ses pieds bien à plat sur le sol, dans une attitude méditative de paysan thaï.

On se pencha.

Carotide...

La vie n'y était plus.

« Les anges s'endorment dès qu'ils se posent », se répéta Jérémy quand le drap blanc eut refermé ses ailes sur le corps du vieux Thian. Et le garçon aurait laissé aller ses larmes si le Petit ne s'était écrié :

— Regardez ! Benjamin parle !

Toutes les têtes jetèrent leurs yeux sur Malaussène. Bien entendu, Malaussène se taisait, égal à lui-même, allongé dans une indifférence enviable sous le corps protecteur de Julie.

— Non, là ! Julie, regarde !

Julie releva enfin la tête et découvrit ce que tous cherchaient dans la direction pointée par le Petit. Là-bas, derrière la profusion des lianes translucides où elle-même s'était prise, l'électro-encéphalographe vibrait doucement, comme une clairière dans une trouée de soleil. Le cerveau de Benjamin traversait cette clairière en bonds furieux.

— Nom de Dieu, dit quelqu'un.

— Un court-circuit, évidemment !

Berthold traversa la chambre en trois enjambées et se pencha sur la machine en grommelant qu'on n'avait pas idée, aussi, de plonger sur un malade appareillé. Auscultation, boutons tournés à droite, à gauche, clignotements divers... rien à faire : Benjamin continuait à saturer l'écran.

— Qu'est-ce qu'il dit ? demanda Jérémy.

Comme personne ne lui répondait :

— Qu'est-ce qu'il dit ? répéta Jérémy.

Maintenant, Berthold cognait sur la machine, à main plate d'abord, poing fermé ensuite, plus sceptique devant les signes de cette régénérescence cérébrale qu'un expert de la curie romaine devant une collection de stigmates en fleur.

— Vous n'êtes pas foutu de nous dire ce qu'il dit ?

Jérémy s'adressait directement à Marty.

Marty venait de croiser le regard de Thérèse.

Rien à espérer de ce côté-là. Thérèse était Thérèse. Pas la moindre surprise.

— C'est ça ? insista Jérémy.

Berthold secouait la machine à deux mains.

— La famille Malaussène...

Tête en bas, Benjamin ressuscité n'était pas de meilleure humeur. Ecran noir de rage, à présent.

— Enfin quoi, merde, qu'est-ce qu'il raconte, cet écran, beugla Jérémy, vous n'êtes pas foutu de nous l'expliquer, c'est ça ? Benjamin est guéri, non ? Ça veut dire clairement que Benjamin est guéri ? Qu'on peut lui enlever sa tuyauterie, qu'il va rentrer à la maison... Marty, docteur, c'est à vous que je parle ! Vous pouvez nous dire si Benjamain est guéri, oui ou non ? Est-ce qu'il y a un toubib au monde, un seul, qui sache dire « oui » ou « non » ?

La voix de Jérémy avait atteint des altitudes suffisantes pour alerter Marty sur son nuage de stupeur. Marty laissa tomber sur le gosse un regard que Jérémy connaissait bien, et demanda :

— Jérémy, ta baffe, tu y tiens absolument ou tu préfères t'en passer ?

Sur quoi, il ajouta :

— Sortez tous.

Plus doucement :

— S'il vous plaît.

Et, un air de gourmandise aux lèvres :

— Laissez-moi seul avec le docteur Berthold...

IX

J'IL

*« Lazare, ici. dehors ! » Et c'est le monde
entier qui sort du tombeau.*

49

— La carafe est vide et j'ai soif! Il n'y a donc pas de larbin pour remplir cette foutue carafe?

Il n'y avait pas de larbin mais une demi-douzaine d'étudiants se précipitèrent, prenant d'assaut la chaire du professeur Berthold, grimpant les premières marches de leur carrière, se disputant le récipient.

— Docteur! hurla un des journalistes dans son micro.

— Professeur! le corrigea Berthold, je ne suis pas venu ici pour qu'on me raccourcisse!

— Professeur, combien d'heures a duré l'opération?

— Avec un autre que moi, ça aurait duré jusqu'à l'âge de votre retraite, mon garçon, mais la chirurgie est un métier où il faut travailler plus vite que vous.

A l'occasion de la grande foire que s'offre annuellement la médecine sous le nom d'Entretiens Bichat, le C.H.U. Pitié-Salpêtrière célébrait l'inconcevable exploit du professeur Berthold, une quadruple greffe reins-pancréas-cœur-poumons sur un sujet comateux depuis des mois, une réussite spectaculaire, pas le moindre signe de rejet, au point qu'une dizaine de jours seulement après l'opération, le patient avait retrouvé ses fonctions au grand complet, et sa famille, et toute son activité professionnelle. Une véritable résurrection!

— Grâce aux capacités techniques et à une prise multi-disciplinaire, clamait le professeur Berthold, j'ai pu opérer pendant huit heures de rang, sous flux laminaire pour éviter tout problème septique, et je n'ai pas hésité à faire une sternolaparotomie, ce qui m'a donné un champ opératoire suffisamment large pour mener toutes les batailles de front !

— Vous aviez des collaborateurs ? demanda une journaliste radieuse qui semblait avoir quelque difficulté à manier simultanément son micro, son calepin, son crayon et son enthousiasme.

— Les auxiliaires comptent pour du beurre dans ce genre d'affaires, trancha le professeur Berthold, quelques petites mains au service d'une seule tête, la chirurgie a cela de commun avec la haute couture, mademoiselle !

— Dans quel ordre avez-vous procédé ?

— J'ai commencé par le bloc cœur-poumons, mais il a fallu faire fissa, parce que le pancréas exige d'être greffé cinq heures au maximum après le prélèvement.

— Vous avez donc fini par les reins ?

— Du gâteau, les reins, une promenade !... Le reste n'a d'ailleurs pas été beaucoup plus difficile... enfin, pour moi... j'ai tenu à ce que la plupart des anastomoses soient faites avec des pinces automatiques... faut marcher avec son temps.

— Comment expliquez-vous l'absence exceptionnelle de rejet chez votre receveur ?

— J'ai un truc.

*

On a tout dit des douceurs de la convalescence : le corps qui se réveille dans les draps frais de la vie, la surprise familière de soi-même retrouvé, un peu plus soi chaque jour, et tellement neuf qu'on se manie avec des précautions de notice... ô la première bouchée mousseline et son atome de jambon sous la prudente molaire... ô les premiers pas en rodage sur les centimètres de la vie... et Belleville tout soudain dans les poumons, qu'on s'en envolerait si on ne pesait pas encore son vieux poids de malade... ô le doux gîte du lit pour ces premières forces exténuées... et ces sourires qui vous bordent... ces maniements de porcelaine... ombre tirée sur le sommeil... long sommeil du convalescent... ô le soleil du matin!

On a tout dit des douceurs de la convalescence.

Mais la résurrection...

Berthold m'a ressuscité, c'est vrai. Sous la menace de Marty, certes, mais Berthold m'a ressuscité. Taillant et prélevant dans le corps de Krämer, greffant et cousant dans le mien, Berthold m'a ressuscité. Du tueur et de l'assassiné, Berthold n'a fait qu'un... Et qui aurait quelques petites choses à dire au sujet de la résurrection. D'abord, ceci : que les plus fervents d'entre les croyants y croient sans y croire. Les Clara, les Jérémy, l'œil qu'ils ont posé sur moi quand mes yeux se sont ouverts! Même Thérèse! Je n'en jurerais pas, mais il m'a semblé voir palpiter l'aile fugace de la surprise dans le regard de Thérèse quand elle m'a vu debout pour la première fois. Ils m'ont regardé avec des yeux si neufs... On aurait dit que c'était eux, les ressuscités! Ô Lazare, vieux cousin de Béthanie, n'est-ce pas cela la surprise des surprises? En nous ramenant à la vie, *c'est la vie qu'ils ressuscitent!* C'est Marthe et Marie créées une seconde fois pour toi par le bel arpenteur d'eau! Plus que ça, même, c'est la Judée tout entière pour toi ressuscitée, pour toi seul, la Judée rappelée à la vie! « Lazare, ici, dehors! » Et c'est le monde entier qui sort du tombeau, tout familier et tout neuf, là est le vrai miracle! Ceux qu'on croyait ne plus jamais voir et qui sont là, frais pondus mais avec un sentiment de toujours : Julie, Clara, Thérèse, Julius, Jérémy, et le Petit, Louna, Verdun, Hadouch, Amar et Yasmina.... ô le délicieux chapelet des noms... Loussa, Calignac, Zabo, Marty et Coudrier... ô les noms en grappe des ressuscités... et les ressuscités répétant votre nom, Benjamin! Benjamin! comme on se pince pour s'assurer qu'on est bien vivant...

Oui, et c'est encore cette atmosphère de résurrection ébahie qui règne aux Editions du Talion, dans le grand bureau de Calignac, quinze jours après ma sortie de l'hôpital, toute convalescence savourée, pour fêter mon retour ici-bas, champagne dehors, amitié sur tous les visages, et convergence de nos regards vers le cadre vibrant de la télévision, là-bas entre les deux fenêtres, où Berthold, le soudard au coutelas magique, occupe à lui seul le Journal de 13 heures. Berthold gesticule comme une campagne présidentielle, Berthold répond à toutes les questions en même temps, Berthold boit goulûment à même le tonneau de la gloire.

Question : Quel genre de difficultés rencontre-t-on le plus fréquemment dans ce genre d'opération ?

Berthold : Les préjugés des confrères, l'encombrement de la famille, la mauvaise volonté des donneurs, la vétusté du matériel, le syndicalisme du personnel infirmier, et la haine tenace d'un collègue plus petit que moi dont je tairai le nom. Mais la chirurgie est un apostolat qui exige tout de son amant !

— Putain, le mec..., gronde Jérémy, un reste de fureur au fond de la gorge.

— « Les amants de l'apostolat », l'image est audacieuse, ironise la reine Zabo, toujours près du texte.

Et Marty, la coupe pétillante à la main, discrètement hilare :

— Comment vous y prenez-vous pour rendre les gens aussi heureux, Benjamin ?

Question : Professeur, pourriez-vous nous donner quelques précisions sur la personnalité du donneur ?

Berthold : Un taulard de quarante ans, mais nourri au grain, en parfait état de marche, des reins de premier communiant, pas la moindre trace d'hyperlipidémie dans les veines, le degré zéro de l'artériosclérose... et il se trouve encore des gens pour critiquer la diététique des prisons françaises !

C'est l'heure unanime du journal télévisé. Tandis que les caméras et leurs satellites mondialisent les exploits du professeur Berthold — auprès de qui Dieu le père est en train de passer pour un rebouteux de province —, je glisse mon bras sous le bras de Marty :

— Est-ce que je peux vous poser une question, docteur ?

Et, sans lui laisser le choix :

— La question du rejet... Pourquoi mon organisme accepte-t-il si bien les cadeaux de Krämer ?

Marty réfléchit deux secondes en regardant le Petit offrir une coupe de champagne à Julius le Chien.

— Vous voulez une réponse technique ?

— Quelque chose que je puisse faire semblant de comprendre.

Violent frisottement du museau de Julius sous l'assaut des bulles champenoises.

— Krämer et vous étiez histocompatibles.

— Ce qui veut dire ?

Et, lap lap, dégustation prudente.

— Que les antigènes tissulaires de Krämer étaient identiques aux vôtres.

— Ça arrive souvent ?

— Jamais, sauf chez les jumeaux, les vrais.

— Et ça ne vous étonne pas plus que ça ?

Là-bas, Julius est converti. En un tournelangue la coupe est propre dans la main du Petit qui fonce lui en chercher une autre.

— Venant de vous et de votre famille, répond enfin le toubib, je m'attends à trop de surprises pour perdre mon temps en étonnement. Mais, dites donc, il a une drôle de dégaine, votre chien... C'est le champagne qui le met dans un état pareil ?

— Séquelles de sa crise d'épilepsie, un peu raide du cou et des pattes avant... Et mon cerveau, docteur, cette brusque régénérescence ?

— Voyons un peu ça, dit Marty en s'approchant du

clébard taste-vin, donne-moi la patte, Julius, s'il te plaît.

Conquis par tant de politesse, Julius offre au toubib une patte raide comme un salut de phalangiste.

— En effet, marmonne l'autre en s'agenouillant, et maintenant assieds-toi, je te prie.

Et Julius de se laisser tomber sur son gros cul, ses deux pattes tétanisées quittant le sol pour encadrer le visage de Marty.

— Ouais, dit le docteur-palpeur.

— Ouais, ouais...

— Le vétérinaire dit qu'il n'y a rien à faire, intervient Jérémy qui ne perd pas Marty de l'œil ni de l'oreille, Marty son héros, son demi-dieu, la source de sa toute récente vocation médicale. (« Quand je serai grand, je ferai toubib, comme Marty ! — Ah oui, Jérémy, toubib ? — Ouais, pour faire plonger les Berthold ! »)

— Eh bien, dit Marty en se relevant, on va confier Julius au type de l'écran, là, c'est un excellent plombier qui ne me refuse rien.

L' « excellent plombier » occupe toujours le cadre, où, dans un accès de justice divine, il éructe à présent contre l'ingratitude de son ressuscité « qui devrait se trouver ici, à côté de moi, et rendre à la médecine l'hommage qui lui est dû ! ».

C'est le lot des dieux, Berthold, tous des cocus : leurs créatures vont gambader ailleurs, c'est inévitable...

— Quant à votre cerveau..., murmure pensivement Marty, dans l'état actuel de nos connaissances...

Coup d'œil en biais :

— Vous feriez mieux de poser la question à Thérèse.

50

Suggestion qui me plonge dans une méditation où viennent me repêcher les voix de Loussa et de Calignac.

— Il y a un type qui t'attend dans ton bureau, petit con, dit le premier.

— Quel genre de type ?

— Le genre de types qui t'attendent dans ton bureau, rigole le second : exclusif et impatient.

C'est aussi cela, la résurrection : la reprise du boulot.

On devrait y réfléchir...

*

— Monsieur Malaussène, bonjour !

Je ne l'ai pas reconnu, d'abord. Impression étrange sur mes sens ressuscités : j'ai déjà vu le bonhomme, ça oui, j'ai déjà vu son costard, ça oui, mais l'un dans l'autre, jamais. Ni son attaché-case de Texan boulimique. Ma tête à couper.

— Ça vous la coupe, hein ? dit-il justement en écrasant toutes mes phalanges dans la poigne de l'enthousiasme.

Un colosse rubicond, un baobab endimanché, qui parle par énigmes joyeuses :

— Qu'on puisse changer à ce point-là, ça vous en bouche un coin ! Ne dites pas le contraire, je le lis dans vos yeux.

J'échappe à l'embrassade et me glisse derrière mon bureau. A la niche ! Protection !

La vie rend sage — la mort l'approuve.

— Et comme ça, vous me reconnaissez ?

En un seul pas, il bouffe toute la moquette qui le sépare de moi, penche son énorme masse par-dessus ma table de travail, saisit les accoudoirs de mon fauteuil, et nous pose tous les deux bien en face de lui, sur le bureau, moi, mon fauteuil, rallumant en effet la loupiote du souvenir : mon géant fou ! Nom de Dieu, mon géant désespéré ! Celui qui a pulvérisé mon burlingue ! Mais joyeux comme un ogre, gonflé comme un zeppelin, plus aucune trace de son sque-lette, un colosse pneumatique, et qui éclate d'un rire à dégringoler tous les bouquins de la Reine. Mais qu'a-t-il fait à sa tignasse de sanglier ? Où a-t-il pêché cette bonne humeur ? Et pourquoi son costard, strict comme une cons-cience de marlou, m'est-il si familier ?

— Je suis venu vous dire deux choses, monsieur Malaus-sène.

Le rire s'est arrêté pile.

— Deux choses.

Ce que confirment deux doigts énormes dépliés sous mon modeste pif.

— Primo...

Il ouvre l'attaché-case, en sort le manuscrit que je lui avais confié et le jette sur mes genoux.

— J'ai lu votre prose, mon pauvre vieux, il n'y a rien à espérer de ce côté-là, abandonnez l'écriture tout de suite, vous allez vers de cruelles désillusions.

(Bravo ! Je devrais apprendre à faire mon boulot aussi simplement.)

— Secundo...

Ses mains sur mes épaules, ses yeux dans les miens, un petit silence nécessaire. Puis :

— Vous êtes-vous intéressé à l'affaire J.L.B., monsieur Malaussène ?

(Eh bien, c'est-à-dire...)

— Un peu.

— Ce n'est pas assez. Moi, je m'y suis énormément intéressé. Avez-vous déjà lu un roman de J.L.B.?

(« Lu », à proprement parler, on ne peut pas dire...)

— Non, n'est-ce pas? Moi non plus, jusqu'à ces derniers événements... Trop vulgaire pour des esprits aussi distingués que les nôtres, n'est-ce pas?

Il se tait.

Il se tait pour me faire savoir que l'essentiel est dans ce qui va suivre. On peut interrompre n'importe quel discours mais pas ce genre de silence.

— Nous sommes des enfants, monsieur Malaussène, vous et moi... de tout petits enfants...

Dernier temps de réflexion. Ultime échauffement du champion avant de jaillir sur le ring.

— Quand un homme se fait abattre en présentant son dernier roman à un public innombrable, la moindre des choses est de lire le roman en question. C'est ce que j'ai fait, monsieur Malaussène. J'ai lu *Le Seigneur des monnaies*, et j'ai tout compris.

Moi aussi, hélas! je crois que je commence à comprendre... C'est un fameux incendie qui couve dans les sous-entendus de mon colosse. On s'anime ferme dans sa chambre de chauffe. Les dernières pelletées d'enthousiasme font grimper la pression le long de ses nerfs. Ça fait bouillir le chaudron de son cœur. Ses muscles se nouent, ses poings se ferment, ses joues prennent une teinte de tôle surcuite, et soudain je reconnais son costume, c'est le costume de J.L.B., celui-là même que je portais au Palais Omnisport, cinq ou six pointures au-dessus, et sa coiffure est celle de J.L.B., cheveux taillés, profilés et collés sur sa tête comme un gigantesque Concorde à la pointe conquérante! Et je sais ce qu'il va me dire, et il me le dit : il fait donner les trompettes de la relève, *il est le nouveau J.L.B.*, il a tout pigé des recettes de l'ancien, et il se promet de les appliquer jusqu'à faire exploser le jackpot du marché littéraire international, c'est comme ça et pas autrement, il prône le *réalisme libéral*, il conchie « le subjectivisme nombrilaire de notre littérature hexagonale » (sic), il milite pour un roman coté en Bourse et rien ne pourra l'arrêter, car « *vouloir, monsieur Malaussène, c'est vouloir ce qu'on veut !* ».

Dit-il en abattant son énorme poing sur le téléphone qui vient de sonner.

Assis dans un fauteuil, lui-même posé sur votre bureau, vous pouvez endiguer les vagues de chagrin qui déferlent sur un auteur refusé, c'est faisable, je l'ai fait. Mais l'ouragan où tourbillonne l'écrivain convaincu de son imminente fortune... planquez-vous ! Aucune force au monde ne peut empêcher l'explosion d'un barrage sous la pression des illusions — qui sont nos seules nécessités. Ne vous dressez pas contre ce torrent-là, restez assis, soyez sage, gardez vos forces... laissez revenir les temps de la consolation.

Ce que j'ai fait.

J'ai laissé mon géant hurler à tue-tête les commandements du réalisme libéral. « *Une seule qualité : entreprendre ! Un seul défaut : ne pas tout réussir !* » Honte sur ma tête, il connaissait par cœur les interviouves de J.L.B. : « *J'ai perdu quelques batailles, monsieur Malaussène, mais j'en ai toujours tiré les enseignements qui mènent à la victoire finale !* »

A chaque réplique sautait un bouton de son gilet, trop strict pour une si grande jubilation.

— Ecrire, c'est *compter* monsieur Malaussène, avec un *p* comme pognon !

Il avait arraché du mur le portrait de Talleyrand-Périgord (grosse fortune immobilière), lui avait roulé le patin du siècle, puis, le tenant à bout de bras :

— Mon cher prince, nous allons faire une immense, immense, immense... fortune !

Ses plumes de Concorde se dressaient sur sa tête et les pans de sa chemise vivaient leur vie.

— Les gens qui ne lisent pas ne lisent qu'un seul auteur, monsieur Malaussène, *et cet auteur, ce sera moi !*

Il pleurait de joie. Il était redevenu le sanglier dépenaillé des origines.

364

Et moi...
Sur mon trône...
Comme un roi honteux...
J'assistais à ce naufrage qui se prenait pour une ascension.

51

— *Háizimen yè ān, mànman shuì.* (Bonne nuit, les enfants, dormez bien.)
— *Mànman shuìba,* Benjamin. (Toi aussi, Benjamin.)
Voilà. Les enfants se glissent dans leur lit après leur quotidienne leçon de chinois. Une idée de Jérémy : « Ne nous raconte pas d'histoires, Ben, apprends-nous plutôt le chinois de Loussa. » Et cette pensée profonde de Clara : « Il y a toutes les histoires du monde dans une langue qu'on ne connaît pas. » Appétit linguistique bienvenu à Belleville depuis que des canards soigneusement laqués pendent dans ces vitrines où, hier encore, les têtes de moutons nous regardaient passer. Loussa avait raison, Belleville devient chinois, la reine Zabo ne s'était pas trompée, les Chinois sont là et leurs livres ont tissé le nid de leurs âmes dans la librairie des *Herbes sauvages*. Belleville c'est la Géographie résignée à l'Histoire : la manufacture des nostalgies... Et Benjamin Malaussène, assis sur le tabouret du vieux Thian, enseigne à ses enfants les trois tons de cette nouvelle musique d'exil. Les enfants écoutent, les enfants répètent, les enfants retiennent. Il n'y a eu ce soir qu'une seule interruption : Thérèse s'est dressée tout soudain au milieu de nous tous. Elle ne s'est pas levée, elle s'est dressée, comme on dirait d'un obélisque, droite au départ et droite à l'arrivée, elle a oscillé dangereusement sur sa base, ses yeux ont fait trois fois le tour de sa tête, et, quand elle a eu trouvé son équilibre, elle a dit, avec sa voix blanche de ces moments-là :

— Oncle Thian vous fait dire qu'il est bien arrivé.

A quoi Jérémy a fait observer :

— Quinze jours ? Il en a mis du temps !

Thérèse a dit :

— Il avait des gens à voir.

Avant de conclure :

— La grande Janine et lui vous embrassent bien.

*

Voilà. C'Est Un Ange dort comme son nom l'indique. Son avenir est assuré et il n'a rien à craindre de la nuit : la petite Verdun patrouille dans son sommeil et Julius le Chien a toujours dormi à l'ombre des berceaux.

*

Julie et moi avons refermé la porte des enfants sur notre désir de nous-mêmes. Comme tous les soirs depuis quinze soirs, nos retrouvailles n'ont pas pu attendre notre cinquième étage. (Un effet secondaire de la résurrection.)

*

— *Bàn biān tiān !* a hurlé le Petit dans son premier rêve de la nuit.

« *BÀN BIĀN TIĀN* ! » Son cri tourbillonnant dans la cour de l'immeuble. « *BÀN BIĀN TIĀN ! La femme porte la moitié du ciel !* » Va savoir pourquoi, j'ai pensé à la reine Zabo, cette façon qu'elle a eu d'emballer mon géant (« Vous êtes le nouveau J.L.B., vraiment ? Venez me raconter ça... »), un poussin gigantesque sous le duvet de la Reine (« Et vous avez un sujet ? plusieurs ? Une dizaine ! Formidable ! »), direction les altitudes (« Nous serons plus tranquilles dans mon bureau... »), aux quatre murs si nus (« Je sens que nous allons passer un bon moment ! »), couveuse de tous les rêves...

Et, à moi, dans l'entrebâillement de la porte :

— C'est fini, Malaussène, je ne décourage plus aucune vocation ; si on avait donné le Prix de Rome à Hitler, il n'aurait jamais fait de politique...

*

Voilà. Julie aussi s'est endormie. Elle est toute chaleur ronde. Jamais vu un chien de fusil plus habitable. Aux courbes parfaitement miennes. Comme si tous les soirs je me glissais dans un étui de violoncelle. Et c'est là, contre le velours brûlant de sa peau, le cœur vierge de mon assassin battant dans ma poitrine, que j'ai laissé aller dans l'oreille de Julie la plus jolie déclaration d'amour qui soit.

J'ai dit :

— Julie...

...

— Julie, je t'aime *exactement*.

Post-scriptum :

La vie n'est pas un roman, je sais... je sais. Mais il n'y a que le romanesque pour la rendre vivable. Mon ami Dinko Stamback est mort pendant que je racontais cette histoire. Il était le vieux Stojil de ma tribu Malaussène. En vrai, il était la poésie, cet élixir du romanesque. Il était une souriante raison de vivre. Et d'écrire. De le décrire.

Je veux que ces pages s'envolent jusqu'à lui ; elles ont été écrites dans l'impatience qu'il les lise.

D. P.

Composition Bussière
et impression S.E.P.C.
à Saint-Amand (Cher), le 19 janvier 1990.
Dépôt légal : janvier 1990.
Premier dépôt légal : décembre 1989.
Numéro d'imprimeur : 127.
ISBN 2-07-071822-0./Imprimé en France.

48530